HERBERT BECKMANN

Verrohung

HAUPTSTADT DER GEWALT Eli Mattay, 39, Profiler in Berlin mit deutsch-walisischem Hintergrund, gehört zu der neu eingerichteten Taskforce »Phänomenzentrierte Bekämpfung Neuer Gewalt«. Die Einheit ist mit einer unfassbar rohen Gewalttat konfrontiert: In einem Multiplexkino am Potsdamer Platz wird eine junge Frau Opfer eines Brandanschlags. Verrohte Jugendliche? Eine Beziehungstat? Kurz darauf wird ein alter Mann, russischer Einwanderer, gegenüber dem Sony-Center vor einen Bus gestoßen. Und eine Globalisierungskritikerin wird inmitten einer Demonstration am Potsdamer Platz erstochen. Die Morde und eine Welle wahnwitziger Nachahmungstaten halten die Stadt in Atem. Und sie betreffen Mattay bald auch persönlich.

»Verrohung« fühlt der Hauptstadt den Puls. Herbert Beckmann führt damit seine ganz besondere, die Jahrhunderte übergreifende Serie von Berlin-Romanen im Gmeiner-Verlag fort – in einem erschreckend aktuellen Szenario.

Herbert Beckmann, 1960 geboren, lebt mit seiner Familie in Berlin. Er veröffentlichte Sachbücher, dann Erzählungen und Radiogeschichten für Kinder und Erwachsene, zudem Kriminalhörspiele und im Jahr 2007 seinen ersten Kriminalroman. Herbert Beckmann ist promovierter Psychologe, zu seinen Studienschwerpunkten zählten die Kriminalpsychologie beziehungsweise Forensische Psychiatrie.

Bisherige Veröffentlichungen im Gmeiner-Verlag:
Hühnerhölle (2013)
Die Nacht von Berlin (2011)
Mark Twain unter den Linden (2010)
Die indiskreten Briefe des Giacomo Casanova (2009)

HERBERT BECKMANN

Verrohung

Kriminalroman

Original

GMEINER

Personen und Handlung sind frei erfunden.
Ähnlichkeiten mit lebenden oder toten Personen
sind rein zufällig und nicht beabsichtigt.
Auch Namen real existierender Orte, Firmen oder
Institutionen haben ausschließlich fiktiven Charakter
und beziehen sich nicht auf die Wirklichkeit.

Besuchen Sie uns im Internet:
www.gmeiner-verlag.de

Im Ehnried 5, 88605 Meßkirch
Telefon 07575/2095-0
info@gmeiner-verlag.de

1. Auflage 2014

Lektorat: Claudia Senghaas, Kirchardt
Herstellung: Mirjam Hecht
Umschlaggestaltung: U.O.R.G. Lutz Eberle, Stuttgart
unter Verwendung eines Fotos von: © berlinphotos030 – Fotolia.com
Druck: GGP Media GmbH, Pößneck
Printed in Germany
ISBN 978-3-8392-1510-4

TEIL EINS

SEI FEUER
SEI FLAMME
SEI BERLIN

1

Der Kinoanschlag am Potsdamer Platz, mit dem alles begann, passierte Ende Mai an einem Sonnabend, doch ich erfuhr davon erst am Montag. Ich war spät am Sonntagabend aus New York nach Berlin zurückgekehrt. Mein Kopf war eine Mülltonne für abgegriffene Tätertheorien, eine Resteverwertung für fadenscheinig gewordene amerikanische Hemden zum Auftragen in Old Yourope.

Sie sehen's mir nicht an, aber ich bin Beamter. 39, geschieden (was sonst), von Beruf Profiler.

»Pofeiler«, sagt Dylan. Wenn Manuela ihn hergibt, am Wochenende meist, sagt er eben, was Neunjährige so von sich geben: Pofeiler.

Eli und Dylan? Warum wir so heißen, hat mit einem gewissen Gavin Jenkins zu tun, dem Waliser, der mich gezeugt haben soll, in seiner Zeit in Berlin. Lange her, und Gavin längst hin. Später mehr vielleicht.

Ich wohne übrigens, und zwar gerne, auf der Ritze von Berlin. Der Kurfürstenstraße, dem östlichen Teil, dort, wo die Nutten nicht mehr zu sehen, aber noch zu hören sind, wenn sie sich gegenseitig ihre originellen Komplimente (»alte Hure«) zurufen oder vor Freiern warnen (»Pass auf, der lädt unterwegs seine Kumpel ein.«) Aber keine von denen hat jemals dem Kleinen was Böses hinterhergeschrien, wenn er auf dem Bürgersteig plötzlich anfing, seine Pirouetten zu drehen. Kein Mensch schert sich drum, wenn ich mit Dylan den Friseurladen um die Ecke betrete und er alle Anwesenden mit: »Hallo, Nutting Hill!«, begrüßt.

Wie auch immer das in seinen unergründlichen kleinen Kopf gekommen ist, falsch ist es nicht. Die Gentry, der städtische Geldadel, Sie wissen's ja selbst, streckt von Mitte aus seine Krakenarme immer weiter aus und hat jetzt selbst unser Viertel erreicht. Schicke Weinläden mit Preisen, die dich zum Weinen bringen, luftige Lofts für lustige Lords, exklusive Läden mit Gesichtskontrollen für den gehobenen Klopapierkauf, Galerien mit einer Dichte, dass du denkst, du müsstest Kunst studieren, um deine Straße noch zu verstehen.

2

Das ehemalige Kriminologische Institut, in dem ich arbeite, liegt in der Limonenstraße, versteckt hinter haushohen Tannen und Walnussbäumen. In einer im Wind ächzenden dreistöckigen Villa wie aus einem Hitchcock. Schiefwinkelige Erker, schuhkartonbreite, sich windende Stiegen, Puppenstuben als Arbeitsräume. Der Besprechungsraum befindet sich im Keller, in der ehemaligen Bibliothek, zwischen Buchwänden, vollgestopft mit Gewaltverbrechen aus dreihundert Jahren Kriminalgeschichte.

Aufregend. Anregend manchmal. Aber Vergangenheit. Der Name Institut ist nur noch Tarnung für die Task-Force ›Neue Gewalt – Phänomenzentrierte Kriminalitätsbekämpfung‹.

Die Task-Force Limonenstraße ist ein Hybrid aus einem guten Dutzend Kriminalbeamten und Verhaltenswissenschaftlern, die von Fall zu Fall mit Kollegen im ganzen Stadtgebiet kooperieren. Sollen. Die Tarnung unserer Einheit als ›Ermittlungsunterstützung‹ fürs LKA Berlin funktioniert so blendend, dass selbst viele Kollegen vor Ort noch immer glauben, wir existierten nur im Netz, um das Image unseres Hardliners, Innensenator Neubert, virtuell aufzupolieren.

Auf den Gedanken kann man durchaus kommen. Unser Standort, ›die Villa‹, liegt unweit des Botanischen Gartens. Und damit weit ab vom Schuss, Schlag, Stich, Brand oder was immer in Berlin tödlich endet oder enden könnte. Konkret heißt das, wir sind die Letzten am Tatort, sollen aber die Ersten sein, die wissen, wer die Sauerei – und das können Sie in den meisten Fällen wörtlich nehmen – angerichtet hat.

3

Die grobe Version des Kinoanschlags, wie er in der örtlichen Presse getauft worden war, lieferte Panck ab. Ohne viel Schwung, was Chefs eben so absondern, wenn sie Hof halten am Montagmorgen. Dem Mädchen, Britta Iversen, 19, waren die Haare und Kleider in Brand gesteckt worden. Im Cinema am Potsdamer Platz. Mitten in einer Vorstellung. Angefacht durch den Teil ihrer Lockenpracht, der künstlich war, aufgesteckt. Umwölkt von Haarspray, das offenbar dazu einlud, als Brandbeschleuniger ausprobiert zu werden. Dem Opfer ging's schlecht, das Mädchen schwebte, künstlich komatisiert, an Stahlfäden aufgehängt, buchstäblich zwischen Himmel und Erde. In einer Spezialkammer der Hautklinik in der Charité. Sie hatte einen Schock erlitten, kein Mensch wusste, ob sie das alles überleben würde. Und wie.

Die Details des Falls hatte eine gewisse Kersten vom LKA 1 in Mitte, bislang lag von ihr nur ein magermilchiges Protokoll vor. Ich kannte sie nicht, rief sie daher gleich nach der Sitzung an.

»Die Kollegin hat zu tun.« Ein weiblicher Zerberus mit rauchzarter Bürostimme. »Was glauben Sie, was hier los ist seit der Kinosache? Alle Welt will Frau Kersten sprechen. Besonders die Herren-Damen von der Presse.«

»Wie gesagt, Kollegin, ich bin nicht von der Presse, sondern Mattay von der Task-Force Limonenstraße. Ich …«

»Ja, ja, die Limonen, ist schon klar. Kleiner Tipp, Herr Matthäi: Morgen noch mal versuchen.«

»Morgen ist zu spät.«

»Ich weiß nur so viel: Später ist noch mal so schön! Alles klar?«

Ich versuchte es nach einer guten Joghurtpause noch einmal. Keine Chance.

»Leider bereits im Gespräch. Die Kommissarin wird Sie aber umgehend zurückrufen, Herr Matthäi.«

»Mattay.«

»Wie?«

»Schon gut.«

4

Gegen Mittag fuhr ich mit Sandra Barth zusammen zum Tatort. In Sandras Wagen, einem blauen Astra. Ich selbst fahre nur mit dem Pistolenlauf an der Schläfe, besitze nicht mal ein Auto, wozu auch, Dylan bekommt Panikattacken in Faradayschen Käfigen.

Ich mochte Sandra, sie war die Kriminalsoziologin im Limonenteam. Gelegentlich hatte ich sogar schon ihren Kleinen vom Kindergarten abgeholt, zusammen mit Dylan. Wenn Sandra zum Arzt musste, zum Beispiel. Oder zum Friseur (vorher schulterlanges blondes Haar, hinterher schulterlanges blondes Haar, so sah ich das). Als ich sie jetzt fragte, wie es Tobias ging, wischte sie die Frage mit einer unwirschen Handbewegung weg.

»Was'n los? Probleme?«

»Du, Eli, wenn ich einen Therapeuten brauche, sag ich Bescheid.«

Das hast du davon, wenn du nur mal nett sein willst.

Verkehrsbericht: Unter den Eichen, Hauptstraße, Potsdamer, wir wurden Teil der rollenden Blechbüchsenarmee, die wir uns angewöhnt haben, Individualverkehr zu nennen. Tagtäglich befahren hunderttausend Individualisten allein die Potsdamer Straße.

Potsdamer Platz. Wir parkten vorm ›Huth‹, das alte Restaurant sah aus wie ein fauler grauer Zahn zwischen blitzenden neuen Kronen. Beim ersten Versuch, auszusteigen, wurde Sandra von einer Gruppe vorbeischnürender, behelmter Segwayfahrer gestreift und zurück ins Cockpit gescheucht. Beim zweiten Aussteigen, indem sie die Tür zuknallte, brüllte sie ihnen hinterher: »Seid ihr blind, oder was?«

Für mich sahen sie eher fußkrank aus.

Im Kinofoyer des Cinema empfing uns: niemand natürlich.

Eine riesige Anzeigetafel animierte die aktuellen Filme. Der Anschlag hatte sich in Kino 7 ereignet, das wenigstens hatte Kerstens Protokoll verraten. Der aktuelle Film dort hieß: ›Die dunklen Monde des Mars‹. Ein französischer Streifen. In der Animation schwebte ein magischer, orangerot leuchtender Ball, der den Mars spielte, mit zwei dunklen Trabanten an seiner Seite, richtig finster aussehenden Burschen, über dem nächtlichen Meer, das sich schäumend an Land warf.

»Schon gesehen, Sandra?«

Sie schüttelte den Kopf. »Werde ich auch nicht sehen. Klingt doch nach Schnulze. Beziehungskitsch.«

»Findest du?« Ich hatte eher Assoziationen zu einem französischen Kriminalfilm. Doch das mochte auch am Namen des übergewichtigen Hauptdarstellers liegen. Ich hatte Jean-Paul Ciotat vor zwei oder drei Jahren mal in einem Thriller gesehen, in dem es so gut wie nie Tag wurde, und dessen bevorzugte Farben Schwarz und Gelb waren. Wie hieß der gleich noch?

Kino 7, wusste eine Anzeigetafel, lag unterirdisch. Wir staksten die Treppe runter, an einem Plakat vorbei, das wollte: ›sei feuer, sei flamme, sei berlin‹. Wenn das ein Witz sein sollte, konnte ich nicht drüber lachen.

Das Souterrain bestand im Wesentlichen aus viel kahlem Raum rund um eine Handvoll hellgrauer Betonträger. Es gab Fluchtwege in alle Richtungen, sie endeten an Stahltüren, die fettschwarze Nummern von fünf bis elf trugen.

Ich sah mich um. Eine junge Blonde, die in weißer, kräftig spannender Bluse den XXL-Tresen mit einem urinfarbenen Ledertuch streichelte, blickte streng an uns vorbei. Sie fand jedoch auf die Schnelle keinen, der sich statt ihrer um uns kümmern konnte.

Sandra zeigte ihren Ausweis. »Hallo. Wir kommen wegen …«

»Schon klar.« Sie ließ das Tuch effektvoll fallen wie ein Jojo, blickte noch einige Sekunden darauf, als erwartete sie, dass es wieder hochkam, und schwebte dann wie eine Stabpuppe zum Telefon am Ende des Tresens.

»Ja, Svenja hier. Du, ist Jamil da? Okay. Der soll mal fix runter kommen zu mir. Da sind wieder welche von der Buller…« Sie schraubte ihr linkes Auge wie ein Chamäleon zu uns herum. »Polizei. Ja, klar, wegen Sonnabend.«

Sie legte auf, schwebte zu ihrem Tuch zurück und begann wieder zu wischen, auf eine Art, die zeigte, dass sie dem Tresen nicht wehtun wollte.

»Kommt gleich jemand.«

Ein schlaksiger, kahlrasierter Turm von knapp zwanzig, der ein fettes schwarzes Komma unter der Lippe trug, segelte kurz darauf die Treppe hinunter, indem er immer gleich drei Stufen auf einmal nahm.

Die Blonde wienerte inzwischen die Espressomaschine und wedelte mit dem Leder Staubpartikel zu uns herüber.

»Jamil«, stellte sich der Turm vor, der plötzlich gar keiner mehr war, sondern kaum größer als ich mit meinen eins fünfundachtzig. Ein Scheinriese also, Herr Tur Tur.

»Barth.«

»Eli.«

Jamil kniff die dunklen Augen zusammen. »Wie jetzt, Herr Eli oder so?« Sein schwarzes Komma auf dem spitzen Kinn sprach quasi mit. »Wenn Sie wollen. Ich sag auch gern Herr Jamil zu Ihnen. Ansonsten: Mattay. Eli Mattay.«

Ich hielt ihm meine kleine Hand hin. Er nahm sie wie ein Stück Seife und nässte sie mit seiner schön feuchten Flosse.

»Freut mich.« Doch sein Gesicht bekannte: Ich bin mir aber nicht ganz sicher.

»Ich war dabei, als es passierte«, sagte er. »Aber das hab ich Ihrer Kollegin am Sonnabend ja schon erklärt.«

Ich sagte: »Blitzvergreisung. Sie hat alles schon wieder vergessen.«

Er lachte. »Kommen Sie, ich zeig's Ihnen.«

Er ging erhaben, jeder Schritt ein Ereignis, auf die Stahltür mit der Nummer 7 zu, das Komma unterm vorgeschobenen Kinn immer voran. Er öffnete die schwergängige Stahltür und schaltete die volle Deckenbeleuchtung an, Laterne, Laterne, tausend kleine Lichter.

Kino 7 kam mir lächerlich klein vor im Vergleich zur Größe des Filmereignisses, das die Animation oben an Deck versprach.

»Sie waren also dabei«, sagte Sandra.

»Ja, war ich.«

War er aber in Wahrheit nicht gewesen. Sondern erst dazugekommen, als es schon passiert war. Als das Opfer bereits schwer verletzt am Boden lag. Mit schlimmsten Verbrennungen an Gesicht und Körper, wie er sehen konnte. Und einem schockbedingten, lebensbedrohlichen Kreislaufzusammenbruch. Was er nicht sehen konnte.

»Ich stand draußen, mit Svenja drüben am Tresen.« Er nickte mit dem Kinn zu der verschlossenen Tür hinüber, hinter der man sich den blonden Putzteufel vorstellen musste. »Plötzlich war voll die Panik! Schreien, Poltern und so weiter. Auf einmal stürmten die ersten Leute raus, behinderten sich natürlich gegenseitig am Ausgang. Voll das Chaos. Krass, Mann. Ich konnte erst mal nicht rein, weil alle gleichzeitig raus wollten. Als ich dann dazu kam, lag sie schon am Boden. Voll das Grauen.«

Sandra schüttelte leicht den Kopf. »Was genau war grauenvoll?«

»Na, wie sie aussah. Und wie das roch, die verbrannte Haut, verkohlte Haare. Ich hab so was noch nie …«

»Und das zweite Opfer, die ältere Frau?«, fragte ich. Kersten hatte sie in ihrem Protokoll mit zweieinhalb Worten erwähnt.

»Die mit dem Schal, der gebrannt hat?«

Ich nickte, sicherheitshalber.

»Die Frau schrie wie wild und krümmte sich am Boden, aber schon hier vorne im Gang.« Er wies mit dem Kinnkomma auf die Stelle nahe dem Ausgang, wo wir standen. »Irgendjemand, ihr Mann oder was, hatte ihr schon geholfen, den Schal zu lösen. Aber dabei … also die verbrannte Haut am Hals wurde in Fetzen mit abgerissen. Uah!« Er schüttelte sich bei der Erinnerung daran, sein Gesicht nahm eine schimmelige Camembertfarbe an.

»Und der Junge, der Freund des Mädchens?«, fragte ich. Auch ihn hatte Kersten erwähnt. Aber eben kaum mehr als das. Ihre Absicht, nicht den kleinsten Happen von ihrem brandheißen Fall abgeben zu wollen, war offensichtlich.

»Der Freund von dem Mädchen lag total benommen am Boden. Hat in der Panik der Leute wohl einen Tritt gegen den Kopf abbekommen. Vielleicht ist ihm auch noch jemand auf den Brustkorb gestiegen, Duisburg und so, was weiß ich.« Er zuckte die Achseln.

Tja, was weißt du? Was hast du wirklich gesehen?, dachte ich. Und was bereits unbewusst hinzugedichtet? Wie diese überraschende kleine Assoziation zur Duisburger Loveparade-Katastrophe vor ein paar Jahren. Ergänzt durch das, was du hinterher über den Vorfall von anderen gehört oder aus dem Netz gefischt hast.

»Haben Sie gesehen, wer in der letzten Reihe gesessen hat?«, fragte ich ihn.

»Haben mich Ihre Kollegen schon gefragt. Und die Presseleute auch. Alle fragen sie. Aber ich hab nix gesehen, ich meine, keinen, der irgendwie auffällig gewesen wär.«

»Jugendliche eventuell, eine Clique?« Sandra schaute ihn erwartungsvoll an.

»Weiß nicht. Junge Leute, klar, solche in meinem Alter, Anfang zwanzig, so was. Aber Jugendliche? Nee, kann mich nicht erinnern.«

Durchschnittliches Publikum also, altersgemischt, ich und du, Müllers Kuh. Aber keine auffälligen Jugendlichen mit Fackeln in den Fäusten und Brandbeschleunigern unter den Ärmeln.

Die Tür wurde aufgestoßen. Die Blonde vom Tresen schob ihr Puppengesichtchen durch die Öffnung. »Jamil? Du wirst oben gebraucht, soll ich dir sagen.« Was sie hiermit getan hatte, und so verschwand sie wieder wie von unbekannter Hand zurückgezogen. Bald gefolgt von Jamil, bei dem wir uns artig bedankten.

5

»Einen Menschen anzünden, im Schutz der Kinodunkelheit«, sagte Sandra. »Hinterhältig und doch öffentlich. Wer ist dazu fähig?«

»Mit Sicherheit kein gewöhnlicher Psychopath. Ganz normal verrückt, wie du und ich.«

»Eine Gruppe, ein Duo zum Beispiel.« Sandras Spezialgebiet war die Gruppengewalt. »Typen, die sich permanent gegenseitig beweisen müssen und sich so ins Gedächtnis der Stadt einbrennen wollen.«

»Ins Gedächtnis der Stadt ... Wow, Sandra, klingt wie ein Gedicht.« Sie hatte im letzten Jahr einen VHS-Kurs in creative writing belegt. Entspannend, wie sie behauptete, aber in diesem Fall für meinen Geschmack ein bisschen viel der Ehre für so viel Niedertracht.

»Herrgott, Eli, hier ist eine junge Frau vor den Augen eines ganzen Kinosaals in Flammen aufgegangen!«

»Eben. Dazu braucht es mehr als Jugend und Gruppenzwang, Sandra.« Davon war ich überzeugt. »Viel mehr. Etwas ganz anderes.«

»Aha, und was bitte schön?« Sie stemmte die linke Faust in die Hüfte und fuhr ihr Kinn vor.

»Tja.« Ich schüttelte den Kopf. Spekulationen konnten nützlich sein. Aber im Augenblick brachten sie nichts. »Wir brauchen Details. Mehr Zeugenaussagen, die genauen Umstände.«

Wir brauchten den ganzen Faktenberg, auf dem die Kersten womöglich hockte. Um ihr eigenes, ganz spezielles Ei auszubrüten, da war ich mir sicher.

Im Auto, auf dem Rückweg vom Potsdamer Platz zur Villa Limonenstraße, schwieg Sandra die Frontscheibe an. Nach dem Anranzer auf dem Hinweg sah ich keinen Anlass, sie davon abzuhalten.

Ich führte meinen Blick spazieren. Der mittagsmüde Verkehr, Menschen, Häuser, Bäume und Hunde, Hunde, Hunde – der alltägliche Stadtzirkus zog wie ein Dokumentarfilm an uns vorbei.

Wir hatten soeben den Kaiser-Wilhelm-Platz hinter uns gelassen, als Sandra plötzlich sagte: »Er stottert.« Tonlos, zum Fenster hin. Als erwarte sie von dort eine Antwort.

»Was? Wer stottert?«

»Tobi. Er hat angefangen zu stottern. Zu stammeln. Und im Herbst soll er doch in die Schule kommen.« Ihre Hände am Lenkrad zitterten, der Wagen schlingerte leicht.

»Soll ich weiterfahren, Sandra?« Ich hoffte, nicht.

»Nein, nein, geht schon. Danke.«

»Wann hat das angefangen, Tobis Stottern?«

»Vor …«, sie wischte sich jetzt abwechselnd mit beiden Händen die Tränen aus dem Gesicht, zog feuchte Bahnen durch ihr hell schimmerndes Make-up. »Vor drei Wochen ging das los.«

»Was ist passiert?«

»Hannes hat uns besucht. Nach langer Zeit mal wieder.«

»Und?«

»Er war …« Sie begann wieder heftig zu schluchzen. »Also Hannes, er war nicht allein.«

»Nicht allein? Was meinst du?«

»Er hat … Seine neue Familie hat er mitgebracht.«

»Seine neue Familie? Wusste noch gar nicht, dass er schon wieder eine hat.«

»Ich auch nicht. Und Tobias natürlich erst recht nicht.

Eine Frau, die schon zwei Kinder hat. Zwei Mädchen, bisschen jünger als Tobi.«

»Waren die auch dabei?«

»Ja. Die ganze neue scheinheilige Familie. *Scheißeee.*«

Sie begann nun hemmungslos zu heulen und schaffte es gerade noch, den Wagen zum Halten zu bringen. Knapp hinter dem Innsbrucker Platz, auf dem Parkstreifen vor einer Kinderwunschpraxis. Ausgerechnet. Mit Hannes hatte sie lange Zeit intensiv zusammen geturnt, um nach Tobi noch einen zweiten Hauptgewinn zu landen. Aber es waren wohl nur Nieten dabei gewesen.

Sie beruhigte sich allmählich wieder. »Ich hab Tobi gefragt, hinterher, nachdem Hannes ihn wieder bei mir abgeliefert hatte, hab ich ihn gefragt, wie es war … mit seinem Papa und … den anderen. Und da hat er angefangen zu stammeln. Ganz heftig.«

»Seitdem also.«

»Ja. Ganz gleich, was er sagen will. Es ist so eine Qual für ihn.« Für Sandra genauso. Sie blickte mich an, mit ihren großen, leicht vorstehenden, sonst hellblauen, jetzt kaninchenroten Augen.

»Kannst du …, Eli, kannst du nicht mal wieder vorbeikommen? Mit Dylan, meine ich? Tobi mag den so. Wirklich, sehr. Das hat er mir gesagt. Sogar …« Sie lachte. Ein bisschen. »Sogar ohne … also fehlerfrei.«

»Ja. Klar, machen wir.«

Sie konnte jetzt weiterfahren.

6

Dienstag Vormittag rief sie endlich an. KHK Kersten.

»Haben Sie das nötig, Mattay?« Eine junge Stimme, aber hart wie ein Diamantbohrer. »Brauchen Sie das? Diesen miesen kleinen Psychoterror? Mithilfe der großen Jungs vom Innensenator? Neuberts Bürohengste gegen eine Kollegin, die bloß ihren Job macht?«

Ich gebe zu, dass ich ein wenig hatte nerven lassen. Über Neuberts Büro. Damit sie endlich mal Laut gab.

»Schön, dass Sie sich melden, Frau Kersten. Sie müssen nämlich wissen …«

»Ich muss gar nix von Ihnen wissen, Herr Mattay. Ich darf. Wenn ich will. Streng genommen bitten *wir* die Task-Force um Ermittlungsunterstützung. Nicht umgekehrt.«

»Streng genommen ist jetzt nicht die Zeit, bitte, bitte zu sagen. Die Lage ist eskaliert. Und zwar mit Ansage. Also klettern Sie runter von Ihrem Podest und sprechen Sie mit unsereins.«

Folgendes war passiert: Seit dem Brandanschlag vor drei Tagen hatten wir in allen Kinos Berlins, übers ganze Stadtgebiet verteilt, 52 neue Feuerattacken, in Worten: zweiundfünfzig. Niemand war dabei verletzt worden, das nicht. Aber es hätte passieren können. Papierkörbe wurden angezündet, Handtuchspender in kleine, Toastern nicht unähnliche Geräte verwandelt, schnapsgetränkte Taschentücher fackelten kometenhaft durch den kinodunklen Zuschauerraum. Sicher, man konnte das witzig finden. Solange die eigene Haut davon verschont blieb.

»Haben Sie die Presse gelesen, Frau Kersten?«

»Ich lese nicht.«

»Der Hype in den Medien wird das Ganze noch zusätzlich befeuern, um mal im Bild zu bleiben. Es wird erst aufhören, wenn wir die oder den Ersten mit der zündenden Idee präsentieren können. Also lassen Sie uns zusammenarbeiten. Legen Sie einfach alle Karten auf den Tisch, und ich lasse Sie in Zukunft in Ruhe. Versprochen.«

Fünf knisternde Sekunden sickerten in die Leitung, dann hatte sie es sich überlegt.

»Okay, Mattay, Folgendes: Es war nur *ein* Täter. Keine Neue Gewalt. Sondern eine ganz banale Beziehungstat. Wir haben den jungen Freund des Mädchens, Paul Junfermann, am Haken.«

»Ich dachte, der sei ein weiteres Opfer. Lag doch auch kurzzeitig im Krankenhaus, oder nicht?«

Sie schnaufte hörbar durch die Nase. »Der Junge ist längst entlassen. Aber noch in der Stadt. Auf unseren Wunsch hin. Ich hab mit den Eltern des Mädchens gesprochen, in der Charité, wo das arme Ding um sein Leben kämpft: Britta Iversen wollte sich von Paul Junfermann trennen. Sie hatte längst was mit einem anderen Typen angefangen und wusste wohl nur noch nicht, wie sie es Junfermann beibringen sollte. War so eine Art Sandkastenliebe zwischen den beiden. Gewesen. Sie seit einem halben Jahr in der Hauptstadt. Er weiterhin in der Provinz, Dassow, an der Ostsee dort oben. Vorbei, aus ihrer Sicht. Vielleicht hat sie es ihm an diesem Abend gesteckt. Oder er wusste inzwischen auf anderem Weg Bescheid.«

»Und da hat es ihn in den provinziellen Fingern gejuckt, ja? Hat seine Freundin für ihre urbane Untreue gleich mal in Brand gesetzt? Geht so Ihre Theorie?«

»Sie müssen nicht gleich arrogant werden, Mattay. Vielleicht hat er's aus einem Impuls heraus getan. Mehr unbewusst. Müssten Sie doch verstehen, ist doch Ihr Feld, oder?«

So achtlos, wie sie es aussprach, hätte sie auch Acker statt Feld sagen können.

»Noch was. Junfermann besitzt ein Feuerzeug, ein elektrisches, das wir im Kinosaal sichergestellt haben. Vermutlich hatte er es die ganze Zeit in der Hand gehalten. Ich sag Ihnen, wie's war: Er hat seiner Freundin den Arm um die Schultern gelegt. Hat anfangs vielleicht nicht mal mit dem Gedanken gespielt. Sondern nur mit dem schicken Feuerzeug. Und auf einmal …« Sie unterbrach sich kurz, machte ein merkwürdiges, halb schmatzendes, halb schnalzendes Geräusch. »Brittas Haar, sagen unsere Techniker, hat deshalb so schnell Feuer fangen können, weil sie es mit Kunsthaarteilen aufgehübscht hatte. Die Plastiklocken loderten auf und verschmolzen mit der Haut. Unglücklicherweise hatte sie sich vorher auch noch mit einer Unmenge Spray eingesprüht, das wie ein Katalysator gewirkt hat. – Wollen Sie auch den Namen des Haarsprays: Air de Pays.«

»Landluft.«

»Ah, der Herr sprechen Französisch. Chapeau.«

»Hut.«

»Kitzeln Sie mich mal.«

»Frau Kersten, abgesehen vom Feuerzeug als Flammenwerfer, haben Sie Zeugen?«

»Wie denn, woher denn! Sie kennen das doch. Die Leute lesen lieber hinterher die Horrorstory im Netz, um zu twittern, ich war auch dabei, als sich bei uns zu melden.«

»Hin und wieder soll es aber schon vorgekommen sein«, wandte ich vorsichtig ein.

»Heute Nachmittag hab ich ihn zur Vernehmung«, verkündete sie. »Hier bei uns in der Keith. Und dann knacken wir den Jungen, das verspreche ich Ihnen.« Sie klang wild und entschlossen und auch ein bisschen verrückt.

»Kann ich dabei sein?«

»So weit kommt's noch.«

»Ich werde keinen Ton sagen. Nur zuhören. Okay?«

Wieder knisterten fünf Sekunden Stille in der Leitung.

»Zimmer 206. Seien Sie um 15 Uhr hier. Allein. Zwei von Ihrer Sorte ertrage ich nicht. Und pünktlich bitte, Kollege!«

Es klang wie eine Verhandlung zur Geldübergabe. Sie war die Gute, ich der Erpresser.

7

Ich fuhr mit einem dünn besetzten 48er zum Asternplatz. Es war kurz nach zwei, ich saß ganz vorn unter Deck, wie in alten, das heißt jungen Tagen, es schaukelte zum Schlechtwerden. Ich klammerte mich blickauf an den Himmel. Dunkle, stadtteilgroße Wolkenbänke mit gezackten Rändern aus weißem Licht.

Ab Rathaus Steglitz dann die U-Bahn. Rentner mit leeren Blicken, Touristen mit vollen Taschen und junge Leute in allen Farben und Formen, die sich mit ihren Smartphones unterhielten.

Am Bahnhof Spichernstraße sprang kurz vor der Weiterfahrt ein abgezehrtes Mädchen mit lakritzschwarzen Haaren plötzlich auf. Bis dahin hatte sie scheinbar selbstvergessen mit einem kleinen rosa Handspiegel wie aus dem Kaugummiautomaten ihre Iris gecheckt. Jetzt grapschte sie buchstäblich im Vorbeischießen einem viel zu gut aussehenden, grau melierten Anzug- und Krawattenträger sein ledergebundenes Tablet aus den Händen. Er riss Augen und Mund weit auf, wie im Stummfilm. In den zwei Sekunden, die er brauchte, um klarzusehen (dass er nämlich soeben beraubt worden war), war sie bereits auf dem Bahnsteig.

Dort blieb sie plötzlich stehen, als erwartete sie ihn.

Der Mann, er erinnerte im Augenblick nicht mehr an Clooney, sprang auf und setzte zur Verfolgung an. Zeitgleich fuhr sein Nachbar, ein handtuchschmales Bürschchen mit grüner Basecap und blauem Hertha-T-Shirt, eines seiner stabdünnen Beine aus. In der nächsten Sekunde lag das Opfer der Länge nach (und er *war* lang) am Boden und der Basecapträger befand sich draußen auf dem Bahnsteig bei seiner Komplizin.

Noch bevor der Beraubte sich wieder ganz aufgerichtet hatte, schlossen die Türen, und der Zug fuhr an. Wir, also wir alle, sämtliche Fahrgäste im Wagen, starrten hinaus auf den Bahnsteig. Das Bild des flüchtenden Täterpärchens im U-Bahnhof verschwand aus dem Blickfeld.

»Ratten«, keuchte der Mann. »Was für Ratten.« Er senkte den Kopf und betrachtete seine großen, leeren Handflächen, in die jetzt rote Tropfen fielen.

Ich stand auf und reichte ihm ein Tempo. Er presste es sich gegen die großen, Blut spendenden Nasenlöcher. Ich fingerte meine Karte aus dem Jackett und gab sie ihm. »Falls Sie einen Zeugen brauchen. Für die Versicherung.« Er wendete sie enttäuscht hin und her, als genügten ihm mein Name und meine Mailadresse nicht. Seine Seele baumelte sichtlich auf Halbmast.

Am Zoo stieg ich aus und nahm bis zur Keith die Abkürzung zu Fuß quer durch den Zoologischen Garten, ich besaß eine Dauerkarte für Dylan und mich, besitze sie noch immer. Die Pförtner kannten und grüßten mich. Die Tiere zum Teil auch.

8

Das Vorzimmer im zweiten Stock war still und verwaist wie ein Spielzeugladen in Witwenland. Hätte ich einen Möbelwagen bestellt, um alles einzuladen, keiner hätt's gemerkt. Jedenfalls nicht KHK Kersten, die erst nach mehrmaligem Klopfen die Tür ihres Quartiers im Hinterzimmer öffnete.

Schmales Gesicht, dunkle Augen, und das glatte blonde Haar in einer scharf geschnittenen Kurve sichelförmig vor der Stirn. Anja Kersten war schlank, groß, jung, kaum über dreißig. Eine Frau, wie geschaffen, um als Mann Komplexe vor ihr zu kriegen.

Sie gab mir ihre kühle, schmale Haifischflosse und sagte zur Begrüßung: »Der *Zeuge* ist schon da.«

Es klang wie der Vorwurf, ich sei unpünktlich. Dabei war es fünf vor drei.

»Wo ist Ihr Zerberus?«, fragte ich, indem ich den Rubikon zu ihrem Büro überschritt.

»Freigang. Halbtags.« Sie entblößte ihre Zähne, schön kräftig und weiß, bis auf einen der oberen Schneider, der grau und etwas schief in den Seilen hing. Ein Stiftzahn, der sich gelockert hatte, mit blitzschneller Schlangenzunge stieß sie ihn kräftig von unten an und brachte ihn so wieder auf

Linie, begleitet von dem Schnalzgeräusch, das ich von unserem Telefongespräch heute Vormittag wiedererkannte.

Wie das Vorzimmer war auch Kerstens Büro ein Kniefall vor der Farbe Weiß. Nicht nur die Raufasertapeten, auch die Regale, der überlange Schreibtisch, der kleine quadratische Besuchertisch und die Plastikstühle à la Raumschiff Orion waren weiß wie in einer Zahnpastawerbung. Man kam sich gleich schmutzig und schmierig vor.

Am vorderen Ende des Tisches, den Rücken uns zugewandt, den Blick zum Fenster hinaus auf den spannenden Hinterhof, saß Paul Junfermann. Sein deutlichstes Merkmal (von hinten) war der unmöglich akkurate Mittelscheitel seines wie von Jesus persönlich geteilten strohblonden Haars, das ihm bis auf die Schultern reichte.

Von vorn – er wandte sich jetzt um – wirkte er wie ein ganz normaler, sogar recht hübscher Junge, von dem ich annahm, dass die Mädels ziemlich auf ihn flogen. Und bald würden auch die grünblauen Schwellungen, die an der rechten Schläfe unterm Blondschopf noch deutlich sichtbar waren, verschwunden sein. Allerdings ging ein etwas strenger Geruch von ihm aus, ein wenig wie Kettenfett mit Universalverdünner, das Aroma junger Stiere.

Hatte er oder hatte er nicht? Seine Freundin angezündet? Schon die Frage klang ungeheuerlich.

Ich grüßte ihn mit einem Kopfnicken, nannte meinen Namen und setzte mich seitlich an den kleinen Weißlacktisch.

Anja Kersten dagegen nahm frontal Kurs auf, um Paul Junfermann hier und jetzt zu entern. Sie drückte eine Taste auf ihrem Aufnahmegerät, einem digitalen Rekorder, mit solchem Nachdruck, als könne sie damit ein Gebäude sprengen.

Der Junge sah eher verlegen als ängstlich aus. Das änderte sich rasch.

Sie duzte ihn.

Sie sagte: »Erzähl mir jetzt haargenau, was am Samstagabend passiert ist, als ihr ins Kino gegangen seid, du und Britta!«

Er räusperte sich, wurde alarmrot, dann anämisch blass. Er sagte: »Wir waren noch eine rauchen, draußen vorm Kino. Dann sind wir rein.«

»Hattest du dein Feuerzeug noch in der Hand? Oder hast du es in die Tasche zurückgesteckt, als ihr hineingingt?«

»Weiß nicht.«

»Lüg mich nicht an!«

»Ich lüge Sie nicht an.«

»Was geschah dann?«

»Wir hatten Plätze in der zweitletzten Reihe. Kino 7.«

»Wer saß in der Reihe hinter euch?«

»Keine Ahnung.«

»Weiß nicht. Keine Ahnung«, äffte sie ihn nach.

Er wurde wütend. »Schauen *Sie* sich alle Leute an, wenn Sie ins Kino gehen?«

Ich warf der Kollegin einen Blick zu, der sagte: Wo er recht hat …

Sie war Profi, sie ließ sich dadurch nicht aus dem Konzept bringen. »Wirst du immer so schnell wütend, Paul?«

Es klang wie eine Feststellung, und er erwiderte nichts darauf.

»Weiter, weiter! Was passierte dann im Kino?«

»Während der Werbung haben wir ein bisschen geknutscht und so.« Er wurde nicht wieder rot, sondern grau im Gesicht.

»Und das Feuerzeug? Immer irgendwie zwischen euch, was?« Sie ließ es klingen, als wolle sie nur ganz harmlos mit ihm plaudern. »Britta hatte eine hübsche Menge Spray in ihrem Haar, hm?«

Er zuckte die Achseln.

»Wollte sie damit den Geruch vom Läusemittel überdecken?«

Er starrte sie jetzt ebenso überrascht an wie ich. Von einem Antiläusemittel hatte sie auch mir gegenüber nichts erwähnt.

Kersten deutete mit einer ruckenden Kopfbewegung auf seinen Blondschopf. »Sie hatte sich das Zeug in die Haare geschmiert. Willst du es abstreiten?«

Er rührte sich nicht, Gesichtslähmung.

»Hätte ich dir auch nicht geraten. Wir wissen das nämlich von ihrer Mitbewohnerin.«

»Lydia«, sagte er lahm wie mit einer Tranquilizerzunge.

»Lydia Opper, genau.« Sie kramte effektvoll in ihren Unterlagen. »Cyclometicon ist ein Bestandteil von Antiläusemitteln. Schmiert wie Siliconöl. Und brennt wie Zunder. Wusstest du das?« Sie ließ ihn nicht antworten. »Natürlich wusstest du das!«

»Nein! Wusste ich nicht.«

»Britta war in der Woche vorher in Amsterdam. Mit ihrer Freundin. In einem Hotel, ziemlich billig anscheinend. Und dort haben sie sich Läuse eingefangen. Das Mittel gab's in der Apotheke.«

Er nickte. »Britta fand's furchtbar, wie das Zeug stank.« Aber Läuse haben, war natürlich auch keine Lösung.

»Britta hat sich ihre Haare mit dem Mittel eingeölt«, machte Kersten weiter. »Und eine Woche später, sagt ihre Freundin, also an dem Samstag eben, musste die Prozedur wiederholt werden. Wegen der Nissen. Richtig?«

»Ja. Sie hat sich wie Teufel eingesprayt, um den Gestank wegzukriegen.«

»Auch im Kino noch mal? Bevor der Film losging?«
»Glaub schon, ja.«
»Glaubst du? Verdammt, hat sie oder hat sie nicht?«
»Doch, ja, jetzt weiß ich wieder!« Er wehrte mit den Händen ab, als hätte er Angst, dass sie gleich über den Tisch springen könnte. »Ja, sie war während der Werbung vorher noch mal draußen, um sich einzusprayen. Aber ich hatte absolut keine Ahnung, dass das Zeug brennbar ist.«
»Wie ein Schuss Benzin, mein Lieber! Und mit dem Läusemittel zusammen ist das, als würdest du einen Molotowcocktail auf dem Kopf spazieren führen. Klar zum Abfackeln.« Sie stützte sich mit beiden Händen auf der Tischkante ab und schob den Kopf voran, sie erinnerte an einen Waran, fehlte nur das Züngeln.
Sie sagte: »Ist noch gar nicht so lange her, da hat so ein Dreckskerl, ziemlich genau in deinem Alter, seinen eigenen Hund angezündet. Er hat ihn mit Haarspray eingesprüht und das Feuerzeug drangehalten. Wow, hat das Tier gebrannt. War aber bloß ein Testlauf. Danach hat er nämlich versucht, die Wohnung seiner Freundin, die ihm den Laufpass gegeben hatte, abzufackeln. Hat nicht ganz geklappt. Aber nun rate mal, wo sich das abgespielt hat?«
Sie brannte ihm ihren Blick in die Augen, er zuckte mit den Achseln und wurde rot. Man sah ihm an, dass er die Geschichte kannte.
»Bei euch da oben war das, in Grevesmühlen.« Sie setzte sich wieder aufrecht. »Praktisch vor deiner Haustür.«
Er senkte den Blick und schwieg.
»Na schön. Weiter. Nicht einschlafen!«, peitschte sie, und er zuckte zusammen, als hätte sie ihm wirklich eins übers Gesicht gezogen. »Britta war also draußen auf der Toilette. Was geschah dann?«

»Sie ... sie kam zurück, und der Film fing an, und ... irgendwann, mittendrin im Film ... fing Britta an zu schreien, und ihre Haare brannten, ihr Kleid.«

»Erinnern Sie sich, wann genau das passierte? Ich meine, gab es irgendetwas Besonderes zu diesem Zeitpunkt im Kino?« Es war das erste Mal, dass ich mich einschaltete. Wenn es überhaupt noch Sinn machte, dass ich anwesend war, dann jetzt. Dieser Punkt war mir wichtig, unverzichtbar, wenn Sie mich kennen, ich musste das wissen.

Paul verstand nicht, worauf ich hinaus wollte. Ich setzte bereits an, um es ihm zu erklären, als Anja Kersten dazwischenfuhr.

Sie hob ihren rechten Zeigefinger und fuhr ihn dem Jungen bis dicht vor die Augen. »*Mich* schaust du an, Paul! *Meine* Fragen beantwortest du.« Sie linste zu mir rüber, mit einem beißenden Blick. »Herr Mattay ist hier nur *Gast*«, stellte sie über Bande gesprochen klar. »Wenn er die Vernehmung noch einmal stört, ist er nicht mal mehr *das*.«

Der Junge fixierte ihren langen Finger. Ich schwieg.

»Also weiter.« Sie nahm den Finger zufrieden wieder zurück. »Es gibt Zeugen, Paul, die aussagen, du hättest deiner Freundin ewig lange nicht geholfen. Hättest nur dagestanden und zugesehen, wie sie brennt.«

Sieh an, immer weitere Details, die sie wohlweislich nicht protokolliert hatte. Oder bluffte sie?

»Ewig lange?« Er wiederholte es mehr für sich. Eher staunend als abwehrend. Er schwieg lange, mindestens dreißig Sekunden.

»Warum hast du ihr nicht geholfen, Paul?«, fragte sie jetzt beinahe sanft. Sie hatte ihn bald.

»Habe ...«, er räusperte sich, »habe ich doch! Zumindest versucht habe ich es.«

»Aber?«

»Es ging nicht. Ich konnte nicht an sie rankommen, sie schlug wild um sich, stürzte auf einmal nach vorn, auf die ältere Frau in der Reihe vor uns. Ich hab versucht, mich auf sie zu werfen. Aber dann lag ich plötzlich am Boden, neben ihr, und Leute trampelten auf mir rum, und auf einmal kriegte ich diesen Schlag vor den Kopf.«

»Einen Schlag? Was heißt das: gestoßen, getreten? Was genau?« Sie kniff die Brauen zusammen, sie glaubte ihm nicht.

»Getreten«, antwortete er.

»Und dann? Nun lass dir nicht jedes Wort aus der Nase ziehen, Herrgott noch mal!«

»Dann war alles schwarz. Ich war bewusstlos. Eine Zeit lang.«

»Wie lange?«

»Weiß nicht. Nur kurz, glaube ich. Es war alles noch wie vorher, Brittas Schreien und das brennende Haar und alles. Und dann hab ich noch einen zweiten Schlag bekommen. – Einen Tritt, meine ich!«

»Ach, sieh an. Einen zweiten, ja? Wieder gegen den Kopf?«

Er deutete mit der Hand auf die rechte Schläfe. »Wie mit einem Hammer. Ich war sofort wieder weg.«

»Und wann warst du wieder … *da*?« Ihr Spott war comedyreif.

»Erst im Krankenhaus bin ich wieder richtig … zu mir gekommen.«

»Und bis dahin?«

»Alles drehte sich. Mir war schlecht, ich …«

»Entschuldige mal: Deine Freundin kämpfte mit dem Leben, und dir war *ein bisschen schlecht*?«, höhnte sie.

Er sagte nichts. Senkte den Kopf.

Sie richtete sich auf, ihre Colthand zitterte schon vor Verlangen. »Hat Britta dir an diesem Abend«, sagte sie, jedes Wort wie gestanzt, »gesagt, dass sie Schluss machen wollte mit eurer Beziehung?«

Er sah sie entgeistert an. Riss die Augen auf wie jemand, dem man von hinten ein Messer ins Herz bohrte.

»Aber wir wollten … wollten zusammenziehen, Britta und ich. Irgendwann.«

»Dachtest du vielleicht. Umso schlimmer, als du dann erfahren hast, dass sie einen anderen hatte.«

Er starrte sie an. »Was habe ich?«

»Spiel hier nicht den Idioten. Britta war attraktiv, sie hätte ein Dutzend Männer haben können. Hat dich das wütend gemacht? Furchtbar wütend, sodass –«

»Hören Sie auf, Kersten!« Ich ließ den Arm wie eine Schranke zwischen den beiden herunter und klatschte mit der flachen Hand auf die Tischplatte. »Der Junge ist fertig. Das sehen Sie doch.«

Sie schaltete reflexartig das Gerät aus. Und Paul begriff instinktiv, dass die Vernehmung damit zu Ende war. Er atmete tief aus und schloss halb die Augen.

9

»Ich werde mich über Sie beschweren, Mattay. Darauf können Sie wetten. Bei Neubert persönlich. Dem seid ihr Limonen doch hörig, oder?«

Paul Junfermann war fort. Mehr schräg zur Tür hinaus gewankt als aufrecht gegangen. Zurück zum Hotel am Nollendorfplatz, in dem seine Eltern auf ihn warteten. Hoffentlich.

Anja Kersten stampfte mit harten Schuhabsätzen vom weißen Schreibtisch zur Stehlampe (weißer Schirm), zum weißen Schleiflackregal, zum weißen Tisch, an dem ich noch immer saß, auf meinem weißen Stuhl.

»Durften Sie sich die Möbel eigentlich aussuchen?«, sagte ich. »Oder ist die Verwaltung farbenblind?«

Sie stierte mich an, als hätte ich soeben ihre Großmutter vom Balkon geschubst. »Sagen Sie, hören Sie mir überhaupt zu, Herr Mattay?« Sie machte mit der flachen Hand den bekannten Scheibenwischer vorm Gesicht. Endlich setzte sie sich und hörte auf mit ihrem irren Steppgang.

»Ich hatte ihn.« Ihre Augen sahen mich an wie Pistolenmündungen. »Ich war so dicht dran.« Der Spalt zwischen Zeigefinger und Daumen, die sie mir vor Augen hielt, war keiner.

»Ach, ja? Wirklich?« Mir reichte es jetzt. »Das vorhin, Frau Kriminalkommissarin, war die Vernehmung eines Jungen, den Sie offiziell als Zeugen geladen und dann ohne Netz und doppelten Boden als Beschuldigten in die Zange genommen haben. Wo war sein Anwalt? Haben Sie ihn über seine Rechte belehrt?« Ich machte eine ausladende Wischbewegung über ihr Büroensemble. »Kein anständiger Vernehmungsraum, eine vorgetäuschte Dokumentation. Ihr Aufnahmegerät war bloß angeschaltet, kein Rot für ›Aufnahme‹ auf dem Display, nirgends.«

Sie schien die Limonen für Neandertaler zu halten. Zoomer, ich kannte das Modell, wir arbeiteten mit dem gleichen Gerät. *Wenn* wir damit arbeiteten.

»Sie haben außer seinem Feuerzeug und einer wirren Motivlage nichts in der Hand, Frau Kersten. Keinen Staatsanwalt der Welt würden Sie damit vom Juristenball abhalten. Außer in Aserbaidschan vielleicht. Also, wozu das Ganze?«

Ich sag's Ihnen: um dem Jungen ein tendenziöses Protokoll unterzujubeln, mit dem beruhigenden Hinweis, bei späteren Unklarheiten werde ›die Aufnahme‹ alles richtigstellen können.

Sie war rot geworden, anstelle von Zoomer, fing sich aber schnell wieder. »Herrje, ich koche ihn bloß weich. Das übliche Spiel, Sie in Ihrer schicken Villa dort unten sind sich natürlich zu fein für so was!« Sie war ganz die empörte, ehrliche Kriminalerhaut. »Aber ich weiß, er war's, Mattay. Und er streitet es im Grunde gar nicht ab!«

»Er ist unsicher.«

»Er ist …« Sie verzog das Gesicht und öffnete den Mund, es sah aus wie Zahnschmerz. Ihr Stiftzahn hing wie dazu passend wieder leicht schräg im Geländer, sie schien es nicht zu merken, oder es war ihr egal geworden. »Er ist *was*: unsicher? – Mattay, er *war* es! Und er hat ein schlechtes Gewissen.«

»Ich gebe zu, Ihre Version wäre naheliegend.«

»Wäre?«

»Ja. Aber nur auf den ersten Blick.«

»Ach, und auf den zweiten Blick, was sehen wir da, Sherlock?«

»Der Junge wurde mehrfach getreten. Gegen die Schläfe.«

Sie verdrehte die Augen. »Und? Ist doch normal in dem Chaos.«

Normal, fand ich, war in diesem Fall gar nichts.

»Es wären *zufällige* Verletzungen erwartbar gewesen.

Am Körper oder am Kopf oder beides. Aber keine gezielten Tritte *nur* gegen den Kopf, mit so großer Wucht, dass er das Bewusstsein verlor. – Haben Sie mit seinem Arzt gesprochen?«

»Im Elisabeth-Krankenhaus? Warum sollte ich? Dort habe ich mit *ihm* gesprochen, Junfermann, unserem Tatverdächtigen mit dem Schauspielertalent!«

»Glauben Sie ernsthaft, dass er die Schmerzen und die zeitweise Ohnmacht bloß markiert hat?«

Sie spreizte abwehrend die langen Finger und legte den Kopf halb schief wie eine Balitänzerin. »Okay, wir überprüfen das. Ich spreche mit dem Arzt. Morgen. Aber wenn dessen Einschätzung ihn nicht wirklich hundertpro entlastet …« Sie brach ab, zog ihre schussbereiten Augen endlich von meinem Gesicht ab und blickte wie Paul vorhin zum Fenster hinaus auf den betonierten Hof dort unten. Sie hatte sich vergaloppiert, das wurde ihr soeben klar. Ihr kleiner Killer von der Waterkant hatte eventuell ein paar Opfermale zu viel. Und an der falschen Stelle. Aber sie war deshalb noch keineswegs überzeugt, dass er es *nicht* war.

Ich übrigens auch nicht.

Alles schien möglich. Aber dann musste eben auch alles überprüft werden.

Sie wandte sich mir wieder zu und stieß ihr markiges Kinn trotzig in die laue Büroluft. »Wissen Sie, Mattay, an den großen Unbekannten, der erst ein Mädchen in Brand setzt und dann ihren Freund bewusstlos tritt, ohne jedes Motiv, einfach so, glaube ich nicht.«

»Glauben hilft nicht weiter. Kennen Sie den Fall Höveldamm aus Bremen?«

Sie schüttelte leicht den Kopf und richtete wieder schnalzend ihren Stiftzahn.

»Höveldamm wurde beschuldigt, seinen verhassten neunjährigen Stiefsohn umgebracht und in irgendeinem norddeutschen Moor versenkt zu haben. Alles passte zusammen, Höveldamms von allen Seiten bezeugte Gewalttätigkeit gegen den Jungen, der Zeitpunkt des Verschwindens, der vermutete Tatort, die Wohnung, während Muttern zum Entzug im Krankenhaus lag. Höveldamm saß bereits acht Monate in U-Haft, und ich meine, diese Zeit hat er für seine Prügeleien mindestens verdient gehabt. Aber dann kam durch einen Zufall heraus, dass in unmittelbarer Nähe, gleich im Nebenhaus, ein kurz zuvor entlassener Päderast lebte, der im Knast alles, nur nicht therapiert worden war. Sie fanden den Jungen zerstückelt und tiefgefroren im Eisschrank des Täters. Kaum zu glauben, aber er war seinem Mörder direkt in die Fänge gelaufen, unmittelbar, nachdem er vorm Stiefvater aus dem Haus geflüchtet war.«

Anja Kersten bot mir einen Kaffee an, sie brauchte jetzt selber einen.

10

Das war der Nachmittag, als Britta Iversen in der Charité ›ihren Verletzungen erlag‹, wie die Presse später schrieb. In dem Kanzleistil, mit dem sie gewöhnlich auch von gefallenen Soldaten spricht oder von Hohen Tieren, die gerade irgendwo in der Welt ›weilen‹. Brittas Kreislaufsystem brach zusammen, die Lebensfunktionen kollabierten.

Kersten erhielt die Nachricht am Telefon, als ich soeben

den vermeintlichen Friedenskaffee mit ihr schlürfte. Ihr Gesicht sah auf einmal aus wie in Beton gegossen.

Sie legte auf und sah mich an wie Putin einen kritischen Fragensteller: »Das Mädchen ist tot. Ich kriege diesen kleinen Dreckskerl, das verspreche ich Ihnen, Mattay. Aber dann werden Sie nicht dabei sein.«

11

Draußen auf der Straße, zurück im wirklichen Leben, beschloss ich, zu Fuß nach Hause zu gehen. Die Sonne hatte ein paar blassgelbe Streifen auf den grauen Nachmittagshimmel gepinkelt, und überhaupt, beim Gehen kamen mir manchmal Ideen, die ganz brauchbar waren. Zum Beispiel, Dylan anzurufen. Er war es, der abnahm. Ich hörte ihn heftig atmen. Seine Art, sich zu freuen. Oder sich aufzuregen.

»Ich komme vorbei, Dylan. Freust dich?«

»…«

»Ist die Mama da? Gibst du sie mir mal?«

Es knallte in meinem Ohr, klang wie Holz gegen Knochen.

»Hallo, Eli. Schön, dass du anrufst.«

Ich roch den Braten durchs Telefon. »Aber?«

»Wir haben heute Abend Besuch. Und die nächsten Tage, weißt du …«

»Verstehe.« Besuch war ihr Codewort für ihren Neuen, Jens, und seinen Maik, fünf oder sechs Jahre alt. Und angeblich ebenfalls bekennender Dylan-Fan.

»Wochenende wär schön, Eli, okay?«

»Na, klar. Gibst du ihn mir noch mal?«

Ich hörte, wie sie es Dylan erklärte und wollte, dass er sich von mir verabschiedete.

Es polterte wieder in meinem Ohr, und ich hörte ihn flüstern: »Kurzficker«, bevor er auflegte.

Kurzficker?

Wo zum Teufel hatte er das her?

Aber das war nicht so wichtig.

Wen meinte er damit?, war die eigentlich beunruhigende Frage.

12

Ich nahm den Weg durch die Wichmannstraße, setzte über auf die andere Seite, lief Slalom auf der verkackten Insel des Lützowplatzes, dann die Lützowstraße bis zum erdbeerfarbenen, leer stehenden Medienhaus an der Ecke Genthiner, dessen Baukosten einem lokalen Sender knirschrote Zahlen in der Bilanz und das sendeuntaugliche Ende beschert hatten.

Auf dem wild wuchernden Rasenstück des Magdeburger Parks lagerte eine bonbonbunt gekleidete Menschengruppe, ein gutes Dutzend Romafrauen mit ihren Kindern, wie ein friedliches Bild vom milden Kurdistan.

Auf dem Rasenstück gegenüber, getrennt vom Gehweg in der Mitte, döste ein Solitär mit seinem kleinen saufarbenen Hund (Rücken schwarz, Bauch hell). Ein schmächtiger, junger Punk, vielleicht vierzehn, fünfzehn Jahre alt, in einer zerfledderten schwarzen Lederjacke. Mit den weit ausgebreiteten Armen und dem scharlachroten Iro auf dem seitlich geneigten Kopf sah er aus wie ein abgeschlachteter Römersoldat im grünen Gras. Sein Hund leckte ihm ergeben die linke Hand, als sei er wirklich soeben gestorben.

Die Romafamilien waren neu am Magdeburger, der Junge nicht, ich kannte ihn zwar nicht mit Namen, aber er campierte hier schon seit einigen Wochen. Er übernachtete vermutlich in dem bunten Holzhäuschen des kleinen Kinderspielplatzes, den ich mit Dylan hin und wieder besuchte; vom Park war der Spielplatz durch leichtes Buschwerk abgetrennt.

Sonst war nicht viel los hier und heute, nur die beiden ältlichen Bewohner der nahe gelegenen Betreuungseinrichtung für psychisch Kranke zogen wie immer stumm und unermüdlich ihre Kreise. Regelmäßig überrundet von einem durchtrainierten Typen in einem olivfarbenen Jogginganzug, unter dessen Dino-Laufschritten selbst die eingestielten Rosen an den Parkwegen zu beben schienen. In der Zeit, die ich brauchte, um den Park zu durchqueren, hatte der Olivenmann das stumme Duo zweimal überrundet.

Magdeburger Straße. Hier praktiziert Doktor Tod, wie Dylan ihn nennt, der versoffene alte Tierarzt, der vor zwei Jahren Dylans beiden Meerschweinchen ihre jeweils erste und letzte Spritze gesetzt hatte. Jetzt liegen sie im Tiergarten irgendwo, als Exkremente irgendeines Wildtiers vermutlich, das ihre kleinen Leichname aus ihren holzkreuzbewehrten Gräbern gewühlt, verzehrt und verdaut hat.

Es folgten Galerie Nummer eins, zwei, drei bis zehn. Mit breitem Horn und noch breiterer Brust stand mit gesenktem Kopf die ledrige, aber täuschend echt wirkende Attrappe eines Nashorns auf dem Trottoir. Von den Machern von Galerie 21 eigenhändig vor die Tür gesetzt. Drinnen hinter Glas starrte eine kleinere Nashornausgabe, sein Junges vermutlich, heraus. Familie in Tieren, heute: Alleinerziehende.

An der Ecke zur Potsdamer Straße fehlte etwas, als ich mich näherte. Ich kam zunächst nicht drauf, dann sah ich das Plakat im geschlossenen Fenster: ›Zu vermieten‹, Weiß auf Rot. Bubi's Bierstübchen trauerte still seinem Ende entgegen. Und jetzt wusste ich, was fehlte: die Hardrock-Attacken, die sonst bei Tag und Nacht den Kiez erschütterten, AC/DC, Metallica, Queen und andere Dezibelschocker, die zum stets offenen Fenster hinausgeschmettert wurden. Zusammen mit dem heiseren Krakeelen seiner Stammgäste.

Bubi's war das letzte Refugium der verbliebenen Vokuhilas im Kiez gewesen, eine winzige Stehkneipe, deren Tränke die hintere Hälfte einnahm; davor stand sich tapfer die immerblaue Kundschaft die mageren Jeansbeine in die Kugelbäuche.

Was würde danach kommen? Noch eine Galerie? Ein weiterer Schick-Shop wie das Glashaus neben dem Wintergarten? In dem du ›verweilen‹ solltest, aber warum eigentlich? Damit man dich von drei Seiten in Edelmagazinen blättern sah, die taten, als würde ihr Wert mit jedem weiteren Tag steigen, den sie veraltet waren?

Neil The Jammerlappen Young war mir schon immer auf die Nerven gegangen, muss ich zugeben. Aber ich würde was drum geben, wenn seine Quäkstimme auch in Zukunft aus Bubi's dunkler Höhle dringen würde statt eisgekühlter Luft an Hochmut mit Statussalat. Das nämlich würde uns jetzt erwarten.

13

Vor dem Haus K-straße 124, in dem ich wohne, hatte sich breitbeinig Strehlow aufgebaut. Im Gespräch mit Kossygin, einem alten Russen, der von der Blumenthalstraße aus seine übliche Tagestour machte, die ihn gewöhnlich bis zum Tiergarten führte. Keine schlechte Leistung für einen Eightysomething mit schmerzgebeugtem Körper. Strehlow wusste – Strehlow weiß alles, und er wusste eben auch, dass Kossygin vor über zwanzig Jahren mit seiner Frau von Moskau hergekommen war.

Strehlow hauste parterre, in einer Wohnung, die du nur betreten solltest, wenn du wissen willst, wie die Vorstufen zur Verwesung duften. Er war bis vor Kurzem ebenfalls Stammgast bei Bubi's gewesen. Doch seit seinem Herzinfarkt und der monatelangen Reha anschließend hatte er zwei Schock Fett verloren und Angst vorm Koma, »vor dem ohne Ende, verstehnse«. Verstand ich. Strehlow war früher Kraftfahrer, die ganz großen Pötte, Mailand, Brügge, Kopenhagen, kreuz und quer durch Europa. Jetzt fuhr er nur noch Öffentliche wie ich: Steglitz, Osloer, Amrumer. Er lauerte den lieblos langen Tag vorm Haus und, tja, sah und wurde gesehen, grüßte und wurde gegrüßt. Zumindest von denen, die ihn nach der Krankheit noch wiedererkannten. An seiner Frisur vor allem, das dünnbraune Haar mit ›orntlich nass' Wasser‹ nach hinten bis in den roten Nacken hinunter geflutet, wie mein Dienstherr, der Innensenator. Nur dass Neubert irgendein feines Öl benutzte, eine Kreation aus gepressten Bullenhoden und Nussbaumöl, schätze ich.

»Wie geht's Dylan?«, erkundigte er sich (Strehlow jetzt).

»Bestens.« Hoffte ich doch.

Er tippte sich an die Stirn zum Gruß, auch der alte Russe nickte mir zu. Ich ging ins Haus, stieg den breit geschwungenen, immer leicht modrig riechenden, schokoladenbraun gestrichenen Aufgang hoch bis in den zweiten Stock.

Ich hatte den Wohnungsschlüssel bereits in der Hand, als mich ein Getrappel wie im Western davon abhielt, aufzuschließen. Von oben stürmte eine Art Hausgeist die Treppe runter. Was sollte es sonst sein, außer Nosferatus würdigem Nachfolger vielleicht? Ein Mann von Anfang dreißig, schmächtig, bleich wie der Gevatter Tod, ein Gerippe in grauem Sweater und Jeans, flink wie eine Hinterhofratte, huschte er an mir vorbei. Ohne mich überhaupt wahrzunehmen, schien's. Er hatte wohl schon genug Beute gemacht für heute, denn in der Rechten hielt er eine geschnitzte Holzkassette, die vermutlich nicht nur Wattestäbchen enthielt.

Kaum war er nach unten aus meinem Blickfeld verschwunden, tapste die alte Frau Zeitler von oben die halbe Treppe runter und hielt, leicht wackelnd wie immer, ihr verrunzeltes Gesicht übers Geländer.

Helene Zeitler war hundert oder nahe dran und in ihrem früheren Leben nacheinander Kommunistentochter, Grundschullehrerin, Hausbesetzerin und Fotografin gewesen. Sie wohnte nun schon seit dreißig Jahren in der Wohnung im Dritten, direkt über mir, ambulante Dienste versorgten sie mit allem Nötigen zum Leben und begleiteten sie täglich zum Nachbarschaftstreff am Magdeburger Park. Regelmäßig verkucke sie sich in einen der jungen Studenten, die für sie einkauften, gestand sie mir mal. »Das macht Spaß, auch wenn's keiner weiß außer mir! Und jetzt Sie. Also pscht!«

Neben ihr hatte bis vor Kurzem Glindow gewohnt, ein korpulenter alter Mann mit zu großer Hornbrille und einem

Körpergeruch wie Rosenkohl. Ich hatte ihn nicht gemocht, kaum Kontakt zu ihm gehabt, etwas störte mich an dem Alten, vielleicht die Kälte in seinem Blick, diese kleinen eisgrauen Augen ... Helene Zeitler dagegen meinte, Glindow sei ein gebrochener Mann seit dem Tod seiner Frau vor zehn Jahren, und man müsse Mitleid mit ihm haben. Sie hatte mir den Zweitschlüssel für Glindows Wohnung gegeben, den eigentlich *sie* zur Sicherheit aufbewahren sollte. Doch sie fürchtete, es gebe keinen besseren Ort, einen Schlüssel unwiederbringlich zu verlegen als ihre Wohnung. Womit sie nicht Unrecht hatte.

Sie stieg jetzt mühsam noch ein paar Stufen hinunter und krallte sich dabei mit ihrer großen knochigen Hand am weichen Holz des Geländers fest.

»Isser weg, Eli?«, rief sie heiser und ließ ihre großen gelben Hamsterzähne ans Licht. »Der junge Mann, isser weg?«, wiederholte sie. Aus ihrer Sicht waren natürlich mehr oder weniger alle Leute junge Männer oder Frauen.

»Scheint so.« Ich blickte zu ihr hoch. Sie schien irgendwie beunruhigt, ich steckte meinen Schlüssel zurück in die Jackentasche und ging ihr entgegen. »Mit Ihnen alles in Ordnung, Helene?« Wir siezten uns, nannten uns aber beim Vornamen.

Sie nickte und winkte ab, mit diesen alten Händen, streng nach Dürer. »Mit mir ist alles in Ordnung, jaja. Aber haben Sie die Schatulle gesehen?«

»Den kleinen Holzkasten, den er sich geklemmt hatte?«

»Ja! Da drin waren doch Glindows Uhren. Also, nur die vier, fünf wertvollsten natürlich. Alte Taschenuhren, vergoldet, echte Schmuckstücke. Glindow sammelte sie.«

»Hat der Typ, der Mann vorhin ... ist er eingebrochen bei Glindow?«

Helene schüttelte den Kopf, ihre Zähne arbeiteten sich wieder ins Freie, schoben sich über ihre vertrockneten, nichtsdestoweniger sorgsam geschminkten Lippen. »Nein, nein, das ist es ja gerade. Er hatte einen Schlüssel.«

»Der Mann hatte einen Schlüssel für Glindows Wohnung?«

»Ja, angeblich ist der junge Mann Glindows Sohn. Strehlow weiß davon. *Ich* nicht. Ich verstehe das nicht. Walter hat mir nie etwas davon erzählt, dass er Kinder hat. Kein Sterbenswörtchen in all den Jahren, die wir uns kannten.«

Sie war sichtlich gekränkt. »Eine Tochter soll er auch noch haben. Sagt Strehlow.« Und Strehlow hatte seine Quellen, wie gesagt, und stets die Augen auf, das wussten wir beide.

Sie wirkte bedrückt. »Helene, da ist doch noch was. Wo drückt denn der Schuh?«

Sie blickte mich mit ihren matten, graublauen Augen aus den Tiefen ihrer Augenhöhlen an. »Wollen Sie nicht auf eine Tasse Tee mit reinkommen, Eli?« Es klang mehr wie eine Bitte als wie eine Einladung.

Ich nahm an. »Wenn ich den Tee gegen einen starken Kaffee eintauschen kann?«

Sie reichte mir ihren Arm, an dem die Haut unter dem weit geschnittenen Ärmel ihrer beigen Bluse wie ein kurzes Laken vom Knochen hing. Wir gingen gemeinsam im Schneckentempo in ihre Wohnung.

14

Eine Art Messie-Vorzeigewohnung. Zum An- oder Abgewöhnen, je nach Vorliebe.

Die gesamte, hundert Quadratmeter große Hütte war vollgestopft mit Büchern, Platten (und ich *meine* Platten, die schwarzen Scheiben aus Vinyl), Blechdosen, Kisten und Kartons in allen Größen, Formen und Farben. Die sie nicht etwa sammelte, sondern *in denen* sie Dinge sammelte: Fotos, Tagebücher (eigene), Steine, Schmuck, Fossilien, Glas, sprich: Erinnerungen.

Stapel, wohin man sah, auf dem Boden, den Stühlen, Sesseln, auf dem Sofa. Nur noch eine schmale Schneise führte wie ein Dschungelpfad vom Eingang längs durch den Flur zu den drei Zimmern, Bad und Küche. Ihre Idee, *mir* Glindows Wohnungsschlüssel anzuvertrauen, hatte schon seinen guten Grund.

In der Küche mit den verbliebenen zwei freien Stühlen stellte sie mir einen randvollen Becher Prüttkaffee vor die Nase, den ich erst ein wenig abschlürfen musste, damit noch ein Tropfen Milch hineinpasste. Helenes Horror Vacui kannte keine Ausnahmen.

»Nun aber raus mit der Sprache, Helene«, sagte ich. »Was' los? Irgendwas bedrückt Sie doch.«

Sie setzte sich sehr aufrecht auf ihren Stuhl und sagte: »Er hat sich umbringen wollen, Walter Glindow.«

Ich stutzte. »Hat er doch auch, oder nicht? Und Sie haben davon gewusst? Er hat's Ihnen vorher gesagt, ja?«

»Ja. Der Krebs in seinem Bauch. Er hielt die Schmerzen nicht mehr aus. Er wollte, dass ich ihn finde. Er sagte: Nächsten Sonntag tu ich's. Mit den Tabletten aus der Schweiz, du weißt schon.«

»Tabletten?«

»Nicht wahr, das ist seltsam! Denn erstens hat Siebenbrock ihn in der Badewanne gefunden. Mit aufgeschnittenen Pulsadern.« Siebenbrock, unser Hausmeister, der gerufen worden war, weil es in der Wohnung darunter, bei Hegemanns, durch die Decke im Bad tropfte. »Und zweitens passierte es schon am Dienstag, vielmehr Montagnacht. Nicht erst am Sonntag darauf. Ohne mir vorher noch ein Wort zum Abschied zu sagen, hat er's getan. Finden Sie das nicht auch … merkwürdig?«

Ich blickte sie ratlos an. Ich war mir ganz und gar nicht sicher, was ich von der Sache halten sollte. So wenig wie von Glindow selbst, als er noch lebte.

»Die Polizei, meine Kollegen, haben offenbar nichts Verdächtiges an der Sache, also an Glindows Tod, gefunden«, versicherte ich. »Davon hätte ich erfahren.« Schließlich hatte sich der Todesfall in meinem Haus ereignet.

»Aber er wollte doch, dass *ich* ihn finde. Walter hätte mir gesagt, wenn er es sich anders überlegt hätte. Man führt doch nicht jemanden mit dem eigenen Tod an der Nase herum!«

Andererseits hatte er ihr auch verschwiegen, dass er Kinder hatte. Jahrzehntelang. Vertrauen ist für manche eine Einbahnstraße.

15

Nacht. Innen. Bett. Als ich aufwachte, war ich schweißnass. Das Nachbeben der Traumbilder rollte noch durch meinen Kopf. Der alte Glindow, der mit aufgeschlitztem Fischbauch in seiner Badewanne lag. Britta Iversen, die im Stahlnetz einer Riesenspinne lautlos um Hilfe schrie und deren Leben buchstäblich aus ihrem Leib gesogen wurde. Dylan, der verhaftet wurde, verhaftet und eingesperrt, mein Dylan! Helene Zeitler, die nur noch Haut war, Haut ohne Knochen, ein zerlaufener Teig Mensch. Strehlow, dessen fettes Herz explodierte wie ein Quaida-Sprengsatz.

Es reichte für diese Nacht. Ich knipste die Nachttischlampe an und ging ins Bad, meine fensterlose Nasszelle.

Ich duschte, putzte die Zähne, zog den gestreiften Morgenmantel an, ging in die Küche, setzte Kaffee auf, schlurfte weiter in das hintere Zimmer mit dem französischen Austritt, in dem Dylan schlief, wenn er bei mir war. Früher stand hier auch sein Meerschweinchenkäfig. Der Krach, den die lieben Viecher machten, besonders nachts, störte ihn nicht. Im Gegenteil, er liebte ihre Geräusche, ihr Gurren wie die Tauben, ihr Scharren und Kratzen an den Häuschen im Käfig, ihre Wettrennen.

Manchmal legte Dylan sich auf den Boden und presste ein Ohr gegen den Teppich.

»U-Bahn«, behauptete er einmal.

»U-Bahn? Du hörst die U-Bahn, Dylan?«

Er antwortete nicht, hatte ja schon alles zum Thema gesagt. Wann immer ich mich neben ihn klemmte und mein Ohr so nah wie möglich an seines presste, ich hörte nichts, schon gar keine U-Bahn. Nur sein leises Kichern und ein dünnes Rasseln in seinem Hals.

Ich ging zurück in die Küche, goss mir Kaffee ein und glitt mit dem Becher in der Hand übers knarzende, reichlich abgeschabte Parkett ins Erkerzimmer, das zur Straße hin neben meinem Schlafzimmer liegt. Ich setzte mich an den kleinen runden Tisch am Fenster, von dem aus man einen komfortablen Blick auf die K-straße hat wie von einem Logenplatz aus.

Der Halbmond hing wie ein gelbes Omelett über der Hochbahn, drüben in der Bülowstraße. Hin und wieder rollte von links oder rechts ein Pkw durchs Bild und rumpelte über das Kopfsteinpflaster. Sonst war es still. Nach einer Weile kam ein Wagen steil von der Bülow her gefahren, ein verbeulter Toyota aus dem letzten Jahrhundert. Kurz darauf parkte eine schwarze Audi-Limousine in der fahlen Lichtpfütze der Straßenlaterne vorm Haus. Und plötzlich war der Toyota wieder da, brauste zum zweiten Mal von der Bülowstraße heran, bremste an der Kreuzung stark ab und touchierte beim Überqueren der Kreuzung zielsicher den Audi, in dem längst niemand mehr saß, an seiner grünen Seite. Ein schmerbäuchiger Mann arbeitete sich aus dem Toyota, begutachtete in aller Ruhe den Schaden, hockte sich wieder in sein Auto, dessen rechte Vorderseite im Grunde unverändert aussah, und dröhnte davon.

Versicherungsbetrug. Auf Wiedersehen in der Ukraine. Oder sonstwo. – Herrje, ich konnte mich nicht um alles kümmern, Mord und Totschlag in meinem Job reichten mir vollkommen aus.

Ich stand auf und schlurfte mit der leeren Tasse zurück zum restlichen Kaffee, der in der Küche auf mich wartete, und setzte mich dort an den Tisch (Gelsenkirchener Barock, vom Trödler in der Lützowstraße vor vielen Jahren gekauft).

Ich schaltete das Radio ein, Jens Friebe aus Kreuzberg sang von etwas, das keinen Namen hatte. »Und nur, weil du es nicht sehen kannst, heißt das nicht, dass es es nicht gibt.« Recht hatte er.

Es war jetzt kurz vor halb sechs. Ich warf einen Blick aus dem Fenster in den gepflasterten Innenhof. Hinter dem hellen Rechteck des Sandkastens kauerten die Stille und das Morgengrau der Stadt wie zwei namenlose, ungreifbare Raubtiere.

Halb sechs. Inforadio. Die Nachrichten. Mit XY, einem männlichen Sprecher, dessen Name vorangestellt und betont wurde, als sei er die eigentliche Botschaft. War er aber nicht. Kaum ausgesprochen, hatte ich ihn schon wieder vergessen.

Die Nachrichten des Senders funktionierten nach dem Zoomprinzip. Weltnachrichten, Deutschland, Berlin. Und wenn du Glück hast (oder Pech), ist auch dein Wohnquartier mal dran.

»Schöneberg. Ein im Zusammenhang mit dem Kinoattentat des vergangenen Wochenendes in Verdacht geratener zwanzigjähriger Mann ist heute Nacht in unmittelbarer Nähe des Nollendorfplatzes tot aufgefunden worden. Nach Angaben der Polizei handelt es sich höchstwahrscheinlich um einen Suizid. Hinweise auf Fremdeinwirkung gebe es nicht, teilte ein Polizeisprecher mit. Paul J. sei vom Dach des sogenannten Ärztehochhauses am Nollendorfplatz zwölf Stockwerke in die Tiefe gesprungen und sofort tot gewesen. Wilmersdorf. In einem Seniorenwohnheim an der …«

Ich würgte den Ton ab. Die Tasse in meiner Hand begann zu zittern. Es ist *eine* Sache, als Kriminalbeamter den Tod eines Unbekannten zu untersuchen, die Leiche am Tatort zu besichtigen und eventuell sogar die Untersuchung des Leichnams in der Pathologie zu verfolgen. Aber es ist eine ganz *andere* Sache, sobald du den Toten gekannt hast. Noch dazu, wenn er jung war, ein Jugendlicher noch. Vor allem aber, wenn er sich umgebracht hat, weil er sich schuldig fühlte. Es aber womöglich gar nicht war.

16

Ich parkte mein Rad an einem Laternenmast vor dem ehemaligen Metropol-Gebäude und ging mit weichen Knien auf den Platz zu, der das Ärztehaus halbkreisförmig umgab. Rot-weißes Flatterband und ein Polizeimeister namens Witte wollten mich davon abhalten, den Ort zu betreten. PM Witte war die Nachhut der Kollegen, die den Tatort bereits vor Stunden untersucht hatten. Sobald kein Klärungsbedarf mehr bestand, würde der Platz rasch wieder freigegeben werden, vielleicht heute noch.

Berlin um sechs am Morgen, das ist, wenn jeder an seinen eigenen Tatort denkt. Den Ort, an dem er selbst seine Haut zu Markte trägt, Büro, Straße, Baugerüst, wo auch immer.

Ich zeigte dem Kollegen Witte meinen Dienstausweis. »Mattay von der Task-Force Limonenstraße.«

Sein Gesicht unter der weißen Schirmmütze blieb leer.

»Will mir nur mal einen Eindruck verschaffen, okay?«

»Kein Problem. Die Spusi war ja schon da.«

»Wissen Sie, wer zuständig ist? KHK Kersten vielleicht?«

Sein Name war Nichtwisser, er hatte seinen Doktor in Achselzucken gemacht.

Ich trete nicht gern in Reste von Blut und Hirn. Ich hielt ausreichend Abstand zu dem intensivdunklen Fleck und seiner weitläufigen Corona unmittelbar vor dem Eingangsbereich des Hochhauses, deren Unförmigkeit die weißen Markierungen der Spurensicherung noch unterstrichen.

Ich legte den Kopf in den Nacken, bis es knackte, und schaute in die Höhe. Grüne Baumwipfel versperrten die Sicht zum Dach des Hauses, von dem der Junge sich hatte fallen lassen. Ein Wunder, dass er keinen anderen, einen Passanten, der zufällig vorbeilief, einen Obdachlosen, der im Windschatten des Hauses nächtigte, mit in den Tod gerissen hatte.

PM Witte wusste, wo sich die Eltern des Jungen aufhielten: »Im Sachsenhof, drüben in der Nollendorfstraße.« Er schob sein im Vergleich zur Nase stark abfallendes Kinn vor, was zu einer seltsamen Rollbewegung des Kopfes, wie bei einem Flaschenzug, führte, und wies auf ein vierstöckiges Gebäude, das, wäre es nicht knatschrot gestrichen gewesen, aussah wie ein ganz normales Wohnhaus aus den Anfängen des letzten Jahrhunderts.

»Na, die Ärmsten haben jetzt ein Päckchen zu tragen. Bis an ihr Lebensende.«

Ich sparte mir die eine oder andere Banalität als Antwort, nickte ihm zum Abschied zu und ging zurück zu meinem Rad.

Ich schob es durch die Else-Lasker-Schüler, eine Tonne Müdigkeit in den Beinen. Vor der Apostelkirche schlug eine Gruppe Barbies in grellen Latexfetzen mit Handtaschen auf eine kleine, stämmige osteuropäische Konkurrentin ein. Sie scheuchten sie zurück über die unsichtbare Grenze, die vermutlich die Kirche bildete.

Ordnung muss sein.

17

Doktor Theophanis gehörte zu der Fraktion bis an den Rand der Erschöpfung schuftender junger Ärzte, deren fahle Gesichtsfarbe sich kaum von den watteweiß gestrichenen Wänden abhob. Ich traf ihn in einem winzigen Pausenraum für die Angestellten der Elisabethklinik. Tisch, drei harte Stühle, Schrank, das war's.

Er fragte, wie ich ihn ausfindig gemacht hätte, »hier in meiner Hundehütte.«

»Nichts leichter für einen Schnüffler, als eine Hundehütte zu finden.«

Dass ich kein klassischer Bulle war, schenkte ich mir, das verwirrte die Leute nur.

Da saß er nun in seinem weißen Arztkittel, Yannis Theophanis, Anfang dreißig, bisschen korpulent, helle Augen, schwarzes Haar, das sich schon auf dem Rückzug befand, blass wie eine Kellerassel, und knabberte an seinem Pappbecher mit einer trüben Brühe, die zwar roch wie Kaffee, aber aussah wie Kräutertee.

Es war kurz nach acht, er hatte Dienst seit gestern Nachmittag um sechs und seitdem keine Nachrichten gehört oder gesehen. So erfuhr er von mir, dass sich sein früherer Patient Paul Junfermann umgebracht hatte.

Ärzte bekommen diesen langen, stillen Blick, wenn der Tod plötzlich im Raum steht. Er ist nicht ihr Feind, wie viele glauben, sondern ihr hartnäckigster Geschäftspartner, mal gewinnt er, mal gewinnen sie, so ist die Geschäftsgrundlage.

»Ich hielt ihn nicht gleich für suizidgefährdet«, sagte er. »Aber ich hätte ihn gerne noch für eine Weile unserer psychiatrischen Abteilung überstellt. Zur Beobachtung. Doch er wollte nicht, und seine Eltern noch weniger. Ihr Sohn sei nicht verrückt. Das war er natürlich auch nicht, bloß eben labil. Ich habe eine ambulante Psychotherapie empfohlen.«

Aber jetzt war er tot.

»Doktor, ich bin vor allem an der körperlichen Seite interessiert.«

Er lachte verhalten. »Ich auch. Die Hintergründe, diese schreckliche Kinosache, der Verdacht, der auf ihm lastete, ich blende solche Dinge aus, wenn ich meine Patienten behandle. Aber anschließend spielen sie wieder eine Rolle.«

»Verstehe. Der Junge wurde am Sonnabend bei Ihnen eingeliefert, Doktor. Welcher Art waren seine Verletzungen? Wie war sein Zustand? War er bewusstlos?«

»Nein, nein. Er war bei Bewusstsein. Andernfalls hätten wir ihn wohl kaum nach wenigen Tagen wieder entlassen können. Er wies verschiedene, leichtere Hämatome am Körper auf, vor allem im Brustbereich. Und ein schweres Hämatom am Kopf, im Bereich Os temporale.«

Mein Gesicht musste aussehen wie ein Fragezeichen.

»An der rechten Schläfe.« Er deutete mit dem inzwischen leeren Becher auf meine (nicht seine) rechte Kopfseite. »Wir haben das Hämatom schnell in den Griff bekommen und auch die Erstbehandlung der Gehirnerschütterung. Das eigentliche Problem für uns war aber der akute Schock. Sein Kreislauf war komplett im Keller.«

»Da war also nichts gespielt?«

»Gespielt?!« Er sprang mich beinahe an vor Empörung. »Ohne Tropf und die Notarztversorgung wäre der Junge vielleicht gestorben.« Er schüttelte den Kopf. »Da war nichts gespielt.«

»Sie sprachen von den Verletzungen, vor allem am Kopf«, erinnerte ich ihn.

»Ja?« Er blickte mich etwas misstrauisch an. Als sei ich gerade dabei, ihm einen Behandlungsfehler anzuhängen.

»Was würden Sie sagen, Doktor, wie die entstanden sind?«

»Hören Sie, Herr Mattay, ich bin kein Pathologe.«

»Aber Sie sind Arzt. Chirurg, Unfallarzt, Notfallarzt. Da haben Sie doch gewisse Erfahrungswerte. Ich meine, Sie sehen die Verletzungen, innere und äußere, die ganze Verfassung der Patienten.«

»Ja und?«

»Pauls Verletzungen, wie sind die zustande gekommen, Ihrer Meinung nach? Unbeabsichtigt, zufällig? Oder gezielt?«

Er ging nicht direkt darauf ein. »Er wurde wie erwähnt am Os temporale schwer getroffen, mehrfach, das sagt mir das Verletzungsbild eindeutig. Ob gezielt oder nicht?« Er hob beide Hände, einschließlich Becher, ein wenig an. »Aber sagen wir so, im Unterschied zu den übrigen Verletzungen am Körper würde ich gezielte Gewalt gegen den Kopf keinesfalls ausschließen!«

Seine Betonung am Schluss ließ es mich für ihn aussprechen: »Das heißt, Sie würden es sogar vermuten?«

Er zog eine Braue hoch. »Ja. Wenn Sie mich nicht drauf festnageln. – Gott, mein Chefarzt reißt mir eigenhändig den Kittel vom Leib, wenn er hört, dass ich als Forensiker dilettiere!«

So dilettantisch hörte er sich gar nicht an. Nur vorsichtig.

»Komisch eigentlich.« Er stellte plötzlich seinen Pappbecher ab und sah auf die Armbanduhr.

»Was ist komisch?«

»Na, dass Ihre Kollegin, diese Kommissarin, die am Sonntag auf der Station war, nicht danach gefragt hat. Das Verletzungsbild war ihr vollkommen schnurz. Sie hat dem Jungen, kaum dass er wieder geradeaus sehen und halbwegs denken konnte, sein Feuerzeug, das sie gefunden hatte, vor die Nase gehalten, und ihm gedroht, wenn es seins wäre, würden sie's ganz schnell rauskriegen. Fingerabdrücke und so.« Er sah mich von der Seite fragend an. »Und? Haben Sie's rausgekriegt?«

»Haben wir.«

Und, gar nicht komisch, er wollte nicht mal wissen, ob es wirklich Pauls Feuerzeug gewesen war. Theophanis war Arzt. Der Tod hatte am Ende doch seinen Schnitt bei dem Geschäft gemacht. Warum nachkarten?

Wir gaben uns im Rattengang vor der Hundehütte die Hand, und er verschwand mit wehenden weißen Schößen seines Kittels, so schnell, als wollte er abheben.

18

Halb zehn in der Villa. Sandra blätterte zerstreut in einem Exemplar von ›Tötung des Intimpartners‹, dem forensischen Klassiker, den sie sich unten aus der Bibliothek heraufgeholt hatte. Mehr oder weniger hörte sie mir beim Schweigen zu.

Wir saßen Knie an Knie auf zwei Stühlen an ihrem Spielzeugschreibtisch unter dem Fensterchen der Dachschräge. Ein dünner Wasserfilm lag nach dem Sprühregen heute Morgen auf dem Glas wie Himmelsschweiß. Der rhombische Flecken grauen Tageslichts, in dem wir saßen, passte zum Ambiente. Bis in die letzte Ritze war Sandras Stübchen vollgestopft mit

Ordnern, Fächern und Papieren. Alles in Reih und Glied. Bei Sandra herrschten Ökonomie und eine vollkommene Ordnung, deshalb wirkte ihr Däumlingszimmer weit geräumiger als mein Bonsaibüro, fünf Windungen entfernt.

»Das hätte einfach nicht passieren dürfen«, sagte ich, nach einer ganzen Weile wohl.

Sie sah mich an wie einen Sänger auf der Bühne, der nach qualvollen Minuten unerklärlicher Pause doch noch seine Stimme wiederfand.

»Wir, Kersten und ich, wir hätten Paul Junfermann vor sich selbst schützen müssen. Ob er nun schuldig war oder nicht.«

Sie schob den ›Intimpartner‹ von sich weg, das schlanke Buch lag jetzt mit ausgebreiteten weißen Flügeln vor uns auf dem Tisch. »Wenn sich jemand umbringen will«, sagte sie bestimmt, »kann ihn niemand dran hindern, letztlich. In erster Linie sind doch wohl die Eltern verantwortlich.«

»Nein. Für die Folgen unserer Vernehmungen sind *wir* verantwortlich, niemand sonst.«

»Eli. Du mochtest den Jungen. Das verstehe ich. Und hast ein schlechtes Gewissen, weil er jetzt tot ist. Verstehe ich auch. Aber es spricht doch alles dafür, dass er sich nur selbst gerichtet hat. Für das, was er seiner Freundin angetan hat. Daran war also nicht die Vernehmung von gestern schuld. Schon gar nicht ihr persönlich, du oder Kersten. Und das Verletzungsbild des Jungen nach dem Kino? Wenn du mich fragst: Nichts Genaues weiß er nicht, dein Arzt.«

Ich wusste, dass sie mich nur aufrichten wollte, aber ihre Floskeln nervten manchmal wie Steinchen in der Sandale.

»Du verstehst nicht, worum es mir geht, Sandra. Mir fehlen die Fakten in *beide* Richtungen. Auch die, um den Fall guten Gewissens *abzuschließen*!«

»Heiliger Strohsack, Eli, dir ist nicht zu helfen.« Sie klatschte mit der flachen Hand auf den Intimpartner und schüttelte das glatte, matt glänzende Blondhaar kräftig durch.

Ich wechselte das Thema. »Wie geht's eigentlich Tobias?«

Sie nahm den Schwenk dankbar an. »Er lässt sich das Sprechen nicht vermiesen.«

»Gut so!«

»Na ja, er stammelt, er stottert schon noch. Aber ich … also ich hab gestern mit einer Psychologin über ihn gesprochen. Sprachtherapeutin.«

»Und?«

»Sie sagt, dass das ganz normal ist. Solche Sprachstörungen bei Kindern kommen und gehen mit den Belastungen in der Familie und so weiter. Aber man kann ihn unterstützen dabei.«

»Therapie?«

»Hmnja, Spieltherapie, wie's aussieht. Ich hab wie doof getrommelt, um gleich für heute Nachmittag einen Termin für Tobi zu kriegen.« Sie atmete tief durch. Es gab Hoffnung, ziemlich viel davon.

»Kommt ihr am Wochenende mal wieder vorbei? Du und Dylan? Du hast es versprochen.«

»Gibt's Kuchen?«

»Ich denke, du willst abnehmen?« Sie piekte mir mit einem ihrer langen Finger in den Reifen unterm Jeanshemd. Wir saßen so eng beieinander, dass sie sich nicht mal vorbeugen musste.

»Ich hab nachgesehen, im Kalender. Abnehmen ist erst ab Montag dran.«

»Also dann: Sonntag.«

Sandras Knie fühlten sich gut an. Zu gut.

Ich stand auf. »Sonntag. Abgemacht.«

19

Phantomgeräusche, eine Art Hörschmerz. Ich hab's Ihnen noch nicht gesagt, aber was ich seit dem Morgen ständig im Ohr hatte, war dies grausam platzende Geräusch. Der Eingeschlossenen in den Twin Towers damals. 9/11, der Dokumentarfilm der französischen Jungfilmer, die zufällig vor Ort waren. Das donnernde Geräusch wie von großen Wasserbehältern, die am Boden zerplatzen. Nach dem Todessprung aus himmelhohen Stockwerken, in denen die Hölle los war. So musste sich auch Paul angehört haben, heute früh, als sein Körper auf dem Boden aufschlug.

Nun war Paul tot. Aber es gab eine Zeugin. Ein weiteres Opfer des Kinoanschlags, dessen Name bekannt war. Nicht mir. Aber Kersten.

»LKA eins, Büro Kersten, Jäckel am Apparat.«

Zerberus' hochprozentige Stimme rasselte in meinem Ohr.

»Mattay hier, hallo. Sie erinnern sich, Frau Jäckel, geht mir noch mal um den Kinoanschlag.«

»Als ob's gestern gewesen wäre. Ähm, war's nich' gestern? Und heute isses vorbei, nein?«

»Kommt drauf an.«

»Worauf kommt's denn an, bitte?«

»Sehen Sie, das würde ich der Kollegin Kersten ganz gern selber sagen.«

»Geht momentan nicht. Sie ist im Einsatz. Ganz frisch. Kann dauern.«

Kein Durchkommen. Zumindest nicht durch Anrennen gegen ihr Bollwerk.

»Es ist so, Frau Jäckel, wir schließen den Fall natürlich ebenfalls ab. Aber unsere Doku, wissen Sie, Neuberts Bürohengste denken, die müsste aussehen wie eine Doktorarbeit.«

Sie schenkte mir ein mitfühlendes Grunzen. »Kann ich mir vorstellen. Alles Erbsenzähler.«

»Denen reicht nicht der einfache Bericht. Sie wollen Namen und Adressen aller Beteiligten im Anhang.«

»Aber das führen wir doch schon alles auf.«

»Eben! Bloß, sie wollen sich nicht nachsagen lassen, sie hätten wieder mal geschlampt wie bei den NSU-Fällen.«

Sie machte ein Geräusch wie Rachenputzen. »Alles klärchen. Hätten Sie mir auch gleich sagen können. Ich schicke Ihnen die Daten rüber.«

»Vielen Dank, Frau Jäckel.«

»Gernc wieder.«

How to make friends. Mit Eli Mattay.

Zwei Minuten später hatte ich die Info auf meinem Schirm.

Es gab doch noch so was wie Amtshilfe. Selbst unter Kollegen.

20

Am S-Bahnhof Wollankstraße stieg ich aus. Schlich unter dem Grauschleier des Nieselregens (Schirm vergessen) die Nordbahnstraße entlang. Links der Wedding, früher naher Westen, heute mehr Naher Osten. Unter dem S-Bahnbogen durch, die Bauerwartungsbrache ›Am Bürgerpark‹ vor der Brust. Rechts der ehemalige Postengang gleich hinter den Gleisen. Links, etwas versteckt hinter kleinwüchsigen Bäumen und aufstrebendem Gestrüpp, ein Fachwerkhaus, umgeben von niederen Stallungen, einem weitläufigen Gemüsegarten, einer gelbgrünen Wiese und den auf einem Kinderbauernhof üblicherweise befreundeten oder verfeindeten Tieren: GansHuhnSchwein, HundKatzeMaus.

Das nördliche Ende der Schulzestraße wirkte wie ein letzter Vorposten der Zivilisation, bevor die schmale, noch weitgehend unbesiedelte Straße jenseits der Brache schnurgerade ins Nichts zu führen schien.

Barbara Richter wohnte in einem Altbau, dessen Fassade an die helle Asche der Braunkohle erinnerte, die hier wie fast überall in Berlin jahrzehntelang durch den Schornstein gepustet worden war und geholfen hatte, die Kinder- und Rentnersterblichkeit auf beiden Seiten der Mauer auf hohem Niveau zu halten.

Ihre Stimme am Telefon war hektisch und schnell gewesen. Der Anschlag im Kino, die bloße Erwähnung aktivierte ihre Panik.

Sie wohnte im dritten Stock und öffnete mit der Tür auch erstaunt ihren weit geschnittenen Mund: »Aber Sie sind ja ganz nass! Hat man denn bei der Polizei keine Regenschirme?«

Nein, hat man nicht.

Sie ließ mich herein und blickte freundlich auf mich hernieder. Barbara Richter war der Typ hübsche ältere Giraffe, hochgewachsen, dünn und unbusig, kurzes grau meliertes Haar, das den dunklen Teint ihres länglichen Gesichts vorteilhaft betonte. Ein breiter, weißer Wundverband umgab ihren schlanken Hals bis unters Kinn und erinnerte entfernt an den Halsschmuck mancher afrikanischer Frauen.

Sie trug ein graues Strickkleid und ein Armband mit klobigen, mattschwarzen Holzwürfeln, die aussahen wie Dominosteine (das Weihnachtsgebäck).

Ihre Wohnung bestand aus anderthalb Zimmern, in warmen Farben möbliert. Die Tür zum Schlafzimmer rechts stand halb offen, das breite Bett ruhte unter einer indigofarbenen Tagesdecke. Am Kopfende die berühmte, weiß gerahmte Aufnahme der verträumten Virginia Woolf, schwarz-weiß und ätherisch.

Ein schmaler Sekretär mit einem aufgeklappten Laptop darauf, umgeben von Papieren, Manuskripten. Zwei Bücherregale mit ausschließlich englischsprachiger Originalliteratur. Darunter auch Dylan, wie sie ihn in Wales nennen, ›Under Milkwood‹ entdeckte ich auf die Schnelle, und ein ganzes Brett voll Beckett.

»Sie arbeiten zu Hause?«

»Ich bin Übersetzerin. Englische Literatur.«

Wir setzten uns in die rückengerechten, orange gemusterten Sessel rund um den ovalen Tisch in der Mitte des Zimmers. Fehlte nur noch der grüne Tee. Doch sie bot mir keinen an. Sie bot mir überhaupt nichts an. Sie musterte mich im Gegenteil scharf, als sei sie nun doch nicht mehr ganz sicher, ob sie am Ende vielleicht einem Journalisten die Tür geöffnet hatte.

»Entschuldigen Sie, Frau Richter, ich habe mich noch gar nicht ausgewiesen.« Ich holte das nach und fragte, wie es ihr gehe nach der Verletzung.

Sie entspannte sich und winkte ab.

»Tee, Herr Mattay?«

Ich hasse Tee. »Gern.«

»Grün oder schwarz?«

Weder noch. »Wie Sie möchten.«

»Dann grün. Schützt auch gegen Krebs.«

Grün und gesund, was will man mehr.

Sie kam mit dem Tee und trug ihn zusammen mit ein paar Haferkeksen auf.

»Das arme Mädchen«, sagte sie, indem sie sich setzte. »Sie hat es wirklich schlimm getroffen.«

»Sie ist gestorben.«

»Ja. Ihr Freund war's, nicht? Wie konnte er das tun?«

»Er hat sich umgebracht. Heute Nacht.«

Sie erstarrte. »Das ist furchtbar.« Sie hatte es nicht gewusst. »Aber wenn er doch tot ist, warum …?«

»Frau Richter, wir müssen dennoch alle Möglichkeiten prüfen. Immer.« Eine ähnliche Floskel hatte ich ihr schon am Telefon aufgedrängt. »Würden Sie mir noch einmal schildern, was am Samstagabend genau passiert ist? Aus Ihrer Sicht.« (Himmel, Mattay: aus wessen Sicht denn sonst?)

Sie blickte zu ihrem Laptop hinüber, als stünde darin die Antwort auf meine Bitte. Vielleicht war es wirklich so. Als elektronischer Tagebucheintrag.

»Zunächst mal war ich enttäuscht. Über den Film, meine ich.« Sie stutzte plötzlich und sah mich unsicher an. »Aber das interessiert Sie natürlich gar nicht?«

»Doch, doch, das interessiert mich. Erzählen Sie alles, woran Sie sich erinnern.«

»Ich war mit Robert, meinem … meinem Partner, im Kino. Wir dachten, aufgrund der Vorschaubilder im Netz und des –«, sie lachte laut auf, »beinahe hätte ich gesagt: aufgrund des Klappentextes! Nein, ich meine, die Vorankündigung ließ uns eher einen französischen Beziehungsfilm erwarten, so wie früher mit Trintignant und Jeanne Moreau und so. In gewisser Weise war er es sogar auch. Im ersten Teil. Aber dann, wie soll ich sagen, kippte das Ganze, es eskalierte zwischen den beiden, also dem älteren Mann und seiner jungen Geliebten.« Sie brach ab. »Was erzähle ich da? Ich will nur sagen, so plötzlich, wie aus dem Liebesfilm – also bis zu dem Zeitpunkt, nicht – eine Art Thriller wurde, oder wie soll ich sagen, so plötzlich brach auch das Chaos im Kinosaal aus. Wie aus dem Nichts plötzlich das schreiende Mädchen. Stand in Flammen wie Paulinchen im Struwwelpeter, falls Sie das kennen.«

Ich kannte es, unterbrach sie aber nicht, sie unterbrach sich schon selbst häufig genug.

»Die Haare in Flammen und die Kleider auch bereits, ich … wir alle drumherum waren ja wie paralysiert, auch Robert, und sogar ihr Freund, der Junge. Obwohl natürlich … Jedenfalls, in der nächsten Sekunde, es passierte ja alles so wahnsinnig schnell, nicht, da fiel sie vornüber beim Versuch, den Flammen zu entkommen. Aber sie war ja selbst die brennende Fackel. Plötzlich lag sie mir praktisch in den Armen, und auf einmal brannte ich selbst, das heißt mein Schal fing Feuer und …« Sie berührte mit zwei Fingern den Verband am Hals. »Ich stieß sie weg in meiner Panik. Sie stürzte, ja, ich glaube, sie stürzte. Ich war ja … wie von Sinnen. Wie von Sinnen, so ein altmodisches Wort, aber Sie müssen das verstehen, das Tuch war fest verknotet an meinem Hals und hatte Feuer gefangen, es fühlte sich an, als würde es mit meiner Haut verschmelzen.«

Und so war es ja auch.

Sie holte tief Luft, lehnte sich etwas zurück, kam wieder nach vorn, trank mit hörbarem Glucksen in der Kehle einen Schluck Tee.

Sie sagte, ruhiger geworden: »Robert schaffte es irgendwie, mich zu fassen zu kriegen und das Halstuch abzureißen, zusammen mit den geschmolzenen Hautfetzen. Bis dahin …«, sie lachte bitter, »bis dahin hatte ich immer angenommen, dass zwar Synthetikstoffe leicht brennen. Aber doch nicht Baumwolle!«

Was mich betraf, ich hatte noch nie über solche Dinge nachgedacht. Im Unterschied zu Dalheimer, Brandschutzexperte beim LKA. Leichte, dünne Stoffe, wusste er, als ich ihn danach gefragt hatte, fingen besonders schnell Feuer und konnten abbrennen wie Papier. Auch Baumwolle oder Wolle.

»Was war mit dem Jungen? Wie verhielt er sich? Konnten Sie das beobachten?«

Sie zuckte die Achseln. »Ich weiß nicht. Ich war so sehr mit mir selbst beschäftigt. Zuerst stand er noch wie eine Salzsäule, das weiß ich. Wie lange, kann ich nicht sagen. Das nächste Mal, als er mir auffiel, lag er plötzlich neben dem Mädchen am Boden.«

»Und Sie?«

»Ich war umgestoßen worden, von irgendwem, die Leute wollten bloß raus, egal wie. Ich auch. Die Panik. Bloß weg. Raus hier. Wie alle andern. So war das.« Sie legte ihre erstaunlichen Finger wie Stäbe an den Hals.

»Haben Sie sonst noch etwas beobachtet? Ist Ihnen irgendetwas aufgefallen? In Erinnerung geblieben?«

»In Bezug auf den Jungen, den Freund, meinen Sie?«

»Zum Beispiel.«

»Er lag, wie gesagt, am Ende selbst am Boden. Schien bewusstlos zu sein, oder jedenfalls vollkommen weggetreten. Da wusste ich noch nicht, dass er … also, dass er es selbst getan hatte. Dass *er* das mit dem Feuer war.«

Inzwischen war sie in diesem Punkt weiter. Jedenfalls weiter als ich. Ich wusste es immer noch nicht.

»Ist Ihnen sonst irgendeine Person aufgefallen? Konnten Sie sehen, wer hinter oder neben den beiden saß?«

Sie blickte mich erstaunt an. »Wissen *Sie* nach dem Kino, wer in der Reihe hinter Ihnen gesessen hat?«

Etwas Ähnliches hatte schon Paul in der Vernehmung gesagt. Gestern erst. Es kam mir vor wie eine Szene aus einem früheren Jahrhundert.

Ich ließ es gut sein. Sie trank Tee, ich nippte zum Schein noch etwas an meiner Tasse.

»Sie übersetzen auch Dylan Thomas, Frau Richter?«

»Sie kennen ihn?« Sie staunte darüber wie über einen Analphabeten, der Goethe buchstabieren konnte, vor und zurück.

»Ich lese sonst nur Memoiren von Massenmördern, wissen Sie. Zur Not schreibe ich mir auch selbst welche.«

Sie lächelte unsicher, ein wirklich bezauberndes Giraffenlächeln.

»Mein Vater war Waliser«, erklärte ich jetzt ernsthaft. »Ich war fünf Monate alt, als er zurück nach Gower gegangen ist, auf die Halbinsel, von der er stammte.«

»Waren Sie selbst mal in Wales?«

»Ja, zweimal war ich dort. Zuletzt vor vier oder fünf Jahren in Swansea. Es erinnerte mich an Neukölln.«

21

Kein Himmel über Berlin-Pankow. Nur graue Materie. Der Regen hatte sich anscheinend eine Tageskarte gezogen, vom Kinderbauernhof her meckerte eine Ziege darüber.

Ich überlegte, was ich nun eigentlich erfahren hatte. Barbara Richter hatte Paul Junfermanns Version im Wesentlichen bestätigt. Paralysiert, schockiert, hilflos, so war er ihr vorgekommen. Am Ende wie weggetreten. Das ließ sich auch wörtlich nehmen: Weggetreten – von wem?

Ich ahnte, dass ich weitermachen musste. Bis ich diesen Fall, Pauls zwölf Stockwerke tiefen Fall, aus meinem Kopf herausbekommen hatte. Und wusste, wer seine Freundin Britta wirklich in Brand gesetzt hatte wie eine Hexe im Mittelalter: er selbst oder jemand anderes.

Noch unterm Torbogen des Hauses packte ich mein Schlauerle aus, manche nennen es Smartphone, und schaltete es ein. Zum ersten Mal an diesem Mittwoch, wie mir jetzt auffiel, ich gehöre zu der Generation, die noch mit Zeitunglesen aufgewachsen ist.

Ortszeit 13:17 Uhr. Ungefähr zwanzig fehlgeschlagene Versuche von Sandra Barth, mich zu erreichen, drängten sich im Display. Der letzte Anruf vor einer Minute.

Ich rief sie an. »Sandra?«

»Wo, zum Teufel, steckst du, Eli? Warum hast du dein Handy nicht eingeschaltet?«

»Is'n los?«

»Einsatz iss, Mensch! Seit Stunden. Potsdamer Platz.«

»Der *Potsdamer*?« Ach du Scheiße.

Der Kinoanschlag hatte noch als Privatsache des Cinema-Betreibers durchgehen können. Bis die Nachahmungen wie Metastasen übers gesamte Stadtgebiet gestreut und auch uns von der Villa auf den Plan gerufen hatten. Aber nun? Ein Anschlag am Potsdamer Platz, mitten am hellgrauen Tag. Das hieß Medien, Geld, Konzern. Hieß sensibler Bereich und extreme Öffentlichkeit.

Entsprechend war die Aufregung bei Sandra Barth. »Eli,

beweg verdammt noch mal deinen Schweif hierher, hörst du! Sony Center. Sofort. Nimm ein Taxi!«

Warum nicht gleich zwei?

Sie klickte sich weg, und ich rief ein Taxi.

Der vermutlich japanische Fahrer war die würdige Wiedergeburt eines Kamikazepiloten und brauchte elf Minuten bis zur Ebert, Ecke Potsdamer. Aber den analogen Quittungsblock konnte und konnte er nicht finden, nachdem er festgestellt hatte, dass der digitale Drucker defekt war.

Drauf geschissen, dachte ich und warf die Tür zu.

22

Das regennasse, wie immer windumtoste Ensemble des Potsdamer Platzes kam mir mal wieder vor wie der Ausläufer irgendeiner gesichtslosen amerikanischen Großstadt und keineswegs wie ›das neue Zentrum Berlins‹.

Der Verkehr klemmte sich Chrom an Blech auf der verbliebenen Spur, drängte an dem mit Flatterband markierten Bereich in Höhe des Filmhauses vorbei.

Innerhalb des abgesperrten und von einer Handvoll seemannsblauer Uniformen kontrollierten Areals, auf dem Busfahrstreifen vor dem Wartehäuschen, stand ein 85er Doppeldecker im Regen, blitzblank und leer, wie Gott ihn geschaffen hatte. Gleich neben dem Wartehäuschen der Bushaltestelle gegenüber der Varian Fry-Straße machten sich noch zwei Einsatzwagen und ein schwanenweißer Mercedes Sprinter breit, sie parkten quer auf Bürgersteig und Radweg.

Auch für die Fußgänger und Radfahrer war nur ein Schleichweg unmittelbar am Donutladen vorbei möglich. Wer stehen blieb und gaffte, war vermutlich Tourist und wurde von gehetzten Eingeborenen angegiftet und schlich weiter. Gab zwar keine Leiche mehr zu sehen, aber es regte vermutlich die Fantasie an, dass das Opfer in den abgegrätschten, blutverschmierten rechten Vorderreifen des Busses buchstäblich hineingestorben sein musste.

Ich zog den Kragen meines Jacketts hoch und lief stramm auf den weißen Sprinter mit den vier aufgesteckten blauen Lichtlein zu, das Beweissicherungsfahrzeug.

Ich stellte mich der rundlichen, hennahaarigen Fahrerin, deren Uniformhut den Beifahrersitz besetzt hielt. Sie kaute und verdaute einen Schokodonut, dessen Herkunft ich erahnte. Sie war so freundlich, mich nach mehrmaligem Klopfen gegen das regennasse Fenster zur Kenntnis zu nehmen. Süß, die Donutkrümel, die sich in ihrem dunkelblonden Damenbart verfangen hatten.

Sie hielt es zunächst für einen schlechten Witz, als ich sie fragte, was genau passiert sei. »Na, voll der Aufreger heute Morgen, Kollege! Alter Mann, Russe, vor den Bus gestoßen. Noch am Tatort verstorben. Gibt Hinweise von Augenzeugen auf eine Jugendclique, die das Opfer von hinten gestoßen hat. Ich wette, das kopieren jetzt wieder Dutzende Idioten in den nächsten Tagen. Vor allem, weil die Presse alles schön dokumentiert hat. Die waren ja schneller als der Krankenwagen.«

Noch mal zum Mitgoogeln: jugend + gruppen + gewalt. Das passte zu Sandra Barth wie der Hafer zum Gaul. Aber zu mir? Passte das gar nicht. Wozu brauchte sie mich? Und vor allem, wo steckte sie?

Ich rief sie an. »Sandra? Ich stehe am …«

»Bleib, wo du bist, Eli. Wir sehen dich bereits.«

Ich hob den Kopf. Und da sah ich sie kommen. Im Eiltempo durch den Grauschleier, direkt auf mich zu. Links Sandra, mit blauem Schirm. KHK Kersten an ihrer Seite. Logisch, wir befanden uns in Mitte, ihrem neuen Beritt. Ein jüngerer Kollege bildete rechts die schirmlose Flanke. Sie kamen aus dem Durchgang von Sonys Glasreich. Alle drei im Stechschritt und mit verschlossenen Gesichtern, als probten sie für ihre eigene Beerdigung.

»Na, endlich!«, rief Sandra mir bereits aus Lamaspuckweite zu.

Kersten sah das anders. »Sie haben uns mit Sicherheit noch gefehlt, Mattay«, warf sie mir aus der Nahdistanz an den Kopf. »Voll im Einsatz, wenn alles vorbei ist. Das nenne ich Timing.«

Der junge, breit gebaute, etwas triefäugige Kollege sagte zum Glück nichts, sah nur unwichtig drein, vermutlich aber probte er das Gegenteil. Männer sind so, kenn mich da aus.

Wir tauschten alle miteinander ein paar unschöne Blicke.

»Wir suchen eine Handvoll Straßenratten«, sagte die Kersten. Und mit maliziösem Lächeln: »Wäre nett, wenn Sie uns diesmal nicht dabei helfen würden, Herr Mattay.«

Der junge Kollege stieg vorne in den Kopf des Sprinters, und Kersten verschwand im Bauch des Wagens. Die Kollegin hinterm Steuer hatte jetzt wieder den Hut auf, rangierte forsch vor und zurück, umkurvte das Wartehäuschen von hinten, und ab ging's durch die Mitte, die ihnen geöffnet wurde.

Sandra Barth teilte nun gnädig ihren Schirm mit mir. »Ich stehe drüben auf der anderen Seite«, sagte sie.

Wir gingen hinüber. Sie war noch immer angepisst. Verständlicherweise. Und auch wieder nicht! Warum hatte sie nicht Gundula aktiviert? Gundula Schmitz kümmerte sich wie Sandra im Limonenteam schwerpunktmäßig um Gewalt von Jugendgangs, und eben darin sollte doch wohl die Ermittlungsunterstützung in diesem Fall bestehen, nahm ich an.

Ich schenkte mir das jetzt und würde mich so bald wie möglich aus dem Fall verabschieden. Das wäre dann auch im Sinne von KHK Kersten.

Wir liefen durch den Regenschleier zu ihrem Wagen, der in der autofreien Mündung der spiegelglatten Varian Fry schräg vor Anker lag. An der Hauswand gegenüber dem Diner, dessen runde Metalltische und Baststühle im Regen trieften, versprach eine kunterbunte Cinema-Werbung ›jetzt neu‹ den ›Kinderpreis für alle‹.

Der Kinoanschlag hatte ihnen also doch ins Kontor geschlagen.

Unter dem von einem Betonpfeiler gestützten Vordach des Hauses hockte, vorm Regen leidlich geschützt, ein schmächtiger Junge mit einem etwas gerupften roten Iro-Haarschnitt, in einer zerfledderten, viel zu großen Lederjacke.

Mit der Linken erfreute er seinen saufarbenen Terriermix mit etwas Fleischigem, mit der Rechten checkte er sein Smartphone-Display. Auch Punks gehen mit der Zeit.

Ich erkannte ihn jetzt. Es war der Junge vom Magdeburger Park.

23

Als wir die Potse entlangfuhren, Höhe Neue Nationalgalerie, erfuhr ich von Sandra den Namen des Opfers. »Kossygin. Pjotr Wassi… irgendwas Kossygin.«

Wahrscheinlich wussten ihn bereits Tausende Twitterer. Ich hatte ihn schon früher gekannt.

»Kossygin? Blumenthalstraße? Nein, oder?«

Sie blickte mich erstaunt an. »Doch, ich glaube, die Kollegen sagten so was. Kennst du den etwa?«

»N-nein, nicht wirklich«, antwortete ich mit belegter Stimme. »Aber ich kenne jemanden, der halbwegs mit ihm befreundet war.«

»Aha.« Es klang gedehnt, als wüsste sie nicht, ob das nun eine gute oder eine schlechte Nachricht für alle war.

Sandra berichtete nun stenografisch.

Großer Aufmarsch natürlich, Verkehrssperre, Tatortsicherung, Beweissicherung, Zeugenbefragungen, die ganz große Nummer. Sensibler Bereich noch dazu. Alles unter den Kameraaugen der Hauptstadtpresse, gleich um die Ecke.

Neben der technischen Spurensicherung und der Untersuchung der Leiche war die meiste Zeit darauf verwendet worden, die am Tatort verbliebenen Zeugen zu vernehmen. Sofern sie nicht einen Psychologen brauchten. Das Opfer war nach übereinstimmenden Aussagen nicht gestürzt, sondern mit voller Absicht vor den Bus gestoßen worden. Von pöbelnden Jugendlichen an der Haltestelle, die einander schon vorher immer wieder auf die Fahrspur gezerrt oder gestoßen hatten.

Bloß Fun, Hormone.

Solange kein Bus nahte.

Dann aber rauschte der 85er heran, wie gewohnt zu spät, daher in forschem Tempo. Doch nicht einer der Jugendlichen, sondern Kossygin, der alte Mann, der ganz dicht am Bordstein stand, stürzte diesmal auf die Fahrbahn, kopfüber direkt unter den rechten Vorderreifen des Busses.

Die Zeugen sprachen von einer Horde, einer Bande, Chaoten, mindestens einem halben Dutzend Jugendlichen, die für den Todesstoß verantwortlich waren: »Irgendwie alle.«

»Gewalt junger Männer. Typisch«, drückte Sandra dem Ganzen den Soziostempel auf.

Ich hatte Mühe, mir den Vorgang genau vorzustellen. »Was sagt denn der Busfahrer?«

Der Mann, erfuhr ich, stand unter Schock und befand sich im Krankenhaus. Bis auf Weiteres nicht vernehmungsfähig. Vielleicht nie wieder verkehrstauglich.

Kersten genügten die Zeugenaussagen jedoch nicht. Sie hatte schnell die Idee, die Überwachungskameras der umliegenden Gebäude als elektronische Augenzeugen zu befragen.

»Die ist auf dem Quivive, du!«, fand Sandra.

»Mag sein«, gab ich zu. Aber war's nicht einfach auch ein ganz klein bisschen ihr Job?

Kersten und ihr Team stellten die Chips aus einem guten Dutzend Ü-Kameras der ansässigen Häuser auf beiden Straßenseiten rund um den Tatort sicher. Wahrscheinlich scannten die Rechner der Keithstraße schon die Gesichter, und die Personenfahndung lief auf Hochtouren.

Am S-Bahnhof Innsbrucker Platz hielt Sandra überraschend an.

»Ich muss dringend Tobi abholen.« Sie pustete von unten gegen ihren Pony. »Er hat heute den ersten Termin. Jetzt gleich, eigentlich müssten wir schon dort sein. Bei der Spieltherapeutin, du weißt schon.«

Schon, ja.

»Schau dir bitte meinen Bericht zum Kinofall an, Eli. Ergänze ihn oder setz einfach dein Kreuz drunter, egal.« Sie sah mich an, legte den Kopf ein wenig schief und runzelte die Stirn. »Du solltest mal wieder zum Friseur gehen. Zu lang steht dir nicht.«

Fand sie und ließ mich aussteigen, um mit den Öffentlichen weiterzufahren. Schon brauste sie wieder los, mit einem atemberaubenden Wendemanöver.

Ich ahnte jetzt, warum sie nicht Gundula Schmitz mit ins Boot geholt hatte. Jung-Gundula, Jahrgang achtzig oder so, war nach eigenem Verständnis Teamplayerin. Das hieß, sie diskutierte sämtliche Ergebnisse mit dir in Grund und Boden, ehe sie protokolliert oder gar präsentiert wurden. Sie nannte das dingfest machen. Egal, wie lange das Palaver dauerte oder ob dein Kind inzwischen verhungerte. Gundula Schmitz, privat war sie gelernter Single, konnte sich die Alltagszwänge von Alleinerziehenden so wenig vorstellen wie manche Leute die Tatsache, dass das Huhn, das sie soeben verspeisten, wirklich mal gelebt hatte, mit Atmen, Herzschlag, Ausscheidungen und allem.

24

Ich rief in der Villa an. Um mich herum rauschte der Autoverkehr (zum Glück nicht mehr der Regen), über mir donnerte die S-Bahn, es war schwer, Rosemarie Herold, Pancks Sekretärin, zu verstehen. Panck, reimte ich mir schließlich zusammen, war wegen eines Autoschadens nicht mehr in der Villa, vielmehr nicht mehr dorthin zurückgekehrt.

Das Kleingedruckte zu dieser Meldung: Panck war in der Mittagspause losgefahren, um Getränke für eine Homeparty am Wochenende einzukaufen, und hatte zu diesem Zweck in zweiter Reihe vor einem Getränke-Discounter geparkt. Als er glücklich nach einer Viertelstunde Warteschlange mit zwei Kästen Bier wieder herauskam, schäumte bereits der BMW-Fahrer, den er mit seinem sittenwidrig parkenden Beetle am Wegfahren gehindert hatte. Es entspann sich ein rudimentärer Dialog, in dessen rasantem Verlauf sein Counterpart einen Baseballschläger aus dem Kofferraum seines Wagens holte und damit das Erscheinungsbild von Pancks gelbem Käfer offenbar empfindlich veränderte, vorwiegend auf der Beifahrerseite. Passanten griffen ein, die Polizei wurde gerufen, Strafanzeige, Schadensmeldung, Protokolle, Telefonate, Pancks Nachmittag war gelaufen.

Meiner nun auch, entschied ich.

Ich dankte Rosemarie, nahm den 48er-Bus und fuhr nach Hause.

Ich schlappte gleich durch zum Schreibtisch im Berliner Zimmer, klappte den Laptop auf und war online.

Manuela war begeistert, mich im Skype-Fenster zu sehen, und rief nach fünf Sekunden Schockstarre Dylan ins Bild. Mir recht, er war's, den ich wollte.

Nur umgekehrt funktionierte es nicht. Er verschwand gleich wieder aus dem Blickfeld, mal nach rechts, mal nach links oder nach unten. Blieb er einmal für ein paar Sekunden vor der Kamera, drückte er beide Fäuste gegen die Augen und sah nach innen statt nach außen. Na gut, wenn er mich auf diese Weise besser sah, sollte mir das recht sein.

Er sagte noch: »Mopskotze«, und damit beendete er das Programm, das mit einem Blubb-Ton absoff.

Schade. Aber das Wochenende war ja nicht mehr fern.

25

Kossygin. Dass es sich bei dem Opfer der Busattacke wirklich um Strehlows Bekannten handelte, bekam ich noch am selben Abend von Helene Zeitler bestätigt.

Sie klingelte bei mir an der Wohnungstür, bunte Lockenwickler in ihrem rauchgrauen Haar, man hätte meinen können, sie balanciere eine Handvoll Marshmallows auf dem Kopf. Ich bat sie herein und fand zum Glück noch eine Packung Kamillenteebeutel. Dylan hat mitunter Magenbeschwerden, erbricht sich mitten in der Nacht. Nervosität, meint sein Kinderarzt, Kamillentee würde helfen. Tut es auch.

Helene trank ihn jetzt in kleinen Schlucken und berichtete mir dabei besorgt, dass der junge Glindow – »Wenn er es denn ist!« – die Wohnung seines verstorbenen Vaters nach und nach vollkommen ausräume.

»Aber das scheint mir sein gutes Recht zu sein, Helene.«

»Das ist nicht der springende Punkt.«

Der Punkt war, dass sie ihm nicht über den Weg traute, ihn nicht mochte. Dass sie Angst vor ihm hatte.

»Die Vorstellung allein, dass er bald neben mir wohnen könnte!« Sie schüttelte sich bei dem Gedanken. Ihr verstorbener Intimus Glindow hatte ihr nichts von seinem Sohn erzählt, der Missratene hatte sich zudem Jahrzehnte lang nicht blicken lassen, also konnte etwas mit ihm nicht stimmen. Eigentlich hätten ihre Vorbehalte auch auf Walter Glindows Tochter abfärben müssen. Doch deren Image strahlte weiß wie ein Laken in der Waschmittelwerbung.

»Was für eine schöne junge Frau. Und so freundlich!« Sie blickte mich an, als müsse ich mich auf der Stelle in das Bild verlieben, das sie von Stella Glindow malte. »Nicht zu fassen, dass sie die Schwester dieses … dieses …« Ihr fehlten die Worte.

»Haben Sie denn mit ihr über ihren Bruder gesprochen, Helene?«

»Naja, nicht so richtig.«

Statt etwas über sich und ihren Bruder preiszugeben, hatte sich die Glindow-Tochter bei Helene lieber über die Bewohner des Hauses informiert.

»Sie ist Journalistin.«

Das passte.

Und dann sprachen wir über den »Todesfall«. Damit meinte Helene natürlich Strehlows Bekannten, den Russen aus der Blumenthalstraße.

»Pjotr Wassiljewisch Kossygin. So war sein vollständiger Name. Strehlow ist ganz geknickt. Die beiden verstanden sich ja ganz gut, obwohl der Russe sein Vater hätte sein können.«

Ich verriet ihr nicht, inwiefern ich mit dem Fall befasst war, zu jenem Zeitpunkt war mir meine Rolle darin selbst nicht klar. Für die Ermittlungen des Hintergrunds waren in erster Linie Kersten und ihr Team zuständig. Ergänzend dazu Sandra Barth, was die Jugendgewalt betraf. Mein Part wäre eher die Tatortanalyse gewesen, aber den Zeitpunkt dafür hatte ich grandios verpasst.

»Strehlow hat mir mal erzählt, dass Pjotr Kossygin sonst nur bis zum Tiergarten tourte und wieder zurück. Haben Sie eine Ahnung, Helene, was ihn heute ausgerechnet zum Potsdamer Platz getrieben hat?«

»Da fragen Sie mal besser Strehlow. Der weiß das bestimmt. Aber nicht heute. Heute trauert der noch.«

26

Was die Stadt in den nächsten Tagen am meisten beschäftigte, war keineswegs der Mord an Pjotr W. Kossygin. In dieser Hinsicht stellte Kersten mit ein paar erstaunlich verhuschten Videoaufnahmen der tatverdächtigen Jugendlichen das Jagdbedürfnis der Öffentlichkeit zufrieden.

Der eigentliche Aufreger war vielmehr, wie von der weitsichtigen Kollegin mit dem Donut-Schnäuzerchen richtig vorausgesagt, die vermeintlich spielerische Kopie der Attacke, die ziemlich bald den Namen ›Straßenpogo‹ bekam.

Vorreiter des makaberen Sports, der die Kino-Feuerspielchen nahtlos ablöste, waren angeblich Jugendliche, die sich einen Spaß daraus machten, auf dem Trottoir den jeweils anderen auf den Fahrdamm zu drängen, zu zerren, zu schleudern oder zu treten. Aber man sah auch Erwachsene, die mitunter lustvoll mitmischten. Ein kleiner Schubser in den Rücken, ein Rempler in die Seite, ein zarter Pferdekuss – das alles möglichst dicht an einer roten Fußgängerampel, an U- und S-Bahnhöfen, an Baustellen mit herrlich tiefen Gruben. Und so weiter.

Trotz ihres tödlichen Ursprungs am Potsdamer Platz, der offenbar schnell vergessen war, wurde die Pöbelei am Straßenrand zunächst mehr als Nervenkitzel aufgefasst, der sich leicht in den langweiligen Alltag einbauen ließ. Einen eigenen Anteil hatten daran auch die Onlineausgaben zweier Stadtmagazine, die ohnehin schon jeden Firlefanz opportunistisch zum Trend hochstilisierten. Für sie war der Straßenpogo ›eine schrille Alltagsperformance‹, ›Kult‹ und damit Kunst. Und die Kunst darf bekanntlich alles. Hatte nicht auch Schlingensief einst gefordert: T H K: Tötet Helmut Kohl? Na, also. Dass es sich dabei allerdings wirklich um eine Kunstaktion gehandelt hatte, fiel den Blättern nicht auf.

Die Stadtneurose, ich denke, das trifft es besser, dauerte an, obwohl schon bald die schlimmsten Unfälle bekannt wurden, ein abgerissener Arm, zerquetschte Füße, zwei Dreizehnjährige, die sich gemeinsam mittels einfahrender S-Bahn ins Hirnkoma geschleudert hatten. Solche Dinge. Kunst? Auf einmal reichte ein leichtes Drängeln an irgendeiner Haltestelle der Stadt, um auch ohne Bus oder Bahn vor der Brust hysterisches Schreien, wütendes Umsichschlagen und panische Fluchtbewegungen zu provozieren. Die wiederum zu Verletzungen von Passanten und einer zeitweise absurden Nervosität auf Straßen und Bahnsteigen führten. Es folgten Tage, an denen die Notruftelefone bei Polizei, Feuerwehr und Ärzteschaft permanent schrillten.

Doch dann ebbte es ab. Wie ein Tsunami, der sich ausgetobt hatte. Wie schon andere solcher Phänomene, etwa das Abfackeln von Autos oder, ebenso sinnlos, von Kinderwägen vor ein paar Jahren. Nur dass diesmal alles wie in einem Zeitraffer geschah. Eine Art Gesellschafts-Ebola hatte zwei hysterische Wochen lang grassiert.

In diesen Tagen verdrängte ›das Phänomen‹ – in der Presse

erhielt der Straßenpogo unter anderem auch diesen geradezu mystischen Namen – jedes andere Thema von der Topliste in der Villa. Es schlug die Stunde der Verhaltenswissenschaftler im Haus. Alte und neue sozialwissenschaftliche Schuhe wurden diskutiert, keiner schien jedoch für ›das Phänomen‹ zu passen.

Meine ganz private Theorie war, dass sich der Herdentrieb eben für keine noch so schwachsinnige Mode zu schade ist. Den Rest besorgen Geltungsdrang und Ereignislosigkeit im Leben.

27

Unterdessen lief die Fahndung nach den jugendlichen Tatverdächtigen im Fall Kossygin auf vollen Touren.

Mussten wir annehmen.

Denn KHK Kersten ließ diesbezüglich nichts von sich hören. Keine Rückmeldung seit gestern, dem Mittwoch, über den Stand der Ermittlungen, nicht mal gegenüber Sandra Barth.

Doch sie störte das wenig. Dazu mochte auch die begonnene Spieltherapie für ihren Tobi beitragen, die sich offenbar gut anließ. Im Übrigen war sie über Nacht Fan von KHK Kersten geworden.

»Sie fahndet absolut effektiv und professionell nach den Jugendlichen, Eli. Den Großen im weißen Jogginganzug wird sie bald haben. Der ist mit Sicherheit das Alphatier der Gang. Die Fahndungsbilder sind ja längst raus.«

Sie standen, wie ich vermutet hatte, schon Stunden nach dem Mord worldwide im Internet. Und hingen heute früh bereits an jedem zweiten Baum im lokalen Zeitungswald. Besonders die Figur des ›Weißen Riesen‹ fand allgemeine Wertschätzung im Boulevard.

Aber *wir* in der Villa wussten gerade so viel oder wenig wie die Presse! Und auch das erst, *nachdem* wir sie gelesen hatten.

Sandra seufzte und zuckte die Achseln. »Du kannst sie halt nicht ausstehen, die Kersten.«

So sah sie das.

Wenn Sie wissen wollen, wie ich das sah: Unsere Rolle als Spezialisten, als angebliche Mittler zwischen den Behörden, degradierte uns in Wahrheit zu Bittstellern, die mit der Hundepfeife herbeigerufen wurden, wenn's gerade passte, aber jeder Information aus erster Hand hinterherhecheln mussten. Aus Spezialisten wurden wir zu Statisten gemacht, wenn's einer KHK Kersten gefiel.

Ich ging ersatzweise Sandras Bericht zur Kinoattacke durch. Pragmatisch, wie sie war, hatte sie kein Problem damit, ihre anfänglich vertretene Jugendgang-Hypothese nun gegen Paul Junfermann als Tatverdächtigen einzutauschen, dessen Suizid als mutmaßliches Schuldeingeständnis gewertet werden könne.

Ich konnte das nicht abzeichnen. Ich hatte ihn in der Vernehmung durch Kersten nun mal nicht als den kleinen eifersüchtigen Drecksack erlebt, der fahrlässig oder unter Kontrollverlust seine Freundin in Brand setzt, wie andere ihre Zigarette.

Doch ein klares Bild des Tathergangs hatte auch ich nicht. Wer sonst, wenn nicht Paul Junfermann? Statt irgendeiner Idee, anstelle auch nur eines Hauchs von Täterprofil, blitzte vor meinem geistlosen Auge immer nur die Kinoanimation des Cinema auf. Der Trailer zu den ›dunklen Monden des Mars‹.

Irgendwann am frühen Nachmittag gab ich es auf, ich ging. Niemand in der Villa vermisste mich. Ich fuhr nach Hause. Jedenfalls hatte ich die Absicht.

An der Potsdamer, Ecke Kurfürstenstraße warf ich einen prüfenden Blick in das spiegelnde Schaufenster des arabischen Gemüsehändlers, dessen Melonen groß wie Robben waren und NUR 1 EUR kosten sollten. Es klang wie ein Angebot zur Geldwäsche.

Der in Schulterhöhe leicht gebeugte Vierziger im Schaufenster, der etwas befremdet über die Schulter zu mir zurückschaute, hatte struppige rostrote Haare, die ihm wie Kalle Wirsch zu Berge standen.

Ich gab insgesamt keine gute Figur ab, aber aus dem Kopf, Sandra hatte recht gehabt gestern, ließ sich was machen.

Statt nach rechts, wandte ich mich nach links und setzte mich bis zu ›Haarmann's‹ den üblichen Spießrufen-Lauten (sic!) aus. Alle zehn Meter kam eine neue Frau mit mehr oder weniger drallen Brüsten, weitgehend freiliegenden Oberschenkeln und eher gedrungenem Körperbau auf mich zu, um mich lautstark mit slawischem Akzent zu etwas Französischem, Griechischem oder Römischem zu animieren.

›Haarmann's‹, Jan Petersens Friseurladen, liegt jenseits der Apostelkirche und damit hinter der Demarkationslinie, die, wie erwähnt, die osteuropäische Konkurrenz von den Barbies am Strich trennt.

Sein Laden besteht aus einem einzigen Raum von solider Hundezwingergröße und beherbergt außer dem Meister selbst und einer schwarzen, hoffnungslos überfetteten, französischen Bulldogge namens Chantal noch eine Unmenge Zeug, das Jan aus diversen Trödelläden bezieht und zu immer neuen, themenspezifischen Ausstellungen zusammenstellt.

Derzeit waren bayrische Wochen angesagt. Es hingen diverse Ausführungen blauweiß gemusterter Fahnen an den Wänden, und schlecht gerahmte Ölbilder des rustikalen Landlebens in Berg und Tal zierten die rauchgegerbten Tapeten. Miniatur-Holztransporter, gezogen von bajuwarisch gezäumten Kaltblütern, zünftige Bauernfiguren mit Gamsbarthut und Lederhosen, dazu eine bunt verzierte Tänzergruppe aus Ton bevölkerten das Waschbecken vorm großen Spiegel.

An den Rest erinnere ich mich nicht mehr, es war einfach zu viel. Und überall. Es war wie in Helene Zeitlers Wohnung, Horror vacui, kein freies Plätzchen mehr vorhanden, selbst für die Kundschaft gab es nur einen Stuhl und einen Sessel im Fünfzigerjahre-Design (weil sie noch aus den Fünfzigern *stammten*). Am komfortabelsten hatte es noch Chantal, die in dieser Woche auf einem riesigen, blau-weiß gemusterten Kissen im Schaufenster ruhte und wie immer asthmatisch vor sich hin rasselte, die Ärmste.

Jan hatte es vor dreißig Jahren von hoch im Norden, nahe der dänischen Grenze, nach Berlin verschlagen. ›Haarmann's‹ betrieb er jetzt seit etwa zwanzig Jahren, doch die Billigkonkurrenz in der Potsdamer Straße saugte zunehmend die Laufkundschaft ab und rückte immer näher. Auch wurden Strom, Gas und Wasser immer teurer. Ohne seine Stammkundschaft, die freiwillig zwei bis fünf Euro mehr zahlte, als die Billigheimer verlangten, hätte er längst dichtmachen müssen. Zu seinen Kunden zählten hauptsächlich Nachbarn, Kinder und Erwachsene, einige Ex- und Subpromis und selbstverständlich die Stammhuren der umliegenden Straßen.

Er stand in der offenen Tür, stolz und aufrecht in seinem Tuttifrutti-Hawaiihemd, das seine Leibesfülle nicht kaschieren konnte, und grüßte sparsam mit der abbrennenden Zigarette zwischen den kräftigen braunen Friseurfingern. Chantal machte es dem Chef nach und grüßte hinterm Schaufenster, indem sie mit ihrem Stummel wackelte und ihr Röcheln leicht intensivierte.

Jan ließ mich rein, und los ging's noch lange nicht. Erst musste die Zigarette zu Ende geraucht und Chantal ausführlich ermahnt werden, ihrem Chef nicht auf die strapazierten Nerven zu fallen, sondern hübsch liegen zu bleiben – völlig unnötig, weil sie ohnehin nichts anderes tat. Zweimal verschwand der Meister noch in der hinter dem Ladenraum gelegenen Parterrewohnung, die nur durch einen Vorhang abgetrennt war.

Dann endlich waren wir soweit.

»Und, was machen wir?«, fragte Jan ohne allzu viel Schwung.

»Haare schneiden vielleicht?«, schlug ich vor.

In der nächsten Sekunde packte er meinen Nacken wie ein Kaninchen zur Schlachtung, drückte ihn über das keineswegs haarfreie Waschbecken, und nass bist du!

Das Angenehme an Jan, finde ich, ist die Tatsache, dass ihm die Themen nie ausgehen, er aber nie erwartet, dass du ihm wirklich zuhörst. Das entspannt, zumindest mich. Eines seiner Lieblingsthemen ist natürlich Chantal, mit der er, glaube ich, verheiratet ist. Wie schon mit ihren zwei Vorgängerinnen, die ebenfalls Chantal hießen.

»Heute Morgen um fünf, auf unserem Spaziergang, weißte: Ich will in den Tiergarten mit ihr. Aber sie nun wieder?« Er deutete mit der Schere auf Madame. »Nee, Tiergarten will sie nicht. Will woanders hin. Will zum Zoo. Die Richtung, weißte. – Nicht nicken!«

Meistens bekam ich auf die Weise jedes neue Straßenschild beschrieben, vor dem Chantal früh am Tag mit ihren kurzen, krummen Beinen in die Hocke ging.

Doch Jans Gesprächsführung war ähnlich sprunghaft wie Chantals Spaziergängerinteressen. Irgendwann mitten in der Tourbeschreibung des heutigen Tages fiel Jan eine Kundin ein, die ihm etwas Seltsames erzählt hatte.

»Die Irina. Sie steht hinten in der Genthiner, Höhe Magdeburger, weißte. – Nicht kopfschütteln. – Also, die treffen wir heute früh, Chantal und ick, ja.«

Jan hat übrigens die Angewohnheit vieler Zugezogener, einige grobe Brocken Berlinisch in ihren ursprünglichen Sprachschatz mit einzubauen.

»Die Chantal hat dort eins von ihren Plätzchen, wo sie besonders gerne macht, wa. Und wenn Irina nicht gerade Hand anlegt, in der Seitenstraße, vorm Arbeitsgericht, weißte, dann kommt sie schon mal rüber und quatscht mit uns. – Kopf still halten. – Du, das muss dich interessieren, als Kriminaler, meine ich. Weil heute Morgen erzählt die Irina mir auf einmal von dem kleenen Punk im Park, um den sie sich ein bisschen gekümmert hat, so nem Nutellapunker mit nem roten Iro, Deniz heißt er. Deniz mit Z am Ende, sagt Irina. Der hat auch nen Hund, wie heißt er gleich, ziemlich wilde Terriermischung jedenfalls, richtige Töle.«

Ich nickte wieder. Jan klopfte tadelnd mit dem Kamm auf meinen Scheitel. Chantal rasselte laut, als draußen auf dem Trottoir eine andere Töle vorbeigeführt wurde. Jan stauchte sie zusammen. Ohne Erfolg, Chantal gab erst Ruhe, als die Konkurrenz außer Geruchsweite war.

»Wieso eigentlich muss mich das als Kriminaler interessieren?«, wollte ich nicht wirklich wissen.

»Na, erst gestern ist doch der alte Kossygin vor den Bus gestoßen worden! Steht doch in allen Zeitungen.«

»Schon, ja. Und?«

»Die Irina sagt, der Deniz, der kleene Punk, weißte, – nicht nicken –, der hätte genau gesehen, wer's gewesen ist. Wer den Kossygin vor den Bus gestoßen hat.«

»Sagt Irina?«

»Ja, sagt sie, dass ihr Deniz das gesagt hat.«

»Eben, Jan: Sagt er, sagt sie, dass er's gesagt hat. Dank dir. Aber vergiss es.«

»Du, aber das Interessanteste kommt noch! – Kopf bisschen runter. So, ja. – Der Deniz behauptet nämlich, dass es nicht dieser … dieser Weiße Riese war, den ihr doch sucht, via Netz und Bild und weiß ich nicht. Es wäre überhaupt keiner von den Jugendlichen gewesen.«

»Au! Das war mein Ohr, Jan!«

»Siehste, jetzt hab ich dich geschnitten. Du musst den Kopf stillhalten. Frag mal Dylan, wie das geht.«

Er hatte recht, in Jans abgehalftertem Frisierstuhl hielt Dylan den Kopf ganz ruhig, stolz und still wie eine Sphinx. Seine Hände dagegen flatterten umso hektischer, wie kleine Vögel auf Speed.

Jans Story war noch nicht zu Ende. Beileibe nicht.

»Sie waren ja Schachpartner, der Junge und Kossygin, weißte.«

»Schachpartner?! Wer sagt das? Auch deine Irina?«

»Nee, der Kossygin selbst hat das mal erzählt. Er war ja auch Kunde. Also von mir jetzt.«

»Entschuldige mal, aber die beiden und Schach?«

»Na ja, doch. Wenn der Kossygin auf seiner Tour zum

Tiergarten spazierte, hat er wohl oft Station am Magdeburger gemacht. Bei schönem Wetter natürlich nur.«

»Und?«

»Na, dort im Park ist er eben mit dem Jungen ins Gespräch gekommen, irgendwie.«

»Ins Gespräch?« Wer's glaubt.

»Und sie haben festgestellt, Kossygin und der Junge, dass sie beide Schachfans sind. Da hat der Kossygin, weil ihm seine Schachpartner doch schon alle weggestorben sind, mal so ein kleines Reiseschachspiel mitgebracht, magnetisch, weißte.«

Ich nickte. Fehler. »Au!«

»Selbst schuld. Also haben die beiden im Park dann gelegentlich Schach gespielt. Der Junge soll ziemlich begabt sein, meinte Kossygin. Und stell dir vor!« Er setzte Kamm und Schere ab und blickte betroffen in den braunfleckigen Spiegel. »Jetzt ist der arme Junge auch überfahren worden.«

»Was, überfahren? Wie, wo?« Ich starrte den Friseur ungläubig an.

»Ja, letzte Nacht. In der Genthiner. Deshalb weiß ich das ja. Weil dort die Irina immer steht. Sie hat es gesehen.«

»Den Unfall?«

»War kein Unfall, du.«

»Kein Unfall?« Allmählich bekam ich schwitzige Hände. Ein Muskelwurm an meiner Schläfe begann heftig zu pochen.

»Irina glaubt, der ist mit voller Absicht angefahren worden. Fahrerflucht. Sie hat's vom Park aus gesehen.«

»Absicht? Fahrerflucht, die mit dem Mord an Kossygin zu tun haben soll? Warum hat sie das der Polizei noch nicht erzählt? Sondern anscheinend nur dir?«

»Sie hat's der Polizei erzählt. Aber die Irina ist doch nicht blöd. Sie weiß ganz gut, dass man *ihr* so eine Story niemals abkaufen würde.«

»Du ihr aber schon, Jan, oder?« Ich lächelte milde.

Jan trat einen Schritt zurück, blickte mich etwas enttäuscht an und zuckte die Achseln.

Ich bedankte mich am Ende bei ihm. Für den Haarschnitt. Und für die Geschichte. Auch wenn das Märchen nicht gut ausging.

»Bleib rund und gesund, mein Dicker«, wünschte er mir zum Abschied mit süß-säuerlichem Ausdruck im verlebten Gesicht.

28

Es war zum Verrücktwerden! So wenig ernst ich die Geschichte zuerst nahm, so sehr geisterte in der folgenden Nacht der kleine Irokese durch meinen Kopf.

Mindestens ein Teil von Jans wilder Geschichte entsprach schließlich der Wahrheit. Ich selbst hatte den Jungen später am Tatort gesehen, warum sollte er nicht schon vorher, zur Tatzeit, dort gewesen sein?

Und noch in derselben Nacht war er überfahren worden?

Sagt Irina, sagt Jan.

Wenn aber doch was dran wäre? Wenn nicht nur ein Teil der Story, sondern mehrere davon stimmten?

Ich quälte mich lange mit nutzlosen Spekulationen, ehe ich noch mal einschlief. Und so schnell nicht wieder aufwachte.

Halb neun, verschlafen. Jetzt kam's eh nicht mehr drauf an, wann ich in der Villa erschien. Nur noch auf die Ausrede.

Noch vor dem Frühstück wählte ich Currys Nummer. Ein ausgeschlafener Typ, obwohl er den Frühdienst bevorzugte. (Sorry, Kalauer. Kommt nicht wieder vor.)

Ich erwischte ihn gleich. »Ja, Kury?«

»Hallo, Curry, Eli hier.«

PHK Lutz ›Curry‹ Kury war seit Jahrzehnten eine feste Größe unter den Kiezbullen in Tiergarten. Keiner der Granden, das nicht, sondern einer der Gruppenleiter, die die wirkliche Arbeit machten. Er besaß ein furchterregendes Gedächtnis und brachte auch das Talent zur Organisation komplexer Abläufe mit. Früher, bevor ich Bauchspeck und er Bandscheibe bekam, hatten wir eine Zeit lang zusammen in einer Betriebsmannschaft gemeingefährlicher Knochentreter gebolzt. ›Wurst und Käse‹ nannten wir uns, und so spielten wir auch. Curry hatte eine beinharte Auffassung von Hallenfußball, aber ansonsten war er in Ordnung.

»Eli! Lange nicht gesehen. Du steckst neuerdings bei den Limonen, hört man?«

»Richtig. Schon eine Weile.«

»Mal ehrlich, gibt's euch wirklich da unten? Oder nur als Website?«

»Klick mich doch!«

Er lachte herzhaft.

Im Hintergrund wurden verschiedene Stimmen laut, und ich hörte das Schrillen von Telefonen. Das Großraumbüro, in dem Curry arbeitete, ich fragte mich, wie er das aushielt, die Lautstärke, das Gebrabbel und Getrappel der Kollegen, permanent ansprechbar sein müssen, brrr. Er dagegen behauptete, er liebe nun mal die Bullenweide, und das durfte man ihm glauben.

»Okay, Eli, sag an. Worum geht's?«

»Da war ein Verkehrsunfall am Mittwoch, Curry, in der Genthiner Straße. Fahrerflucht angeblich.«

»Genthiner? Schon. Aber nicht am Mittwoch. Das ist schon zwei, drei Wochen her.«

»Wochen? Unmöglich.«

»Hör mal, Kollege!«

»Sorry. Ich dachte nur …« Irinas Hirngespinst hüpfte in Windeseile davon. Und kehrte mit Kurys nächstem Satz in Riesensprüngen zurück:

»Fahrerflucht, Mittwoch, sagst du? Da kann ich dir was anderes anbieten, gleich neben der Genthiner«, schob er auf einmal nach.

»Richtig, ja.« Natürlich die Seitenstraße!

»Mittwochnacht, eigentlich schon Donnerstag früh, die Meldung kam … Moment, ich schau nach … gegen ein Uhr dreißig rein. Ziemlich böse Sache. Am Magdeburger Park. In der Sackgasse, die zum Arbeitsgericht an der Genthiner führt.«

»Ja?« Ich sah die dunkle Freudengasse lebhaft vor mir. Die Parade zerknüllter weißer Papiertücher auf dem Seitenstreifen, Sex und hopp, Tempo, Tempo.

»Hat dort einen kleinen Punk erwischt. Fahrerflucht, richtig.«

»Name, Adresse des Jungen bekannt?«

Ich hörte ihn wieder seine Tastatur bearbeiten. »Bauer, Deniz, vierzehn Jahre alt. Wohnadresse Alt-Moabit 124. Ist aber irrelevant, dort lebt er schon seit mindestens einem halben Jahr nicht mehr. Häusliche Gewalt, das übliche Spiel.«

»Du meinst, das üble Spiel.«

»Oder so. Trebegänger. Mal im Obdach, mal bei der Treberhilfe …«

»Mal im Freien.«

»Du kennst ihn?«

»Nur geraten, ist ja nicht schwer. Was'n genau passiert?«

Er seufzte. »Tja, wenn wir das wüssten. Er ist offenbar von irgendeinem Wahnsinnigen frontal über den Haufen gefahren worden. Vielleicht ein Freier, der dort parkte, sich belästigt fühlte. Oder irgendein anderer Irrer. Gibt ja momentan besonders viele von der Sorte, scheint's.«

Er spielte natürlich auf den grassierenden Straßenpogo an, der in der Stadt gerade Fahrt aufgenommen hatte. Ich ging jetzt nicht drauf ein.

Ich sah sie wieder vor mir, die spärlich beleuchtete Sackgasse an der Südseite des Magdeburger Parks. Die Parkstreifen standen im schrägen Winkel zur Straße. Ideal, wenn du auf Handarbeit und Mundgeblasenes in deinem Wagen standest.

Wer vom Park zur U-Bahn wollte, falls er zum Beispiel im Park übernachtete, zum Nollendorfplatz oder zur Kurfürstenstraße, musste das Sträßchen überqueren.

»Fahrer? Fahrzeug? Kennzeichen? Habt ihr da was?«

»Schwarzer BMW oder Opel oder Toyota, such dir was aus. Älteres Modell. Kennzeichen unbekannt. Es gibt nur eine Zeugin, Irina Dombrowski, sie steht gewöhnlich in dem Bereich der Genthiner, irgendwo zwischen den Möbelhäusern, saugt und bläst's den Heinzelmännern gleich um die Ecke in der Parkmeile. Sie will gesehen haben, also während der Arbeit, versteht sich, dass der Wagen wie ein wilder Stier aus einer Parklücke geschossen kam, als der Junge den Park verließ und das Sträßchen überqueren wollte.«

»Glaubt sie an Absicht?«, fragte ich vorsichtig.

»Davon steht nichts in dem Bericht. Wie kommst du darauf?«

»Klingt doch fast wie eine Hinrichtung, wie die Zeugin die Sache schildert, oder? Was hältst du davon?«

Ich hörte ihn leicht aufstöhnen. »Du, die Irina kennen wir ganz gut hier. Sie ist ein liebes altes Mädchen. Und tagsüber sogar Musterschülerin im Methadonprogramm. Aber was glaubst du, warum sie dort schafft, wo sie anschafft? Weil sie täglich einen Lastwagen voll Pillen, Koks und anderen Dreck braucht, die Ärmste. Zieh einfach von dem, was Irina Dombrowski dir auftischt, den Horrorstreifen ab, den sie im Kopf immer mitlaufen lässt, dann kommst du der Sache näher.«

»Okay, was heißt das nun praktisch für euch? Wie geht ihr damit um?«

»Wir ermitteln wegen fahrlässiger Körperverletzung und Fahrerflucht. Die übliche Sauerei. Hoffen wir mal, dass daraus nicht noch fahrlässige Tötung wird.«

»Sieht schlecht für den Jungen aus, momentan?«

»Bin kein Arzt. Aber aussagefähig sieht anders aus, hört man. Hoffen wir, dass der Kleine den Mund mal wieder aufmachen kann. Oder die Augen.«

»Scheiße.«

»Kannst du laut sagen. Außerdem, dass sich noch irgendein Freier meldet, der ›Hier!‹ schreit, ›ich hab mir die Kfz-Nummer gemerkt, während ich meine Nummer geschoben habe‹, ist auch nicht sehr wahrscheinlich. Uns kann nur der Junge selbst weiterhelfen. Hoffen wir, dass sie ihn durchbringen.«

»Dank dir, Curry.«

»Spielen wir mal wieder ne Kugel, Eli?«

»Nicht dein Ernst, oder?«

»Dachte an Boule.« Er lachte fett und wünschte mir was.

29

Ich knabberte inzwischen ein Müsli (keine Milch da) und rief in Kerstens Büro an.

Frau Jäckel, vormals Zerberus, hatte mich so etwas wie lieb gewonnen, seitdem sie in mir die menschliche Seite erkannt hatte, ein weiteres Opfer der Bürokratie. Wie sie selbst verdonnert zum Schreiben unnützer Berichte, die sowieso kein Mensch las.

Ich erkundigte mich nach der Chefin. Sie war nicht anwesend, busy in der Fahndung nach den Busattentätern.

Jäckel zögerte auf einmal weiterzusprechen. Ich stellte um auf Lauschangriff.

»Klingt doch gut«, sagte ich. »Die Fahndung läuft auf vollen Touren. Oder?«

»Schon.« Kurze Pause. Aber, na ja, der Fall entwickle sich dennoch schwieriger, als anfangs gedacht. Zumindest die Beweisführung werde knifflig für Kersten werden. Weil es doch gestern geregnet habe.

»Na und?«

»Die Schirme, verstehen Sie?«

»Welche Schirme?«

»Na, die Überwachungskameras hängen natürlich nicht auf Augenhöhe. Sondern höher. Viel höher am Potsdamer Platz. Ist ja klar, da sieht man mehr.«

So als Kamera.

»Aber nicht, wenn Regen ist.«

»Ah, verstehe.« Man sah von oben vor allem aufgespannte Regenschirme.

»Wenn alle schön gedrängt an der Bushaltestelle stehen und warten, reichen schon vier oder fünf Schirme, um im Nebel zu stochern. Den Täter dürfen Sie sich dann malen.«

Und zwar wie eh und je aufgrund der Aussagen von Augenzeugen. Deren Zuverlässigkeit aber entspricht häufig der von Autohändlern. Im konkreten Fall hatten sie keinen der Täter genau beschrieben. Sondern nur eine Clique von Jugendlichen.

Das war also der aktuelle Stand. Ich musste einsehen, dass Kersten uns nichts Neues vorenthalten hatte, sie hatte schlicht nichts Wasserdichtes in der Hand. Sondern nur Regenschirme vor der Linse. Ohne Gruppenhaft würde sie nicht weiterkommen, doch die war mit der Sippenhaft abgeschafft worden, aus gutem Grund.

»Was ist mit den Kameras von gegenüber, von der anderen Straßenseite?«

»Nichts Schickes im Angebot, breit, wie die Potse nun mal ist. Auf Schirmhöhe schon mal gar nicht. Und dann der Regen. Wie ein Grauschleier, sagen die Kollegen, die sich's angesehen haben. Auf manchen sieht man nichts als Tropfen vor der Linse. Und dann gibt's welche, da ist der Chip leer, die haben gar nichts aufgezeichnet, das waren Attrappen, bloß zur Abschreckung da.«

»Verstehe.« Überwachungskameras machen eben auch nur Dienst nach Vorschrift.

»Nee, das war nix«, seufzte sie vernehmbar. »Leider. Anja interviewt jetzt noch mal ein paar zuverlässigere Zeugen, ob die sich nicht doch noch an bestimmte Details erinnern.«

Zur Not half sie eben nach.

»Immerhin hat es für die Fahndungsbilder der Tatverdächtigen gereicht«, gab ich den Trösterich. »Jugendliche haben ja keine Schirme.«

»Pfff! Würden *Sie* jemanden darauf erkennen? Ich nicht. Nur mit dem Großen in Weiß, der ein-, zweimal ins Bild geschossen kam, könnten wir vielleicht Glück haben.«

»Eben alles eine Frage der Perspektive«, sagte ich und bedankte mich untertänigst bei ihr.

30

Ich rief in der Villa an und teilte Rosemarie Herold mit, ich sei unterwegs und müsse Panck in einer fachlichen Frage dringend sprechen.

Rosemarie lachte schrill auf, sie wusste so gut wie ich, dass es keinen sichereren Weg gab, von Panck in Ruhe gelassen zu werden, als ihn dringend um Rückruf zu bitten. Ein Chef ruft niemals einen Mitarbeiter an, der etwas von ihm will, sondern immer nur umgekehrt. So einfach war das.

Ich fuhr zum Potsdamer Platz.

Was für ein strahlender Maimorgen. Es hatte sich gründlich ausgeregnet seit vorgestern. Wattewolken klebten am Himmel, der blau-weiß leuchtete wie die bayrischen Fahnen im ›Haarmann's‹.

Die Szenerie am Ort war im Vergleich zu Mittwoch nicht wiederzuerkennen. Der Verkehr rollte ruhig und selbstgefällig auf allen Spuren, kein Bus stand mehr quer auf der Straße, und die Passanten taten, wofür sie bezahlt wurden oder auch nicht, sie gingen achtlos am Tatort von vor zwei Tagen vorbei.

Ich stellte mich in die Einfahrt zur Varian Fry, neben die

metallisch glänzenden Tische, an denen Gäste des Diners etwas Blasses, Rundes aßen, das aussah wie Fad Food. Ich schaute hinüber zur anderen Straßenseite. Solange kein Bus fuhr, hatte man von hier einen unverstellten Blick auf das Wartehäuschen der Haltestelle.

Ein muskulöser Kellner in Jeans, T-Shirt und Sonnengläsern auf dem kurz geschorenen Schädel erschien auf der Bildfläche. Ich fragte ihn nach dem Jungen mit dem roten Iro.

Ja, so einer hänge hier öfter zum Betteln herum. Mit seinem kleinen Hund.

»Und vorgestern? Als die Sache mit dem Bus drüben passierte?« Ich wies mit dem Kinn zur Sonyseite hinüber. »Können Sie sich daran erinnern?«

»Ja, an dem Tag war er da. Doch.« Aber sicher war er nicht, was den genauen Zeitpunkt betraf. Er wiegte den Kahlkopf leicht hin und her. »Der Kleine ist oft schon ziemlich früh hier. Besonders, wenn er draußen gepennt hat, schätze ich mal.«

Solange seine Gäste nicht angebettelt würden, sei ihm das egal. Und gelegentlich stelle er dem Jungen auch mal einen Kaffee hin oder drücke ihm eine Wurstscheibe für den Hund in die Hand.

»Die Stelle ist natürlich ideal zum Schnorren. Ein Haufen Passanten mit lockerem Geld in der Tasche, die hier gerne mal zum Wolkenkratzer-Gucken stehen bleiben. Gibt schlechtere Orte zum Betteln.«

Mit Sicherheit. Und an den besseren Plätzen, den überdachten in den Malls und Passagen zum Beispiel, werden Bettler bekanntlich gerne vertrieben. Von der Security oder der Konkurrenz. Besonders, wenn sie so auffällig sind wie ein Punk mit alarmrotem Iro.

Vielleicht war er zum entscheidenden Zeitpunkt, als Kossygin vor den Bus gestoßen wurde, noch gar nicht dort gewesen. Hatte sich alles zusammengesponnen.

Aber wozu sollte er das tun? Um damit eine Hure zu beeindrucken, die sich ein wenig um ihn kümmerte? Unwahrscheinlich.

Viel wahrscheinlicher war, dass hier etwas ganz gewaltig stank, und zwar bis zum hohen bayrischblauen Himmel hinauf.

31

Von der Ebertstraße her sah ich den 85er herangondeln. Täuschte ich mich, oder fuhr er wirklich zahmer, als man es sonst von einem Großen Gelben gewohnt war? Ich wechselte die Straßenseite und tat, was Kossygin vorgestern nicht mehr vergönnt gewesen war, ich stieg mit einem Pulk Leuten ein.

Touristenplatz. Oberdeck, ganz vorn am Fenster. Folgender Tourabschnitt: Kulturforum, Potsdamer Brücke, Wintergarten. Ich hätte Lust gehabt auszusteigen, um im Roth's einen Cappuccino zu trinken.

Jetzt nicht kneifen, Mattay! Vielleicht ist sie noch gar nicht zurück im Büro.

War sie aber doch.

Ich bat Christine Jäckel, mich durchzustellen. (In diesem Leben würde ich die Handynummer von KHK Kersten wohl nicht mehr ergattern.)

»*Mattay*?«

Sie sprach es aus wie: *Schimmel*?

»Tag, Frau Kersten«, presste ich heraus. »Geht um die Videodateien. Was dagegen, wenn ich sie mir mal ansehe? «

»Und ob ich was dagegen habe. Sensibles Material, das gebe ich doch nicht aus der Hand!«

Sie hatte recht, sensible Daten, mögliches Beweismaterial in einem Mordfall, wurden möglichst nicht durchs Netz verschickt. Nicht mal durchs Intranet. Und einem internen Boten mit dem Auftrag, mir das Material auszuhändigen, hätte Kersten persönlich im Busch aufgelauert, um es zu verhindern.

»Okay«, sagte ich. »Dann komme ich jetzt bei Ihnen vorbei. Ich höre, Sie stecken fest mit der Analyse.«

»Wer behauptet das?«

»Ihr Büro.«

Damit hatte ich meine Informantin, Ex-Geheimniskrämerin Christine Jäckel, natürlich verpetzt. Aber was sollte ich machen?

»Vielleicht kann ich helfen.«

»Mit Sicherheit nicht, Mattay.«

»Fein. Bis gleich.«

32

Der U-Bahnhof Kurfürstenstraße war seit heute mal wieder gesperrt, ich fuhr durch zum Hochbahnhof Bülowstraße und nahm den Zug bis Wittenbergplatz. Den Rest zu Fuß, entschlossen und beschwingt wie ein Ausbrecher mit einer Kugel am Bein.

Christine Jäckel empfing mich nicht mit der Freundlichkeit, die ich mir bei ihr telefonisch schon erarbeitet hatte. Sie war eine ganz hübsch korpulente Frau in den Vierzigern, doch die frische Verärgerung über mich oberhalb ihrer Kinnpolster stand ihr nicht.

Natürlich hatte Kersten ihr gesteckt, dass wir *keineswegs* per Du miteinander waren und die kleinen Vertraulichkeiten mir gegenüber ein Fehler. So ähnlich stellte ich mir ihre Standpauke vor.

Die braunen Augen der Sekretärin legten entsprechend finster auf mich an, als ich ihre weiße Schreibstube betrat und meinen Namen sagte.

Die Durchgangstür zu Kerstens Hauptquartier war geöffnet, und ich sah Frau Kommissarin an ihrem Schreibtisch schwer damit beschäftigt, mich nicht zur Kenntnis zu nehmen. Sie fixierte den Bildschirm ihres Rechners wie ein Suchtmittel.

Ich klopfte gegen den Türrahmen und bat mich herein.

»Springt an sich hoch als der Hund«, sagte ich zur Begrüßung. »Hilft sich aus dem Mantel als die Frau. Oder so.«

Sie hob den Kopf wie eine Tonne voll Kohlen und starrte mich an wie einen Geisteskranken. »*Was*?«

»Jandl.«

»Kenne ich nicht. Jodeln, das kenne ich.«

»Ich glaube, Dylan, mein Junge, hat ihn neulich zitiert, etwas verkürzt. Genauso wie Mopskotze.«

»Mopskotze?« Sie lächelte nur hauchdünn oberhalb der Messbarkeitsgrenze. Nicht mal ihr lockerer Stiftzahn schaute dabei über die Reling.

»Ja, Mopskotze. Eine Paraphrase quasi.«

»Paraphrase von was?«

»Von: Ottos Mops kotzt.«

»Ah, das kenn ich.« Ihr Lächeln wurde zwei Faden dicker.

»Gibt's auch als Bilderbuch. Für alle Altersstufen. Helene, eine Nachbarin, Freundin beinahe, sie hat es Dylan vorgelesen. Sie war mal Lehrerin.«

»Schön.« Ihrem Lächeln, wenn es eins war, ging schon wieder die Luft aus. »Herr Mattay, wenn Sie bitte die Nebelmaschine abstellen und die Tür hinter sich schließen würden. Dann könnten wir uns vielleicht kurz unterhalten.«

Ihre Betonung lag auf ›kurz‹. Ich kam nicht dazu, die Tür zu schließen, die Sekretärin tat es bereits für mich, vielmehr für ihre vergrätzte Chefin.

Ich setzte mich an den Tisch wie vor drei Tagen. Als Paul Junfermann noch lebte.

Ich weiß nicht, ob Sie das kennen, aber manchmal hat man das Gefühl, dass jemand eine bestimmte Wahrheit – eine peinliche, schmerzhafte Wahrheit, über sich, über eine Person, eine Sache, über eigenes Fehlverhalten – tief in sich eingeschlossen hat. In der dunkelsten Herzkammer lauert diese schwarze Wahrheit wie ein Raubtier in einem Käfig. Bloß nicht öffnen, Lebensgefahr! Vielleicht war es die hektische Röte auf Anja Kerstens Wangen, der gedeckte Blick, der so gar nicht zu ihrem preußisch durchgedrückten Rücken und dem nassforschen Auftreten passen wollte. Mir war, als blickte ich für Sekunden an allen Widerborsten vorbei direkt in die Pulverkammer ihrer Psyche, die angefüllt war mit hochexplosivem Schuldgefühl. – ›Paul Junfermann‹ stand außen drauf.

Mit allen Mitteln würde sie versuchen, das Raubtier im Käfig zu halten. Ich würde den Teufel tun und jetzt an den Gitterstäben rütteln.

33

Sie verschanzte sich hinter ihrem Schreibtisch und ließ mich allein am Katzentisch schmoren.

Sie tat amüsiert. »Das müssen Sie mir erklären, Herr Mattay: Sie wollen die Aufnahmen der Überwachungskameras, weil *Sie* sehen, was wir nicht sehen?«

»Ich will sie Ihnen nicht wegnehmen, Frau Kersten, ich will sie mir nur anschauen.«

»Haben wir aber schon getan.« Ihre Stirnhaut schlug Wellen. »Gibt nichts zu sehen. Leider.«

»Nur Schirme, ich weiß.«

Sie zog kritisch die linke Braue hoch, ihr verärgerter Blick switchte zur Zwischentür hinüber, hinter der Christine Jäckel saß, und wieder zurück.

»Was wollen Sie wirklich, Mattay? Was soll das Gerede?«

»Möglicherweise habe ich einen Augenzeugen im Kossygin-Fall. Ich würde es zumindest gerne überprüfen. Anhand der Kameraaufzeichnungen.«

Ihr Lachen platzte in den Raum wie ein China-Kracher und echote von den weißen Wänden. Der Stiftzahn schnackelte dazu im Wind. »Na, toll! Sie haben einen Augenzeugen! Mattay, wir haben bereits ein halbes Dutzend Zeugen am Wickel!«

»Schön. Aber dieser – zumindest mögliche – Zeuge ist besonders. Er ist mir aufgefallen, weil er sich am Mittwoch gleich gegenüber der Bushaltestelle aufhielt. Verstehen Sie, vis-à-vis dem Tatort.«

Ihre Mundwinkel zuckten. »Sie sind köstlich, wirklich. Ich will ja nicht nachkarten, Kollege, aber Sie sind am Tatort aufgetaucht, als der Käse längst gegessen war. Wieso glauben Sie, dass ausgerechnet dieser eine Passant, dessen Nase Ihnen zufällig passt oder auch nicht, als Augenzeuge besonders infrage kommt?«

»Er ist kein zufälliger Passant, sondern ein Jugendlicher, der das Opfer, Kossygin, kannte. Und deshalb vielleicht genau hingeschaut hat. Ein junger Treber, der sich der Polizei mit Sicherheit nicht freiwillig als Zeuge aufgedrängt hätte.«

»Woher wissen Sie, dass er das Opfer kannte?«

»Herrje, ich weiß es eben.«

»Also, so kommen wir nicht weiter! Das Gespräch ist beendet.« Sie drehte sich beleidigt weg und weckte ihren Bildschirm mit einem Tastendruck wie beim Hau-den-Lukas. Er zeigte eine leere Datei, unschuldsweiß.

Ich entschuldigte mich. »Ich habe private Informationen über Kossygin. Er wohnte in meinem Kiez, mein Nachbar kannte ihn. Und so weiß ich auch das eine oder andere über den Jungen. Sie kannten sich, er und Kossygin. Bloß, jetzt ist der Alte tot. Und der Junge liegt schwer verletzt im Krankenhaus.«

Sie hatte sich mir wieder zugewandt. Ihr Gesicht hatte sich verändert, es sah interessiert aus, ihre Zunge arbeitete selbstvergessen hinter den gespitzten Lippen an der Ausrichtung des Stiftzahns.

»Der Junge ist in der Nacht nach der Attacke gegen Kossygin vorsätzlich brutal überfahren worden. Anschließend Fahrerflucht. PHK Kury aus Tiergarten hat mir davon berichtet, er ist Gruppenleiter im …«

»Ich weiß, wer Kury ist.« Ihr Respekt vor Kurys Namen war unüberhörbar.

»Für meinen Geschmack ist da ein Zufall zu viel im Spiel. Die Sache stinkt.«

Sie sah mich sekundenlang schweigend an. Wie eine Wand.

Sie dachte darüber nach.

Sie war Profi. Im Grunde hatte sie nichts zu verlieren. Es war nur eine Hypothese von mir, weiter nichts. Sie fragte sich nicht mehr, wieso ich mich in ihre Arbeit einmischte und ob sie das dulden müsse. Sie stand einfach auf, ging nach nebenan und gab der Sekretärin Anweisung (von Bitte konnte jedenfalls keine Rede sein), mich in Raum 215 zu führen, damit ich mir dort die Aufnahmen im Fall Kossygin ansehen könne.

Zu Jäckel sagte sie streng: »Vergiss den Code nicht.«

Zu mir: »Wir sprechen uns anschließend.«

Das klang nicht nur wie eine Drohung, sondern war eine.

34

Christine Jäckel setzte ihre weiche Masse in Bewegung, und ich folgte ihr durch den hohen hellgrau gestrichenen Gang in einen kahlen Raum mit Mörderheizkörpern und Fenstern, schmal und hoch wie Schießscharten. Ein halbes Dutzend Tische mit Rechnern stand in Reih und Glied, ein weißer Medienschrank streckte sich entlang der Wand. Auf einem der Computertische vorne stand ein einzelner Schokohase in Goldpapier, der verloren vor sich hingrinste.

»Nicht dass Sie denken, der steht schon seit Ostern da«, sagte sie barsch und trat zu dem Tisch mit dem Hasen.

»Sondern?«

»Seit Ostern vor einem Jahr.«

»Gut zu wissen.«

Sie gab der Tastatur des Rechners einen Klaps, und ein Dialogfenster erschien. Sie tippte ein Codewort ein, und pling pling pling, eine Leiste mit Bildminiaturen machte sich breit.

»Sie kennen sich aus?« Es war nicht so, dass sie eine Antwort darauf erwartete.

»Wenn Sie mich bitte nicht einschließen würden, Frau Jäckel. Ich habe einen Jungen da draußen in Freiheit. Der will mich heute Abend noch sehen.«

Sie klemmte sich ein Lächeln zwischen die kleinen weißen Mausezähnchen. Ich konnte mir nicht helfen, ich mochte sie.

Sie ging hinaus und warf die Tür zu, den Schlüssel ließ sie mir gnädigerweise da.

Ich startete koso1, die Datei oben links in der Iconleiste. Das Bild war vom Filmhaus aus aufgenommen worden, aus etwa zwanzig Metern Höhe, schätzte ich grob. Die Aufzeichnung war von den Keith-Kollegen natürlich bereits bearbeitet worden und beinhaltete nur noch die dem Original entnommene Tatzeitsequenz ab 10:32:43 im digitalen Zählwerk.

Sie zeigte die Potsdamer Straße mit Blick nach Osten, Richtung S-Bahnhof, den man jedoch schon nicht mehr sah. Die Kamera erfasste die Szenerie zu Füßen des Gebäudes und links oben auch noch das Geschehen an der Bushaltestelle.

Im Regen sind alle Videofarben grau, scheint's, jedenfalls in diesem Ausschnitt war es so. Da waren der nasse, matt glänzende Asphalt der Straße, der schimmernde Mittelstreifen des Glamourfriedhofs Boulevard der Stars, die auf und ab wippenden, hin und her fahrenden Schirme der Wartenden vorm Glashäuschen der Haltestelle, alles Grau in Grau.

Auch der Blick auf die Jugendlichen am Straßenrand war von Schirmen verdeckt. Aber hin und wieder schoss ein Cap, eine Kapuze oder ein Pilzkopf auf die Fahrbahn, von hinten geschubst oder getreten, wie auch immer, man sah es nicht, da waren die Schirme der übrigen Wartenden vor. Gesichter, wenn überhaupt im Bild, waren zu weit entfernt, um sie wirklich erkennen zu können.

Eine Fahndung mit solchen Bildern war möglich – sie lief ja schon –, aber sinnlos wie Mopskotze, schien mir. Erfolg versprach lediglich der große, schlaksige Typ mit den weißen Sneakers, Schlabberhosen, Kapuzenjacke und Basecap, der einmal ins Bild stieß. Der ›Weiße Riese‹. (Mann, ging mir dieser Medienspitzname bereits auf den Senkel!) Aber auch er blieb letztlich eine Gestalt ohne Gesicht.

Und zwar bis zum Schluss, bis zum bösen Finale. – Und das geht so:

Plötzlich drängt der 85er Bus ins Bild, und unter dem Dach aus Schirmen stürzt mit dem Kopf voran ein alter Mann mit einem flatternden Regenschirm in der Rechten und einer hellen Plastiktüte in der Linken kopfüber auf die Fahrbahn. Kossygin. Schon ist der rechte, Wasser spritzende Vorderreifen des Busses da und zermalmt ihn, rollt über ihn hinweg, bremst urplötzlich, denn der Fahrer hat den Mann durchaus registriert, aber ohne Chance, noch rechtzeitig zu reagieren.

Mit abgewinkeltem rechtem Vorderreifen kommt der Bus am Bordstein zum Stehen, alles spritzt panisch zur Seite und nach hinten, der Wald aus Schirmen löst sich blitzartig auf, die Silhouetten der Jugendlichen schießen aus dem Bild.

Unter dem Bus liegt der leblose Rest vom Körper Kossygins, man sieht seine Beine und den unteren Teil des Rumpfs in einer bizarr verrenkten Weise auf dem Asphalt liegen,

Oberkörper und Kopf, oder das, was davon noch übrig ist, sind glücklicherweise verdeckt.

Apocalypse now, Devil's Cut. Es ist bei Weitem das Schockierendste, was ich in meinem Leben gesehen habe. Ich schließe die Datei und starre eine Weile den idiotisch grinsenden Schokohasen neben dem Medienschrank an. Jetzt begreife ich, warum er schon so lange Zeit unangetastet hier steht. Er dient als Fluchtpunkt für die Augen, nachdem du solche oder ähnliche Bilder aus der Hölle in diesem Raum gesehen hast.

Nach einigen Minuten kann ich weitermachen. Ich klicke mich voran, forciere meine Fahrt durch die restlichen Dateien. kos02-07 bilden ebenfalls linksrheinisch den Tatort ab. Ihre Blickwinkel variieren zwar in Höhe, Entfernung zum Geschehen, auch in der Aufnahmequalität sowie in der Zeitangabe (bis zu einer halben Minute). Aber keine Kamera röntgt durch das Dach aus Regenschirmen. Dafür liefern einige von ihnen, kos01, 03, 04 und 05, nicht nur Bilder, sondern auch den dazugehörigen Ton mit. Eigentlich hatte ich beides für selbstverständlichen Service gehalten.

Dieser Ton schien direkt aus der Hölle zu kommen. Aber ich spreche nicht nur von dem Entsetzen, den Schreien und dem schrillen Kreischen der Augenzeugen zum Tatzeitpunkt. Sondern auch von einem ganz bestimmten Geräusch, das schon längere Zeit hörbar war und unmittelbar vor der Tat donnernde Lautstärke erreichte.

Jeder von uns kennt diesen magenhebenden Ton, das dunkle flap-flap-flap des Rotorblatts eines Hubschraubers, das wir nicht nur mit den Ohren hören, sondern mit dem ganzen Körper beantworten. Einige der Wartenden an der Haltestelle schauten hinauf in den verregneten Himmel, als der Krachmacher unmittelbar über sie hinwegdonnerte, ihre Schirme neigten sich etwas zurück, damit sie sehen konnten.

So verknüpfte sich in meinem Kopf Kossygins Sturz in den Tod mit dem unheimlichen Rotorenlärm, der über der Szene hing.

35

Der Junge, fragen Sie sich. Was ist denn nun mit ihm? Ich fand ihn auf der Videodatei kos11, ab Uhrzeit 10:33:23 dieser Kamera. Sie hing in etwa fünfzehn Metern Höhe schräg gegenüber dem Bettel-Standort des kleinen Punks neben dem Eckgebäude der Varian Fry-Straße. Dort unten stand er und sprach, den Kopf mit dem Hahnenkamm immer leicht zur Seite geneigt, die Passanten an. Die meisten huschten, schirm- oder anorakbewährt, durch den Sprühregen, gingen achtlos an ihm vorbei, kaum jemand blieb stehen, und wenn, dann nur, um den Hund zu streicheln. – Der Hund, dachte ich mit einem Mal, was ist eigentlich mit dem Hund passiert?

Und dann erkannte der Junge ihn offenbar: Kossygin, auf der anderen Straßenseite. Er blickte deutlich in die Richtung, hob leicht die Hand und kümmerte sich dann wieder ums Betteln. Kurz darauf setzte das schon bekannte Rotorengeräusch ein, flap-flap-flap vom Himmel tief da kam es her und näherte sich wirklich bedrohlich.

Der Junge schaute wie schon einige Passanten auf der anderen Seite hoch in den Himmel, beinahe direkt in die

Kamera. Dann suchte er wieder den Blickkontakt zu Kossygin. Und erstarrte.

Ich wusste, was in diesem Moment drüben passierte. Plötzlich die Entsetzensschreie von der anderen Straßenseite. Als dünner Kameraton unter dem höllischen Obertonlärm durch den Hubschrauber, der mit seinem Kriegsgedonner über das Geschehen hinwegzog.

Was tat der Junge? Lief er hinüber? Tat er nicht, trotz des ersten Impulses. Er hatte sich nur bis zum Straßenrand bewegt. Den ebenso triefnassen Terrier zu seinen Füßen, stand er jetzt wie eingefroren im Regenschleier und starrte auf die andere Seite.

So wie jetzt auch die anderen Passanten in der Varian Fry, zumindest jene, die die Kamera am Fuß des Gebäudes erfasste.

Und dann packte er plötzlich seinen Hund, klemmte ihn sich unter die Jacke und lief straight aus dem Bild in Richtung Arkaden, weg vom Ort des Grauens, weg vom ermordeten Kossygin, dort drüben unter dem Großen Gelben.

36

Als ich Christine Jäckels Büro wieder betrat, stand die Verbindungstür zu Kerstens Hinterzimmer so weit offen, dass es aussah, als hätte man sie vergessen einzusetzen. Und KHK Kersten saß auch nicht mehr an ihrem Schreibtisch.

Dafür war jetzt ihre Sekretärin schwer damit beschäftigt, mich nicht zur Kenntnis zu nehmen.

Ich sagte – gar nichts, denn kaum, dass ich den Mund aufmachte, teilte Christine Jäckel ihrem Bildschirm mit, dass ihre Chefin fort sei.

»Das sehe ich. Sie wollte aber doch so was von dringend mit mir sprechen.«

»Nicht mehr nötig. Sie haben sie.«

»Wer hat wen?«

Sie stöhnte genervt auf und sah mich endlich an. »Na, Frau Kersten, das Team, wir haben die Täter.«

»Die Täter?«

»Herrje! Den Weißen Riesen und die anderen Jugendlichen, die es getan haben. Es ist ein Hinweis eingegangen.« Sie streckte mir die flache Hand entgegen, Innenfläche nach oben. »Den Schlüssel, bitte.«

Ich legte ihn in ihre fleischige Handfläche.

»Den Raum wieder abgeschlossen?«

Ich nickte, und sie versorgte den Schlüssel in einem Stahlfach ihres Schreibtischs.

Sie hatte noch eine weitere Überraschung für mich parat. »Sie brauchen nicht auf Frau Kersten zu warten, hat sie mir gesagt. Sie *hat* von der Villa bereits Unterstützung für die Vernehmungen angefordert. Ihre Kollegin.«

»Sandra.«

»Ja. Wenn sie Barth heißt.«

»Immer schön, wenn man gebraucht wird«, sagte ich und verließ das Zimmer.

37

Es war jetzt kurz nach eins, der Himmel strahlte wie ein Klassenbester.

Ich rief Sandra an. Sie nahm ab, ich erwischte sie im Auto.

»Du, Eli, alles in Ordnung. Nicht nötig, dass außer mir noch wer dazu kommt, sagt Kersten.«

›Nicht nötig‹ war schön formuliert. ›Nicht erwünscht‹ traf es vermutlich besser.

»Wo haben sie sie gefasst, Sandra?«

»Wrangelstraße. Die ganze Truppe wohnt dort praktisch ums Eck. Wrangel, Cuvry und so weiter. War ein anonymer Hinweis.«

»Wohin bringt ihr sie?« Kieferngrund in Lichtenrade oder Moabit wären die Alternativen für eine U-Haft. Je nachdem, wie alt die Jugendlichen waren.

»Bin auf dem Weg nach Kieferngrund, von der Truppe ist keiner älter als siebzehn. – Du, ich muss ein bisschen Stoff geben. Bis dann, Eli.«

Bei mir war's umgekehrt. Ich *brauchte* Stoff.

Ich rief im Elisabeth-Krankenhaus an, zentrale Auskunft.

»Guten Tag, Mattay mein Name. Sie haben einen Patienten, der Deniz Bauer heißt, ich würde ihn gerne …«

Eine junge, gut geölte weibliche Stimme antwortete: »Tut mir leid, wir geben grundsätzlich keine telefonischen Auskünfte über Patienten.«

»Schön. Dann würde ich gerne Doktor Theophanis sprechen, wenn das möglich ist.«

»Leider nein, Doktor Theophanis ist zurzeit im OP. Kann ich was ausrichten?«

Theophanis hatte meine Nummer, aber ich sagte sie ihr sicherheitshalber noch einmal und bat, er möchte mich so schnell wie möglich zurückrufen.

Ich rief Rosemarie Herold an und fragte, ob etwas Dringendes anliege.

»Mm-nein. Ach, doch! Panck hat mich dran erinnert, ich soll *dich* erinnern, dass du den Sachstand zum Kinoanschlag, weißt schon, noch nicht abgezeichnet hast. Sandra sagt, du hättest ihn längst gelesen?«

Das schon.

Ich grummelte irgendwas und versprach: »Ich melde mich. Danke, Rose.«

»Dafür nicht, Schatz.«

38

Ich brauchte eine knappe Viertelstunde zu Fuß bis zum Sakura.

Primetime. Das Restaurant war gut besucht, ich ergatterte draußen den letzten freien Minitisch für einsame Herzen.

»Alles gut?« Der japanische Kellner trug ein freundlich fragendes Lächeln im Gesicht.

Ich nickte. Das Sushi war wie immer raffiniert und köstlich.

Aber sonst war gar nichts gut.

So abwegig mir Jans Geschichte zuerst auch erschienen war, für Deniz Bauers Behauptung, er habe den Täter erkannt, sprachen jetzt natürlich die Videoaufnahmen, überhaupt eine zwingende Logik in den Details.

Deniz hatte Kossygin gekannt. Sie waren Schachpartner gewesen, ungewöhnlich zwar, aber für die bunten Verhältnisse im Kiez nicht einmal das. Es war logisch, dass er den Alten gegrüßt hatte, als er ihn an der Bushaltestelle Potsdamer Platz bemerkte. Ü-Kamera kos11 zeigte, dass er die Attacke gegen Kossygin tatsächlich beobachtet hatte, genau in dem Moment, als sie sich drüben auf der anderen Seite ereignete. Das bewies das Rotorengeräusch, das die ganze Szene in einem höllischen Hubschrauberlärm ertränkte.

Er hatte sich der Polizei nicht anvertraut, weil er (zu Recht) fürchtete, dass man ihn in seine Familie zurück oder ins Heim bringen würde. Also flüchtete er mit seinem Hund (der Hund, ja …) und kam irgendwann später zurück, um sein Bettelgeschäft an seinem Standort fortzusetzen. Oder, weil er wissen wollte, was am Tatort weiter vorging.

Die Eindrücke belasteten ihn natürlich, sodass er sich dem ›lieben alten Mädchen‹ Irina Dombrowski anvertraute. Spätestens, als schon Stunden nach dem Mord die ersten Fahndungsbilder veröffentlicht wurden. Von den Jugendlichen. Die es nicht gewesen waren.

Aber wenn es stimmte, dass es *nicht* der Riese & Friends waren, die Kossygin auf dem Gewissen hatten – wieso hatten dann Kerstens Zeugen, die mit Kossygin an der Bushaltestelle gewartet hatten, genau das ausgesagt?

Meine These dazu lautete: selektive Wahrnehmung. Die uralte Nummer, täglich wiederaufgeführt.

Ungefähr so: Die Jugendlichen an der Haltestelle proben den Straßenpogo, Trendsetter quasi. Mit ihnen am Bordstein, etwas seitlich von ihnen, befindet sich Kossygin. Die Jugendlichen wuseln hin und her, albern herum, stoßen einander auf die Straße und so weiter. Sie bilden einen Pulk neben und teilweise auch hinter Kossygin, ehe der Bus kommt.

Was die Augenzeugen dann sehen, ist, dass mitten in diesem nervigen Flipperspiel hin und her flitzender junger Typen plötzlich der alte Mann auf die Straße stürzt, mit einer Wucht, die zeigt, dass er gestoßen worden ist.

Sie nehmen ihn also erst in dem Moment bewusst wahr, als er unter den Bus gerät. Nicht in der Sekunde, als er gestoßen wird.

Wer anders als die Jugendlichen, die »Horde, Bande, die Chaoten«, konnte dafür verantwortlich sein?

Eben: wer?

Antwort: Jemand, den Deniz Bauer glaubte, erkannt zu haben.

Aber: Der Junge befand sich weiter weg vom Ort des Geschehens als alle anderen Augenzeugen unmittelbar am Tatort, dem Wartehäuschen.

Schon. Doch im Unterschied zu diesen Zeugen kannte der kleine Punk den alten Kossygin. Er hat ihn daher *von Anfang an* wahrgenommen.

Die Videobilder beweisen, dass Deniz Bauer auch im entscheidenden, tödlichen Moment, als der Bus heran schießt, zu ihm hinüberschaut. Und zwar wegen des Heidenlärms über ihnen. Er *sucht* sogar den Blickkontakt zum Alten, um in etwa zu signalisieren: ›Voll der Wahnsinn, der Krach! Oder, alter Mann und Schachpartner?‹ Man kennt das. Wir wollen ein Erlebnis teilen, die meisten von uns haben dieses Bedürfnis, darauf beruht das Geschäftsmodell von Twitter, Facebook und allen anderen digitalen Klatschbörsen.

Funktioniert aber auch live, in Farbe und offline.

In genau diesem Moment, als Deniz wegen des Hubschraubers über ihnen Sichtkontakt zu Kossygin aufnimmt, wird der alte Mann vor den Bus gestoßen. Aber nicht von den flippernden Jugendlichen um ihn herum, wie

Deniz später behauptet. Sondern von jemandem, der ganz ruhig und unauffällig neben oder hinter Kossygin gewartet haben muss. Wie die meisten an der Bushaltestelle mit einem Schirm über dem Kopf.

Nun kreuzen sich die Blicke des Täters und des kleinen auffälligen Irokesen, treffen sich in der Sekunde, als es geschieht, als Kossygin auf die Straße stürzt, in der Zehntelsekunde, bevor der Bus da ist, Kossygin unter sich zermalmt und den Sichtkontakt trennt.

Doch Deniz Bauer glaubt außerdem, den Täter erkannt zu haben. Kennt er auch dessen Namen?

In der Nacht darauf wird er beinahe umgebracht. Laut Zeugin mit voller Absicht. Wenn das stimmt, wer anders als der Täter konnte ein Interesse daran haben?

Wen hat Deniz Bauer am Tatort gesehen?

Und wer hat umgekehrt auch ihn erkannt?

Hat versucht, ihn so schnell wie möglich mundtot zu machen?

Sollte es wie ein Unfall mit Fahrerflucht aussehen, um den Zusammenhang mit dem Mord an Kossygin zu verwischen?

Und überhaupt, was war mit dem Motiv: warum ausgerechnet Kossygin?

Ich wusste nichts über den alten Russen und konnte mir kein Bild von seinen Hintergründen machen.

Das Arrangement am Tatort allerdings wirkte so zufällig, geradezu schicksalhaft, dass man sich in der Tat nur junge Chaoten vorstellen konnte, denen die Sicherungen durchgebrannt waren.

39

Jan Petersen hatte einen Kunden am Wickel und blickte kaum zur Seite, als ich den Laden betrat. An seiner Stelle begrüßte mich die helle Glocke, als ich die Tür öffnete. Chantal rasselte freudig aus dem Hals und pendelte heftig mit ihrem Schwanzstummel.

Der Kunde war ein Rocker mit Gipfelkreuz auf dem 45er-Unterarm und ›Rita‹ im tätowierten Herzen. Jan bastelte eine Hillbilly-Frisur aus seinem mausgrauen Haarwust, beide, Frisur und Mann, stammten ja noch aus den Fifties.

Jan warf mir über den sommersprossigen Wandspiegel einen erstaunten Blick zu. »Was' los, Eli? Willst du deine Haare von mir zurück? Ch-ch.«

Der Rocker lachte kräftig mit. Für Prophylaxe war es ein bisschen spät bei ihm, zwei Zähne fehlten vorne oben.

»Behalte meine Haare, Jan. Sag mir lieber, wann und wie ich deine Irina erreichen kann, du weißt schon.«

Jan leistete sich ein schwaches Grinsen. »Willste jetzt doch was von ihr?«

»Nur mit ihr reden.«

»Das sagen sie alle«, kalauerte der Rocker und wieherte durch die Zahnlücke.

»Du sagst, sie steht in der Genthiner? Woran erkenne ich sie?«

Jan wandte sich mir nun zu und ließ Schere und Kamm sinken, der Rocker starrte weiter in den Spiegel. »Sie steht hinten am Arbeitsgericht, neben dem Briefkasten.«

»Haarfarbe, -länge?« Ich dachte, die Frage wäre bei einem Friseur eine sichere Bank.

»Tja.« Jan verzog amüsiert das Gesicht. »Schwarz oder blond. Jeweils am Ende der Skala. Sie besucht noch regelmäßig einen Kunden, weißte. Ziemlicher Geldsack, er will, dass sie rasiert ist. Hier oben!« Er tippte sich mit dem Kamm auf seine eigene Halbglatze. »Die Glatze kriegt sie regelmäßig von mir. Und für die anderen, die für sie neben dem Briefkasten halten, tun's die beiden Perücken, schwarz und blond, weißte.«

»Danke, Jan.« Ich wandte mich zum Gehen.

»Hör mal, Eli, falls du's jetzt gleich versuchst, wirst du vermutlich kein Glück haben. Irina arbeitet nur nachts.«

Er sollte recht behalten. Den Platz vor dem Arbeitsgericht nahm momentan eine rothaarige Frau mit knatschgelbem Stirnband und einem hautengen Aerobicanzug ein. Ihre Signalfarben leuchteten neongrell für die männliche Kundschaft mit einer Fixierung auf die 1980er Jahre.

Ich nahm den Weg zwischen Gerichtsgebäude und Magdeburger Park, durch die schmale Sackgasse, in der Deniz Bauer vorletzte Nacht überfahren worden war. Nachts lebte hier der kleine Tod, jetzt lag das Gässchen bloß wie ausgestorben da.

40

Strehlow öffnete mir nach dreimaligem Klingeln. Er blickte mich verschlafen an. Ein Dunst wie aus einer Käsebox, die schon einen Tag in der Sonne gestanden hatte, schlug mir entgegen.

Er trug Badeschlappen, dunkelblau gemusterte Shorts, ein weißes Feinrippunterhemd ohne Ärmel und sichtlich schwer am Leben. Eine hellrote Narbe führte vom Knie abwärts bis zum Fuß, auf dieser Strecke hatte man ihn aufgeschnitten, um einen passenden Streifen Blutgefäß für einen Bypass herauszuziehen. Aus dem weiten Rund seines Unterhemdausschnitts wuchs ein ähnlicher Streifen, nur breiter. Sie hatten ihm den Brustkorb aufgesägt wie Schlachtvieh. Ich wundere mich immer wieder, was Ärzte fertigbringen, wenn's drauf ankommt, und was Menschen überleben können, wenn man hinterher wieder alles schön aufräumt und zumacht.

»Tut mir leid, Herr Strehlow, dass ich Sie geweckt habe.«

Er machte keine Anstalten, mich in seine Box eintreten zu lassen, und ich war ihm dankbar dafür. Er schob seine wulstige, feucht schimmernde Unterlippe weiter vor, als ich es bei einer Unterlippe für möglich gehalten hätte. »Worum gehtsn, Herr Mattay?«

»Es ist, offen gesagt, beruflich. Geht um Pjotr Kossygin. Ich bin mit dem Fall befasst.«

Seine Stirn legte sich in Falten.

»Tut mir leid für Sie, Herr Strehlow. Waren ja bisschen befreundet, Sie und Kossygin.«

»Ja«, sagte er mit einem kieksenden Frosch im Hals. »Wat wollnse denn wissen?«

»Mich interessiert, was Kossygin für ein Mann war.«

Strehlow fragte nicht groß nach. Er vertraute einfach darauf, dass ich mit dem, was er zu sagen hatte, schon etwas anfangen würde. »Kossygin«, sagte er nachdenklich, »war ja schon über achtzig. Zweiundachtzig. Vor zwanzig Jahren aus Moskau gekommen. Mit Agnes, sie ist Volksdeutsche. Tja.« Er überlegte, zuckte die Achseln. »Er wanderte halt immer so durch die Gegend. Weil, nur wenn er spazieren ging, hatte er keine Rückenschmerzen. Außerdem, die Wohnung über ihnen in der Blumenthal wird neuerdings an Touristen vermietet. Den ganzen Tag und die halbe Nacht Remmidemmi. Der Agnes macht das nichts, sie ist eh schwerhörig, hat er gemeint, aber ihn hat es noch öfter aus dem Haus gejagt. Immer die Tour Blumenthal, Kurfürsten, Potsdamer, Kluck hinten, Magdeburger, Verteidigungsministerium, Tiergarten. Und zurück.«

»Mittwoch ist er aber zum Potsdamer gefahren. Wissen Sie, warum?«

»Ja-a, das war meine Idee.« Er seufzte tief und traurig. Gott, diese enorme Unterlippe schob sich wieder ins Bild, man hätte eine Pfeife darauf ablegen können, ohne dass sie herunterfiele. »Seine Frau hat doch am Sonntag Geburtstag, also übermorgen. Er wollte ihr was schenken, Parfüm oder was. Bisschen was Feineres. Da hab ich ihm geraten – ich, als alter Junggeselle, ja«, er lachte bitter, »hab ich ihm geraten: Fahr halt mal zum Potsdamer Platz, Arkaden dort. Oder zum KaDeWe, da findste schon was Feines für deine Agnes. Er ist denn zum Potsdamer.«

»Es war also ein spontaner Entschluss?«

»Schätze ich mal, ja.«

»Wissen Sie, welche Kontakte er zu anderen Russen, Russlanddeutschen und so weiter hatte?«

»Keine. Das hat er mir selbst gesagt. Die Alten sin' dot, also die in seinem Alter. Und mit den Jungschen konnte er nüscht anfangen. Nee, mit Sicherheit hatte er keine Kontakte großartig zu anderen Russen. Das war ein ziemlich einsames Paar, die alten Kossygins, wenn Sie mich fragen.«

Seine Frau, Agnes Kossygin, dachte ich, würde es jetzt noch viel mehr sein. Und vielleicht auch bald sterben, wie bei so vielen, miteinander verwachsenen alten Paaren.

Ich versuchte es mit einem Lächeln. »Kossygin soll gern Schach gespielt haben?«

Er nickte. »Ja. Der war früher mal Meister oder Großmeister in Russland. Aber im Kiez hier kannte er kaum noch einen, der mit ihm spielte. Alle dot oder weggezogen. Und in einen Verein, so wettkampfmäßig, nee, das wollte er nicht mehr.«

»Er soll aber, habe ich gehört, im Magdeburger einen Schachpartner gehabt haben. Wissen Sie davon?«

Sein Gesicht hellte sich eine Spur auf. »Ja, ja! So'n kleener Trebegänger, der da scheint's sein Quartier aufgeschlagen hat. Stimmt, mit dem hat Pjotr zuletzt öfter Schach gespielt. Ich glaube, er hat sogar ein richtiges Talent in dem Jungen gesehen. Irgendwie wollte er den fördern. Vielleicht auch bisschen rausholen aus den ... na ja Verhältnissen, Campieren im Park, Strichnähe und so. Is ja keen Leben für so eenen Jungen.«

Für keinen war es das.

»Können Sie sich vorstellen, dass Kossygin in Schwierigkeiten war?«

Er blickte mich verständnislos an. »Schwierigkeiten?«

»Geldsorgen? So etwas?«

»Pjotr? Nee, Geldsorgen hatte der nicht. Die russischen Volksdeutschen sind ja ganz gut bedient worden damals, als sie zu uns kamen. Und der Kossygin war sparsam, immer die billigsten Zigarren, sein Spazierstock war schon wie Luxus für den. Nur seiner Agnes, der wollte er zum Geburtstag mal wieder was Schönes gönnen. Das durfte denn auch mal teurer sein.«

»Verstehe.«

Er gähnte. Diesmal nahm er keine Hand vor den Mund, ich wurde leicht benommen von dem Sauerscharfgeruch, der aus seinem Bauchraum aufstieg wie ein Destillat aus asiatischem Küchendunst.

Ich bedankte mich bei ihm. »Hat mir weitergeholfen.« Vielleicht.

»Lebendig macht ihn das aber auch nicht mehr.« Mit einem matt erhobenen Zeigefinger zum Abschied schloss Strehlow die Tür.

41

Theophanis rief mich am späten Nachmittag zurück.

»Nett von Ihnen, Doktor, dass Sie sich die Zeit nehmen«, zuckerte ich im Rahmen meiner Möglichkeiten.

»Worum geht's? Noch Fragen zu Paul Junfermann? Ich fürchte nur, ich kann Ihnen …«

»Nein, nein, Herr Theophanis, es geht mir um einen anderen Patienten von Ihnen.«

»Hören Sie, Herr Mattay, ich kann Ihnen beim besten Willen nicht nach Belieben Auskunft über unsere Patienten geben. Im Fall von Paul Junfermann, klar, dazu waren wir verpflichtet, aber ansonsten wenden Sie sich …«

»Doktor, es betrifft einen Jugendlichen, der Mittwochnacht von einem Auto angefahren wurde, Deniz Bauer. Fahrerflucht. Ich will rausfinden, wer das getan hat.«

Er knurrte etwas Unverständliches und traktierte hörbar die Tastatur.

»Bauer, ja«, sagte er in dem schwebenden, leicht gedehnten Tonfall, den wir annehmen, wenn wir zugleich auf den Bildschirm schauen. »Bauer, Deniz, mit Z am Ende?«

»Richtig.«

»Den haben wir hier erstbehandelt.«

»Was ist mit dem Jungen? Wie geht's ihm jetzt?«

»Darf ich nichts zu sagen. Kann ich aber auch nicht. Wir haben ihn abgegeben. Die Kopfverletzungen waren zu schwerwiegend.«

»Geht ihm nicht gut, nein?«

»Nein. Er liegt jetzt im Virchow.«

»Das Virchow im Wedding? Ich dachte, das gäbe es gar nicht mehr?«

Er lachte. »Den Wedding doch auch nicht!«

Klar, das Virchow gehörte jetzt zur Charité. Wie der Wedding zu Mitte. Plus gehörte inzwischen zu Netto, Kaiser's zu Tengelmann, die Post der Deutschen Bank, Raider hieß heute Twix und morgen vielleicht Foxy.

»Deniz Bauer, Herr Mattay, liegt in der Unfall- und Wiederherstellungschirurgie vom Virchow. Künstliches Koma. Intensiv. Versuchen Sie's gar nicht erst dort.«

»Wie lange kann das dauern, bis der Junge wieder …?«

Ein Piepton. Der nicht mir galt.

»Wochen. Monate. Hängt von verschiedenen Variablen ab. Alles klar?«

Nichts war klar. Aber meine Zeit bei ihm war aufgebraucht.

»Danke, Doktor.«

42

Am Abend kaufte ich ein. Netto war zwar jetzt Plus, sorgte jedoch für Minus in der Kasse. Egal, der Kühlschrank war gestopft voll, Dylan und das Wochenende konnten kommen.

Ich schlief schlecht, eine Nacht voller Traumtoter. Ich stand am Sonnabend schon um neun Uhr früh in der Knobelsdorff vor dem blauen Wohnhaus und klingelte. Es war schwül, die Luft fühlte sich klebrig an und roch nach Kneipe. Links neben dem Hauseingang tranken zwei Männer in ihren Sechzigern Tee und schwiegen gemeinsam die Straße an. Silberfäden durchzogen ihre dichten schwarzen Haare und die buschigen Schnauzbärte.

Dylan kam die Treppe heruntergeschossen und flog mir schon unten im Hausflur in die Arme. »Papa!«, rief er. »Endlich, da bist du. Ich bin schon seit sechs Uhr wach vor Aufregung, weil du mich heut abholst.«

Tat er nicht.

Nichts von alledem.

Er saß hinten in seinem Zimmer, angezogen auf dem Bett, seine beerenschwarzen Pupillen folgten gebannt den Pirouetten, die seine Finger vollführten. Er sah mich nicht an, als ich das Zimmer betrat, schien meinen Kuss auf die Wange nicht zu bemerken.

Ich sagte: »Hallo, mein Großer!« Es verhallte wie nicht gehört am Kaninchenposter an der Wand. Ich will nicht jammern, aber das tut schon weh.

Manuela stand in der Tür seines Zimmers, breit und blond, und verschränkte die Arme vor der Brust. Wie immer, wenn ich unseren Kleinen abhole. »Er ist heute nicht gut drauf.« Auch das sagte sie meistens.

Manuela ist bis heute der Auffassung, es habe an mir gelegen, dass unsere Ehe in die Binsen ging. Aber Sex, um mal den Knackpunkt zu nennen, war noch nie ihr Ding, das sagt sie selbst. Sie legte sich meist nur hin und erwartete meine Liegestütze. Trotzdem können wir auf eine hundertprozentige Chancenauswertung zurückblicken. Ich bin überzeugt, dass Manuela das eine Mal, als uns der Sex (miteinander) wirklich Spaß gemacht hat, auch gleich schwanger geworden ist. Eine Chance, ein Treffer, sprich: Dylan.

Am Sex änderte das nichts. Ich fühlte mich abgelehnt, Herrgott noch mal, sie betrachtete mein Ding wie ein Museumsstück, ›Nicht berühren!‹, ich begann mich umzusehen und fand gelegentlich helfende Hände. Und mehr. Aber am Ende half alles nichts. Manuela zog mit Dylan aus und gab mir die Schuld. Und manchmal fürchte ich, Dylan tut es ebenfalls.

Als wir jetzt die Wohnung verließen, mit dem üblichen Survival-Beutel, den sie mir für Dylan mitgab, fragte sie: »Hast du an alles gedacht? Genug zu essen für Dylan, zu trinken vor allem?«

»Klar doch. Der Kühlschrank platzt bald.«

»Probiotischen Joghurt auch?«

»Sicher.«

»Tschüs, mein Schatz, bis morgen Abend.« Sie küsste ihn, er nahm es hin wie einen Windzug, so sah es aus. Nein, für sie war es auch nicht einfach, schon richtig.

Vor dem Haus saßen noch die beiden Männer. Sie blickten auf, ihre Schnauzbärte bewegten sich wie Mäusenester, ihre Schläfen warfen Lachfalten.

»Dylan!«, rief der eine. Der andere hob zwei Finger zum Gruß.

Dylan sah nicht hin, aber im Vorbeigehen sagte er: »Zwei.« Die Männer nickten und lachten.

»Richtig. Zwei Männer«, sagte ich.

»Zwei Mann Menschen«, sagte Dylan, den Kopf gesenkt.

Die Männer schmunzelten nun nachdenklich.

43

Wir nahmen den Bus ab Schloss Charlottenburg, es war heiß und hell vorne unterm Dach. Ich schaute hinaus, Dylan in sich hinein. Die Stadt schwitzte unterm Bleihimmel, eine Stimmung zum Messerwetzen. Allein auf der Fahrt bis Bülowstraße beobachtete ich drei Beispiele von Straßenpogo. Zehn-, Elfjährige, die einander auf die Straße schubsten, von oben sah es so aus, als würden sie tatsächlich vom Bus überrollt werden. Aber eigentlich galt das für alle Wartenden an den Haltestellen, wenn der Große Gelbe nach rechts schwenkte und sie alle im toten Winkel unter sich zu begraben schien.

Nichts passierte bis Bülowstraße, zum Glück.

»Dylan, ich hab deinen Joghurt vergessen. Wollen wir das schnell einkaufen, drüben im Rewe?«

Dylan führte eine Art Derwischtanz an der Ampel auf und blieb auf der anderen Straßenseite nach wenigen Metern abrupt vor den ausgeräumten Schaufenstern stehen, in denen sich bis vor Kurzem noch die Auslage des Antiquariats Wildow befunden hatte. Um das Antiquariat tat es mir leid, um den Antiquar nicht, der alte Wildow war ein Nazi, wie er im Buche stand, aber seine Bücher waren unschlagbar billig und sie rochen gut, fand Dylan.

»Komm, Dylan, wir kaufen deinen Joghurt.« Ich zog ihn mit.

Im Supermarkt gab es anfangs die übliche Aufregung, sobald Dylan sein Schnupperspiel begann. Ich weiß nicht, was seine Auswahl von Einkaufswägen bestimmt, aber wenn er erst mal einen ins Auge gefasst hat, beugt er sich lächelnd mit dem Kopf darüber, holt ein Ding nach dem anderen heraus und riecht daran. Ich bin der Meinung, wir alle sollten das öfter mal tun, mancher Einkaufsirrtum würde vermieden, manches Verfallsdatum würde Lügen gestraft.

Die meisten Kunden regen sich erstaunlich schnell auf, man meint, man müsse sich Sorgen um sie machen, so rot laufen sie an, so sehr entgleisen ihre Gesichtszüge. Manche werden sogar handgreiflich.

An diesem Morgen ging es vergleichsweise glimpflich ab. Ein alter Mann touchte Dylan unwirsch an der Schulter und winkte ihn fort, eine junge Kundin schimpfte moderat, eine andere lachte laut und strich Dylan über den Kopf, sie ließ ihn alle Waren, Spaghetti, Gorgonzola, Rotwein, zwei Salatköpfe, Radieschen, solche Sachen, kurz beschnuppern und zog dann mit ihren Schätzen zur Kasse.

Die Schlange an Maritas Kasse war wie üblich kurz. Marita war Ende fünfzig und dick, sagen wir ruhig fett. Sie schwitzte, und trotz der Klimaanlage lief ihr das Wasser über die Stirn und glänzte auf ihren quarkweißen Oberarmen. Außerdem roch sie. Gelinde gesagt. Sie verströmte einen speziellen Duft irgendwo zwischen Patschuli und Parmaschinken, den nicht jeder vertrug. Ich leidlich, Dylan liebte ihn vermutlich. Er nahm oft ihre Hand in seine beiden Hände und schnupperte mit Zartheit und Hingabe daran.

Marita ließ es jedes Mal mit weihevoller Andacht geschehen; als Dylan zum ersten Mal ihre Hand gehalten hatte, schien sie den Tränen nah. Es gibt so viele Menschen, die ihr Lebtag keine zehn Mal zärtlich berührt worden sind, sie ertragen es kaum, wenn es doch einmal geschieht. Marita schien über diese traurige Tatsache in ihrem Leben permanent in Tränen auszubrechen, am ganzen Körper.

44

Auf der Straße vor unserem Haus stand ein Möbelwagen, und gleich dahinter, auf dem Bürgersteig, türmte sich eine Wand aus senffarbenen Umzugskisten. ›Fuhrmann Umzüge‹ prangte fett und preußischblau auf Wagen und Kisten. Ein Name, der für sich sprach. So wie der Name Achilles für Dylans orthopädischen Schuhmacher oder (mit umgekehrtem Vorzeichen) Dr. Lieb für meinen Zahnarzt, dessen Vorläufer in den Folterkellern der Inquisition zu finden sind.

Dylan ging hin und schnupperte an einer halb offenen Kiste, die ein Packer gerade schweißtriefend und keuchend auf dem Boden abgesetzt hatte. Dann langte er in die Kiste, fischte ein schwarz eingebundenes Notizbuch oder Tagebuch heraus und sog den Geruch, der davon ausging, mit gekräuselter Nase ein.

Bevor ich bei ihm war, hatte ihn schon jemand am Genick gepackt.

Es war Nosferatu, Sie erinnern sich, der Hausgeist, Helene Zeitlers Schreckgespenst, der missratene Glindow-Sohn.

»He, du Penner, was fällt dir ein!«, kläffte er meinen Jungen an, der unter seinem Henkersgriff winselte und das Heft sofort fallen ließ.

Ich ließ die Taschen fallen, die ich getragen hatte, und mit zwei Schritten war ich bei ihm. Ich hieb Glindow die Handkante auf den Bizeps seiner Rechten, die Dylan gepackt hielt. Der Griff löste sich wie auf Knopfdruck, der Arm fiel herunter wie ein abgehackter Ast. Er jaulte auf und fasste den betäubten Bizeps mit der linken Hand. Ich ließ ihm keine Zeit zurückzuschlagen, holte kurz aus und trat ihm mit dem vollen Spann in die linke Kniekehle, er kippte zur Seite und schlug unspektakulär aber hart mit dem Schädel auf dem Katzenkopfpflaster auf. Sein Mund schnappte nach Luft wie ein Fisch auf dem Trockenen. Ich kümmerte mich nicht drum und nahm den zitternden Dylan in den Arm.

An der Ladefläche des Wagens standen zwei Packer, die die Szene beobachtet hatten, sie machten keine Anstalten, Nosferatu auf die Füße zu helfen, einer von ihnen zwinkerte Dylan zu und signalisierte mir mit dem Daumen sein Okay.

Der Glindow-Sohn rappelte sich mühsam auf und spuckte ein paar hässliche Brocken aus, die Sie nicht hören wollen. Nicht wirklich.

Der Packer mit dem Daumen ging schnell auf ihn zu und versprach ihm, Nase an Nase: »Wenn du nicht augenblicklich dein Maul hältst, Freundchen, reiß ich dir dein Arschloch auf und stopf den Rest von dir hinten rein. Kapiert?«

Wahrscheinlich hat er früher mal ›Die Zwei‹ geschaut, galanter hätte ich es jedenfalls auch nicht sagen können. Ich dankte ihm mit einem Kopfnicken und zog Dylan ein paar Schritte fort.

Ein dritter Packer, der plötzlich auftauchte, vielleicht von einer Zigarettenpause hinterm Möbelwagen, reichte mir rasch die Taschen. »Mann, das tat gut. Selten so einen Idioten erlebt wie den Typen.« Er deutete zu Glindow hinüber, der mich hasserfüllt fixierte. »Der nervt schon den ganzen Vormittag.«

In diesem Moment ging die Tür auf, und nacheinander traten Strehlow und Helene Zeitler mit einem jungen krausköpfigen Begleiter am Arm heraus. Zuletzt auch eine Frau, die ich noch nie vorher gesehen hatte. Glatte, schulterlange brünette Haare, dunkle, schnelle Augen, helle Haut. Mitte dreißig etwa. Ihre nicht ganz schlanke Figur hatte sie in verblichene, eng sitzende Bluejeans und ein schwarzes T-Shirt mit der zweifelhaften Aufschrift ›I love A'dam‹ geschraubt.

Alle vier erfassten auf den ersten Blick, dass etwas vorgefallen sein musste. Helene starrte zuerst Dylan, dann mich, dann den Glindow-Sohn an, der theatralisch seinen Arm rieb und seine Oberlippe wie ein Nager zurückzog. Sein farbloses Zahnfleisch und die breiten Hacker, die sich darin festklammerten, boten kein schöneres Bild als vorher.

»Boris?« Die brünette Frau fixierte ihn Unheil ahnend.

Boris hieß er also. Boris wie Arschloch.

»Der Kleine hat an deinen Sachen rumgemacht, Stella! Da hab ich ihn mir gekrallt.« Er wandte sich wieder an mich. Anzeigen müsse man Eltern, die glaubten, ihre Kinder dürften ihre Umwelt terrorisieren. Er spuckte etwas zu kurz in meine Richtung, es landete auf seinen grauschimmeligen Segeltuchschuhen.

»Boris!«, rief die Brünette scharf. Das also war Stella. Seine Schwester.

Strehlow zog demonstrativ sein Handy aus der Tasche. »Soll ich die Polizei rufen, Herr Mattay?« Seine Augen flippten kurz zwischen Glindow-Junior und Dylan hin und her.

Ich schüttelte den Kopf. »Danke, Herr Strehlow.« Sinnlos. Denn ich *war* die Polizei.

Ich zog Dylan wieder an mich, er hielt den Kopf tief gesenkt, als befände er sich nach wie vor in Glindows Schraubstock. Helenes junger Begleiter löste sich von ihrem Arm, öffnete mir mit ihrem Schlüssel den Eingang, und ich verschwand mit Dylan im kühlen Hausflur.

Ich wusste, dass die Situation kritisch war. Aber ich rechnete nicht damit, dass Dylan gleich oben in der Wohnung damit beginnen würde, sich den Kopf einzurennen. Kaum, dass ich die Survival-Tasche im Flur abgestellt und meinen Arm von ihm zurückgezogen hatte. Mit gesenktem Kopf stürmte er wie ein Widder auf die Wand los.

Wer es noch nicht gehört und gesehen hat, kann sich die dumpfe Erschütterung einfach nicht vorstellen, wenn die Stirn mit voller Wucht frontal gegen ein Gemäuer kracht. Den zweiten Stoß konnte ich eben noch abfangen. Die Stirn blutete nicht, schwoll aber in Sekundenschnelle an. Ich klemmte mir Dylan – der keinen Laut von sich gab! – unter die Achseln und trug ihn halb, halb schleppte ich ihn in die Küche, wo ich ihm einen Eisbeutel, den ich für solche Fälle immer parat hatte, gegen die Stirn drückte. Er verzog keine Miene. Ich führte ihn in sein Zimmer und ließ ihn sich hinlegen. Er tat alles mit erschreckender Apathie. Ich rief zur Sicherheit den Notdienst an.

Zehn Minuten später untersuchte ihn eine rundliche kleine Ärztin mit spanischem Akzent. »Keine Auffälligkeiten soweit. Alle Reaktionen normal. Mit Sicherheit keine Gehirnerschütterung. Lassen Sie ihn sich also noch etwas ausruhen und machen dann was Schönes mit ihm. Er sollte auf andere Gedanken kommen.«

Er schlief lange, oder besser, er lag auf seinem Bett, die

Augen geschlossen, aber seine Finger arbeiteten wie bei einem Pianisten, der Trockenübungen für ein Konzert macht. Im Hausflur hörte ich das Getrappel und Poltern der Umzugsleute. Irgendwann wurde es ruhig, und ich hörte draußen das dunkle Dieselbrummen des Umzugswagens, der ansprang und wegfuhr.

Ich kochte Spaghetti mit Gorgonzola für uns, rief Dylan in die Küche, und wir aßen. Er bekam wieder Farbe in sein schmales Gesicht. Ich kämmte seinen dichten rotblonden Pony über die Schwellung an der Stirn, und wir fuhren los, in den Zoo. Es waren wie immer die Wasserbüffel, die es ihm hauptsächlich angetan hatten. Vielleicht wegen ihrer beeindruckenden Größe, ihrer offensichtlichen Stärke, wegen ihrer Schönheit und vor allem wohl wegen der unerschütterlichen Ruhe, die sie ausstrahlten. Ich schätze, wenn Dylan ein Tier sein könnte, wäre er gern ein Wasserbüffel.

Den Spielplatz ließ er heute aus, und das gab mir wieder einen Stich. Ich dachte an Glindows Sohn und fühlte eine Wut in mir aufsteigen, dass mir körperlich schlecht davon wurde.

Es blieb schwülwarm, wir aßen Eis auf der Caféterrasse des Zoos, und Dylan sah mir scheinbar gleichmütig zu, wie ich die Spatzenschar mit den Resten meiner Waffel fütterte.

Plötzlich griff er nach einem Vogel. Blitzschnell, aber natürlich nicht schnell genug. Die gesamte Spatzenschar flog auf und sorgte für spontanes Lachen der Gäste auf der Terrasse, die sich mit ihnen freuten. Kein Wunder, die Spatzen waren die einzigen freien Tiere ringsum.

45

Acht Uhr früh. Draußen vor den Fenstern löste sich der Sonntagmorgen in Regen auf. Feine Nieselfäden, pisswarm, wenn du die Hand ausstrecktest.

Ich saß am halb offenen Erkerfenster und las die Sonntagszeitung, während Dylan noch im Bett lag und steinern schlief, ich hatte mich vorhin noch davon überzeugt.

Ich blätterte im Lokalteil und wunderte mich.

Wunderte mich, dass das Triumphgeheul fehlte: Polizei fasst Busattentäter, Chaoten vom Potsdamer Platz festgenommen. Irgend so etwas.

Nichts davon. Stattdessen hysterisches Rätselraten, aber keine offizielle Bestätigung dazu. Ich befragte das Schlauerle. Nicht mal Neuberts PR-Maschine kotzte sich zu den Festnahmen aus. Seltsam, wieso ließen sie sich diese Steilvorlage für die anstehenden Wahlen durch die Lappen gehen?

Den Vormittag verbrachten wir dann oben bei Helene. Dylan stöberte in ihrem Berliner Zimmer wie im Schlaraffenland in den zahllosen Kisten und untersuchte all die sonderbaren Dinge des vergangenen Jahrhunderts, die ihm in die Hände fielen. Ich verfluchte in der Küche den Glindow-Sohn und ließ mich von Helene lautstark dabei anfeuern. Ich hatte eine Backmischung mit hochgebracht und buk, backte oder bäckte uns später einen mehr oder weniger grandiosen Schokokuchen. Helene fand weniger, Dylan aß mehr.

Am Nachmittag besuchten wir Sandra und Tobi.

Was gesagt werden muss: Sandra sah wirklich lecker aus. Ihr luftiges gasflammenblaues Kleid war bestens geeignet für feuchte Träume eines bald Vierzigjährigen, der schon eine ziemliche Weile auf dem Trockenen saß.

Tobi und Dylan spielten nebenan in Tobis Zimmer auf eine selbstvergessene Weise zuerst Memory, dann Halli Galli (ersparen Sie mir die Regeln für jetzt), während wir uns unterhielten. Wenn Tobi mit Dylan sprach, stammelte er nicht. Mir gegenüber schon, was er früher nicht getan hatte und jetzt Sandra die Schamröte ins Gesicht trieb.

Wir sprachen über die Vernehmungen. Natürlich. Sie hatten in Kieferngrund stattgefunden, Sandra hatte sie am Freitagnachmittag und gestern Vormittag, sagen wir: begleitet. Sandra nannte es »supervidiert«. Manchmal übertrieb sie es wirklich.

Sandras Mutter, die noch berufstätig war, hatte sich um Tobias kümmern können. Sandra wirkte ganz zufrieden.

KI IK Kersten dagegen war es nicht. Konnte es nicht sein.

»Sie kriegt die Truppe nicht entscheidend zu packen«, sagte Sandra. »Die sind aber auch wirklich schlau, du. Streiten gar nicht ab, dass sie am Straßenrand rumgealbert haben und so weiter. Aber als der Bus kam, da wollen sie plötzlich so was von friedlich gewartet haben. Sie wären doch nicht lebensmüde, hat dieser Große gesagt, der ominöse Weiße Riese, weißt schon. Krystobal Donic heißt er, bisschen komplizierter osteuropäischer Hintergrund. Donic ist eindeutig der Kopf der Gruppe. Der ist siebzehn, die anderen sechs sind erst vierzehn, fünfzehn Jahre alt, verstehst du.«

Die Halli Galli-Glocke bimmelte mehrfach hintereinander von Tobis Zimmer herüber, regelgerecht oder nicht, die Kinder hatten ihren Spaß dran.

»Diese Jungs sind so was von gewieft«, versicherte Sandra. »Zeit, Ort, Verhalten, das Opfer in ihrer unmittelbaren Nähe, alles geben sie locker zu. Nur die Tat selbst will keiner begangen oder auch nur *gesehen* haben. Sie hätten bloß rumgealbert, dem Alten aber nichts getan, ihn nicht mal beachtet.

Kersten hat sie sich einzeln vorgeknöpft, hat versucht, ob nicht endlich einer aus der Reihe tanzt. Sie geht manchmal ein bisschen scharf ran, oft sogar an der Grenze. Aber im Prinzip hat sie alles richtig gemacht. Bloß, das Ergebnis: gleich Null. Die stehen zusammen wie eine Mauer. Eine erstaunliche Gruppendynamik. Jedes Detail abgesprochen. Inzwischen haben sie einen Anwalt, jetzt geht vermutlich gar nichts mehr. Aber eigentlich bräuchten die den nicht mal. Eine absolut invariable Gruppenstruktur.«

Ihr Soziologisch, wir sprachen schon drüber?

»Und wenn sie nun wirklich unschuldig wären, die Jugendlichen?«, warf ich vorsichtig meinen Ball ins Feld.

»Was? Spinnst du, Eli? Wie kommst du darauf? Alle Tatzeugen sagen, dass sie es *waren*! Mindestens *einer* von denen.«

»Richtig, Sandra: einer von denen. Irgendeiner. Das sagen alle Zeugen, die Kersten hat. Einer oder zwei oder drei oder noch mehr von ihnen sollen es getan haben.«

Sie sah mich zuerst verblüfft an, wohl, weil ich mich so aufregte. Musste dann aber zugeben, dass das der Knackpunkt war. Keine konkreten Täter. Einfach alle wurden belastet, die ganze Gang. Aber es war nun mal schwer vorzustellen, dass alle sechs mit angepackt hatten, um Kossygin in den Tod zu stürzen.

Was *genau* war also passiert?

Wer *genau* war es?

»Was sollte das übrigens heißen, Eli, alle Zeugen, die *Kersten* hat? Wer sonst hat denn noch Zeugen. Sag nicht, dass *du* ...«

Ich erzählte ihr meine Geschichte. Nicht die ganze, nicht alles, nur das Wichtigste. Der kleine Punk, die Videos, die ihn gegenüber dem Tatort zeigten, seine Behauptung, es seien nicht die Jugendlichen gewesen, sondern jemand anderes, jemand, den er offenbar kannte. Dass der Junge jetzt im künstlichen Koma lag, weil überfahren in der dunklen, stillen, schmutzigen Gasse am Magdeburger Park.

Sandras blaue Augen weiteten sich auf sagenhafte Weise. »Das ist ja eine ziemlich wilde Geschichte. Nicht dass sie unplausibel klingt, Eli. Aber … ich weiß nicht.«

Ich merkte schon, was für Sandra das Hauptproblem daran war. Ich hatte außer ein paar Videosekunden, die einen derzeit nicht vernehmbaren Treber ins Bild setzten, nur die Second-Hand-Aussage einer Straßenhure, mit der ich noch nicht mal selbst gesprochen hatte.

Aber vor allem hatte ich was gegen Kersten.

Sie ärgerte sich über mich.

Und ich mich über sie.

Ich, gallig: »Und deine Kersten? Liefert sie die Jungs nun ans Messer?«

Sandras Antwort: »Na ja.«

Na ja?

»In dem Punkt versteh ich sie nicht. Ihr ist gar nicht wohl dabei, sagt sie. Sie will noch zwei Tage, um die Jungs weich zu kochen. Sie will keine Schlappe erleben, später vor Gericht. Verständlich. Bloß, Neubert und inzwischen auch ihre eigenen Leute im LKA sollen schon ziemlich angefasst sein deswegen. Die Staatsanwaltschaft drängelt auch. Aber sie will das durchziehen. – Du …« Sie gönnte mir einen langen treuherzigen Blick. »Ich glaub, die Kersten ist wirklich okay.«

Kersten zögerte also. Es schien, dass ich meine fest verschnürte Meinung über sie vielleicht noch mal lockern musste.

46

Am frühen Abend brachte ich Dylan zu seiner Mutter zurück.

»Alles okay, Schatz?« Manuela musterte kritisch seine Stirn, doch unter ihrem Scannerblick duckte er sich weg wie vor einem Geschoss.

»Irgendwas vorgefallen?« Sie sah mich misstrauisch an. »Seine Stirn ist geschwollen.«

»Mit dem Kopf durch die Wand. Kennst ihn ja«, spielte ich die Sache runter, so gut es ging.

Was vorgefallen war, es war jetzt ohnehin nicht mehr zu ändern.

47

Am Sonntagabend, kurz nach neun, keine Stunde, nachdem ich von Dylan und Manuela zurück war, klingelte es, und sie stand in der Tür.

Stella Glindow.

Mit finsterem Blick, todernst. Aber mit einer Flasche Bordeaux in der Hand.

»Tut mir leid«, sagte sie zur Begrüßung.

»Was tut Ihnen leid?« Ich dachte, was soll der Quatsch?

»Was mein Bruder Ihrem Jungen angetan hat.« Sie streckte die Hand mit dem Bordeauxwein vor. »Ich möchte mich für ihn entschuldigen. Und Ihnen das erklären.«

»Erklären?«

»Ja. Wenn ich darf?«

Sie hatte keinen Revolver in der Hand, sondern einen Bordeaux, der fast so verlockend schimmerte wie das Karminrot auf ihren Lippen und die mattweißen Perlen im ovalen Ausschnitt ihres schwarzen Baumwollkleids.

Wir tranken den Roten im Erkerzimmer, und was sie zu erklären hatte, war ein filmreifer Sozialstreifen über Boris Glindow, ihren jüngeren Bruder, Opfer seines brutalen Vaters, Opfer seiner Drogensucht, Opfer unfähiger Therapeuten. Er fange sich allmählich. Aber es sei immer noch unheimlich viel Wut in ihm. »So viel Wut.«

»Der Ärmste«, sagte ich gedehnt und dachte an Dylan. »Ist ja nur verständlich, dass er seinen Frust an kleinen Jungs auslässt, die sich nicht wehren können. Ich meine, nach *so* einer miesen Kindheit.«

Sie zog die Augenbrauen hoch und sagte eingeschnappt und etwas hilflos: »Deshalb entschuldige ich mich ja für ihn. Und zu Ihrer Beruhigung, Boris wird nicht hier im Haus wohnen.«

»Sie sehen mich erleichtert.« Und mir fiel Helene ein, die eine Heidenangst vor Boris-den-verhinderten-Engel-Glindow hatte. Die ihm *alles* zutraute. Und die sich zum Beispiel auch fragte, wieso der alte Glindow sich die Pulsadern aufgeschnitten und in die Wanne gelegt hatte, obwohl er sich doch bereits aus der Schweiz Tabletten zum Sterben besorgt hatte.

»Hatten Sie eine Ahnung davon, dass Ihr Vater sich umbringen wollte?«, fiel ich gewissermaßen mit der Leiche ins Haus.

Ihr Gesicht färbte sich fast so rot wie der Bordeaux. »Natürlich nicht! Sonst hätten wir, oder zumindest ich hätte es versucht zu verhindern.«

Nun, was spielte das jetzt noch für eine Rolle, und es ging mich im Grunde nichts an. Ich begriff immerhin, dass Walter Glindow eine recht brutale Ausprägung von Vater gewesen sein musste, seine beiden Kinder hatten ihn von Herzen gehasst und seine Frau vermutlich auch. Jetzt war Glindow tot und seine Eigentumswohnung fiel an die Tochter, die ihrem Bruder seinen Anteil auszahlte, sobald notariell alles erledigt war. Dass sie ihn damit direkt wieder in den Stand versetzte, das Original-H zu kaufen, statt sich an die Ersatzdroge M zu gewöhnen, schien ihr gar nicht klar zu sein.

Auch das ging mich nichts an. Solange er die Finger von meinem Jungen ließ, und dafür würde ich schon sorgen, falls nötig.

»Und was machen *Sie* so?«, kickte sie den Ball auf einmal zu mir ins Feld zurück.

Ich erklärte es, so gut es ging. Es schien sie nicht sehr zu beeindrucken.

»Und Sie?«, fragte ich. »Was machen Sie beruflich?«

»Wissenschaftsjournalistin. Schwerpunkt Zeitgeschichte«, antwortete sie brav.

Zeitgeschichte also, was Seriöses. Irgendwie entspannte mich das. Sie war keine Tagesjournalistin, kein Schlagzeilenhai, dachte ich. Natürlich war das naiv von mir.

»Zeitung, Sender, online?«

»Quer durch den Gemüsegarten. Ich bin Freiberuflerin. Wenn Sie heute nicht möglichst alle Medien bedienen, können Sie gleich in den Hartz fahren. Den mit tz.«

Sie lachte. Und ja, sie gefiel mir, verdammt! Ihr offenes Gesicht, die Lachfältchen um die dunklen Augen, die du auch nicht alle Tage siehst. Und ein Mund, mit dem ich gerne auch wortlos einiges ausgetauscht hätte.

Außerdem, sie hatte einen kräftigen Zug. Genau wie ich. Der Bordeaux war rappzapp ausgetrunken, mein lieber Herr Besauf-Verein!

Leider war mein Kühlschrank alkoholfreie Zone an diesem Abend.

»Wie wär's mit einem kleinen Abstecher?«, schlug ich vor.

»Wohin?« Sie schien nicht abgeneigt.

»Kumpelnest. Kennen Sie das?«

»Noch nicht.«

Zehn Minuten später lernte sie es kennen. Dabei gab es im engen Käfig des Kumpelnests streng genommen kaum was zu sehen. Was am Schwarzlicht lag. Und wie immer gab es ordentlich was auf die Ohren, Musik, die dröhnte wie ein Airbusstart. Wir tranken ein paar Bier und Schnäpse inmitten der Kumpel, die man kaum erkannte. Irgendwann hörten wir auf, uns aus nächster Nähe anzuschreien, und im nächsten Moment klebten unsere Lippen zusammen, und unsere Zungen wirbelten umeinander, dass mir schwindelig wurde.

Bis sie mir ins Ohr brüllte: »Lass uns gehen! Bevor ich endgültig taub bin.«

Ich schrie zurück: »Okay. Aber ich möchte noch einen Umweg machen.« Schnapsideen kommen einem nicht nur, aber eben auch, wenn man Schnaps getrunken hat.

»Was für einen Umweg?«

»Über den Strich.«

Sie starrte mich an, fassungslos.

Ich lachte. »He, Stella, es ist nicht, wie du denkst. Es ist beruflich.«

»Ha!« Sie lachte spitz auf.

»Komm halt mit, wenn du mir nicht glaubst.«

Ich hätte es mir denken können (wenn ich nüchtern gewesen wäre), sie war Journalistin und von Berufs wegen ebenso neugierig wie ich. Natürlich kam sie mit.

Wir spazierten vom Kumpelnest aus Arm in Arm die Lützowstraße in westlicher Richtung hinunter und bogen dann links in die Genthiner ein.

Woran ich Irina Dombrowski sofort erkannte, war nicht ihre platinblonde Perücke, die im Laternenlichtkegel leuchtete wie Lametta auf einer dürren, abgenadelten Tanne. Sondern der Hund, der kleine Terrier, dessen junges Herrchen jetzt im Krankenhaus lag und vielleicht nie wieder zu ihm zurückkehren konnte.

Irina Dombrowski stand mit dem Hund an der Leine neben dem Arbeitsgericht, am Kopfende der Sackgasse, in der es den kleinen Irokesen erwischt hatte.

Sie wirkte nicht mal überrascht, als sie von einem Schnapsdrossel-Pärchen – von uns – angesprochen wurde.

Sie war Ende dreißig, ihre Magerkeit steckte in einer Art schwarzem Lederdirndl, ihr knochiges Gesicht war sozusagen in Deutschlandfarben grell geschminkt und morbide genug, um eine spezielle Kundschaft anzulocken.

Der Terrier kniff den Schwanz ein, als wir uns näherten, er war völlig verängstigt.

»Ich bin ein Freund von Jan Petersen, dem Friseur«, erklärte ich, während Stella sich betont im Hintergrund hielt. »Ich bin Kunde bei ihm wie Sie.«

»Ja und?«, krächzte Irina Dombrowski, misstrauisch bis ins Mark.

»Ich kannte außerdem Pjotr Kossygin ganz gut«, log ich. Offenbar schlecht. Denn sie sagte: »Sie sind nicht zufällig ein Bulle, nein?«

Stella Glindow lachte leise in meinem Rücken.

»Doch, bin ich, gewissermaßen«, gab ich zu.

»Was wollen Sie nun? Ficken oder fragen?«

»Eigentlich geht's mir um Ihren kleinen Schützling, den Deniz Bauer.«

»Deniz?« Sie zuckte zusammen, als hätte ich sie wachgerüttelt. Und ihr schien ganz und gar nicht wohl bei der Frage zu sein. »Was ist mit ihm?«

»Deniz wurde absichtlich überfahren, haben Sie ausgesagt.«

»Und ob! Der ist gemeingefährlich, der dem Jungen das angetan hat«, sagte sie heftig, während ein dunkler Touran langsam an uns vorbeisäuselte.

»Warum hat er das getan, der Fahrer? Was glauben Sie?«

»Ist doch klar!«, rief sie empört. »Deniz hat den Typen am Potsdamer Platz gesehen. Das war er. *Er*, verstehn Sie. Der Typ, der den alten Kossygin auf dem Gewissen hat.«

»Hat Deniz ihn genauer beschrieben? Seinen Namen erwähnt?«

Sie schüttelte den Kopf. »Nee. Den Namen kennt er wohl nicht. Aber gesehen hat er ihn vorher schon mal.«

»Wo genau?«

»Na, hier!« Sie wies mit dem Kinn auf den Park, der sich hinter uns in der Dunkelheit versteckte. »Dort im Park hat er den schon gesehen, wahrscheinlich ein Kunde, sagt Deniz. Und das stimmt auch.«

»Woher wollen Sie das wissen, Irina? War er auch Kunde bei Ihnen?«

»Keine Ahnung. Ich hab das Schwein ja nicht gesehen, am Potsdamer. Aber *er* hat gewusst, wo er Deniz finden würde. Weil er ihm hier aufgelauert hat. Und was hat er hier verloren, wenn er kein Kunde ist?«

Irina Dombrowski war weiß Gott keine Dumme, so viel stand fest.

Der kleine Terrier hatte sich mittlerweile etwas aus der Deckung gewagt. Er ließ sich von Stella, die sich zu ihm herunterbeugte, streicheln.

»Das ist Deniz' Hund, oder?«, sagte ich.

»Ja, die Töle lief doch ganz kopflos herum in der Nacht, als das mit Deniz passiert ist. Die Bullen, also eure Leute, ja, die wollten ihn ins Tierheim bringen. Nee, hab ich gesagt, das hat er nun nicht verdient, der Hund.«

»Wie heißt er denn?«, wollte Stella wissen.

»Herr Nilsson.«

»Herr Nilsson«, wiederholte Stella und streichelte hingebungsvoll seinen Kopf. Dann richtete sie sich auf und fragte: »Stört der Hund Sie eigentlich nicht bei der Arbeit?«

Irina winkte ab. »Dachte ich zuerst auch. Aber ich kann den Hund nicht den halben Abend und die ganze Nacht in der Wohnung lassen. Der ist das freie Leben gewöhnt, immer draußen mit dem Deniz. Aber Sie werden's nicht glauben, die wenigsten stört das, es gibt sogar Typen, die stehen drauf, wenn er dabei ist. Also zuguckt, quasi.«

Das Thema erinnerte sie daran, dass sie eigentlich keine Zeit zum Reden hatte. »Kümmern Sie sich nu' um die Sache mit Deniz?«

Ich versprach's vollmundig, dankte ihr und warnte sie eindringlich: »Erzählen Sie ab jetzt keinem Menschen mehr von der Sache mit Deniz, Irina. Dieser Täter würde keine Sekunde zögern, Ihnen was Ähnliches anzutun wie dem Jungen.«

»Weiß ich. Bin ja nicht blöd.«

Nein, das war sie nicht. Sie hatte Herz und Hirn. Aber einen beschissenen Job, egal, was die Hurengewerkschaft darüber sagte.

Wir gingen, Stella und ich, zwischen den Möbelhäusern an einem halben Dutzend weiterer Huren vorbei nach Hause.

Zu mir.

Der Schweiß perlte auf ihren Brüsten, die Spitzen radiergummihart, ihre verschwitzten Schenkel klammerten in meinem Rücken, wir waren schon recht gut in Fahrt, als sie auf einmal keuchte: »Tust du mir weh?«

»Was tu ich?«

»Tu mir weh. Na, los!«

»Warum sollte ich, verdammt!« Ich wich verstört von ihr zurück.

»Gut. Dann tu ich *dir* weh.«

Bloody Stella. Ihr Motto: Hit hard and early. Die Erfahrung war absolut neu für mich. Ich kam, wie ich kommen musste.

48

»Um Gott's willen, was haben sie denn mit dir gemacht?« Sandra fixierte die Bisswunde an meinem Hals und das angefressene Kinn, als hätte ich Lues, der sich durch Blickkontakt überträgt.

»Kollateralschaden«, antwortete ich und versuchte meine Verlegenheit hinter einem Gähnen zu verstecken.

»Wieso? Warst du bei einer Domina oder was?«

»Dann wären die Kratzer nicht Schaden, sondern Nutzen, Sandra.«

Sie griente etwas schief.

»Bin nur schlecht rasiert«, log ich noch nicht mal, denn das war ich außerdem.

»Kenn ich.« Sie winkte lässig mit der Hand ab. »Gibt Stellen, da müsste ich eigentlich die Feuerwehr rufen, so brennt es hinterher.«

»Was machst du stattdessen?«

»Selber löschen. Früher hat Hannes geholfen. Wenigstens dort.«

Ich brauchte ein paar Sekunden, um zu begreifen, von welcher Feuerstelle die Rede war. Aber Hannes löschte jetzt an anderer Stelle, vielmehr: einer anderen die Stelle.

Es war Montag, der 2. Juni, Sandra stand vor dem Schreibtisch in meiner Bürokammer, klappte ungefragt meinen Laptop auf und deutete energisch mit dem abgebrochenen, roten Fingernagel ihres Zeigefingers auf eine Datei, die in der Dropbox für mich abgelegt worden war.

»Da, Eli! Mein Bericht zur Kinoattacke. Wir haben die Sache jetzt abgeschlossen, aber du hast ihn noch nicht mal gelesen.«

»Doch, hab ich.«

Sie sah mich verärgert an. »Wieso hast du ihn dann noch nicht abgezeichnet? Panck ist schon ziemlich sauer. Und in dem Fall zu Recht. Die Berichte sind nun mal unsere Arbeitsnachweise gegenüber Neubert. Unser Brot. Hat nicht jeder lebenslänglich beim Senat wie du, Eli.«

Ich nickte schuldbewusst. Sandra gehörte zur Angestelltenfraktion und hatte wie die meisten in der Villa nur einen Zeitvertrag, der Jahr für Jahr gerechtfertigt werden musste. Ich versprach ihr, das Dokument endlich abzuzeichnen. Egal, was ich davon hielt. Denn *ich* war mit dem Fall noch nicht fertig.

Wir gingen gemeinsam in den Keller, um Pancks Montagmorgen-Show zu lauschen.

Ich konnte mich nicht erinnern, schon mal derart irritierte, anzügliche oder neidische Blicke auf mich gezogen zu haben.

Am originellsten war sicherlich Rosemarie Herzog. Sie sah mich nur kurz an mit den engen kleinen Augen hinter der Pinocchionase und kommentierte im Vorbeigehen: »Bevor sie das nächste Mal in dich reinbeißt, Schatz, kleiner Tipp von deiner alten Rosemarie: Bei den ›Eisbären‹, im Fanshop, da gibt's spezielle Schutzhelme, weißt du, mit Schutzbügel fürs Kussmäulchen!« Sie kniff mir dabei freundschaftlich in den Hintern mit ihrer freien linken Hand. In der Rechten balancierte sie einen Stapel mit Kurzberichten über die Entwicklung des Straßenpogos in der Stadt, der teilweise groteske Ausmaße angenommen hatte.

Panck hielt einen kleinen banalen Vortrag dazu und klemmte seine Überzeugung an, dass die Anklagen in Sachen Busanschlag, die sicher unmittelbar bevorstünden, den Spuk in der Stadt beenden würden.

Ich zweifelte daran, der Stadtpogo schuf sich soeben seine eigenen Regeln und war bereits zum ›Phänomen‹ geworden.

Was diesen Montag betraf, so blieb die von den Kollegen mittlerweile heiß ersehnte und von Neubert kalt geforderte Erfolgsmeldung im Fall Kossygin – Geständnisse der Beschuldigten und Anklageerhebungen – weiterhin aus. Dabei lief sich die mediale Empörungsmaschine schon heiß und sprühte Funken vor Wut. Die Bilder der ›Chaoten‹ standen im Netz, ein verblichenes Passfoto, das einen sehr viel jüngeren, steif in die Kamera blickenden Kossygin zeigte, wurde dem quer stehenden ›Todesbus‹ am Potsdamer Platz optisch wirkungsvoll untergeschoben. Die Headlines feierten bereits ›Neuberts Blitzsieg über Weißen Riesen & Bande‹.

Doch KHK Kersten lieferte nicht. Funkstille aus der Keithstraße.

49

Es war kurz nach sieben an diesem Montagabend, ich stand bereits ausgehfertig an der Wohnungstür, als es klingelte.

Stella. Mit Just out of Bed-Frisur und Let's-talk-about sex-Mund.

»Schon was vor?«, fragte sie und zupfte an dem hellen, etwas knapp gewordenen Jackett, in das ich mich bereits gezwängt hatte.

»Kino.«

»Was schauen wir uns an?«

Ich lachte.

Ihre Augen weiteten sich gefährlich.

»Die dunklen Monde des Mars«, sagte ich.

»Hm …« Sie kniff leicht die Brauen zusammen. »Was ist das für ein Streifen?«

»Französisch.«

Sie schob die Lippen vor und nickte. »Zieh mich nur schnell um.«

Es war noch genügend Zeit, wir spazierten Arm in Arm durch den lauen Abend die Potsdamer hinauf.

»Sind so wenig Leute unterwegs, findest du nicht?«, wunderte sie sich.

»Länderspiel«, wusste ich. »Deutschland, Türkei.«

Die zwei ungleichen Hälften Berlins saßen vor der Glotze.

»Hoffentlich geht's unentschieden aus«, sagte Stella. »Die Autocorsos der Sieger hinterher – oder heißt das Corsi …?« Sie lachte. »Das Gehupe und Geballere bringen mich jedes Mal um den Verstand.«

Ich dachte an die vergangene Nacht. Die hatte *mich* beinahe um den Verstand gebracht.

»Kaum zu glauben, dass hier mal so eine Art Verlagsmeile war«, sagte sie, als wir an dem Devotionalienladen neben dem alten Tagesspiegel-Sitz vorbeischlenderten. »Bing, Zeitung. Bong, Zeitschrift. Bäng, Buchverlag.« Sie spießte mit dem Finger die entsprechenden Gebäude auf. »Alles weg. Und jetzt?«

»Kommt eben was Neues«, sagte ich. »Die Stadt ist so unberechenbar wie ihre Bewohner. Schon immer gewesen.«

»Dann darf sie sich auch nicht beklagen, die Stadt«, sagte Stella.

»Worüber?«

»Na, das Unberechenbare.«

50

Im Cinema galten noch die plakatierten Kinderpreise, Sie erinnern sich? Zwei Plätze, mittig in der zweitletzten Reihe, waren trotzdem noch locker zu haben. Das Kino war dünn besiedelt, nicht nur Nummer 7.

Weder vom Kommaträger Jamil noch von seiner blonden Kollegin, der Spezialistin für erotische Tresenpflege, war heute etwas zu sehen. Dafür war der Film, dank der Beschreibungen von Barbara Richter, der schönen Giraffe, von der ersten Minute an wie ein Déjà vu für mich.

Für Sie der Zusammenschnitt: Eine Lichtorgie irgendwo in Frankreich. Atlantik, Strand, Sonne, irgendein behaarter Bauchträger in seinen Fünfzigern, der eine hübsche Junge anbaggert. Der Bauch bekommt eine Menge Zeit zum Dozieren. Und er scheint die Hübsche damit wirklich rumzukriegen.

Lustig ist das nicht bis hierhin. Vielleicht sogar ärgerlich, je nachdem, was man erwartet hat. Selbst die elegischen Bilder von Meer und Landschaft wirken wie gemalt statt malerisch.

Dann kommt endlich Bewegung in die Sache. Die junge Hübsche treibt es mit einem anderen Typen. Überraschend, da die Liebe zum Bauch doch so vollkommen schien. Doch der junge Adonis und sie passen richtig gut zusammen. Und wohl auch ineinander.

Großaufnahme. Der falsche Fünfziger erwischt die beiden im Bett. Sie wirft ihren muskulösen jungen Lover, der sie bis dahin mit imposanten Backen heftig missioniert hat, aus dem Sattel und erhebt sich triumphierend. Sie steht nackt und breitbeinig da. Ihre Lippen (Nord und Süd) scheinen vor Lust, Angst und Erregung zu vibrieren.

Denn der Fünfziger hält eine Waffe. Er zielt auf sie. Und drückt ab.

Der Knall ist ohrenbetäubend. Plötzlich klebt auf der eben noch schneeweißen Wand hinter dem Mädchen eine riesige Rose aus Blut. Und im nächsten Moment schleudert sie die Wucht des Schusses, mitten durch ihre Brust, hinterher. Wie von einem unsichtbaren Lasso geholt.

Dazu setzt auf einmal, nach dem soften Kaufhausgedudel, das bislang aus den Boxen rieselte, ein brachial auftrumpfender Geräuschterror ein. Es klingt wie das Zusammenspiel eines Sägewerks mit einem Presslufthammer, dazu das Boumboumboum eines Synthesizers, der den Donnerkeil elektronisch interpretiert.

Die Frau im Film ist tot, ihr junger Löwe brüllt los, der Killer streckt ihn nieder, seinen Widersacher, Kopfschuss, das Laken ist mit Blut getränkt.

Ich begriff jetzt, was Barbara Richter gemeint hatte. Der Film kippte urplötzlich von einem Schmachtfetzen in eine Blut- und Hodenorgie (okay, sie hatte es netter gesagt). Doch sie hatte auch gesagt, dass das Mädchen in der Reihe hinter ihr mitten in der Sequenz plötzlich angefangen hatte zu schreien und dann buchstäblich in Flammen stand.

Die Absicht des Regisseurs war so durchsichtig wie wirkungsvoll. Erst badete der Film dich in lauwarmen Gefühlen, dann wurdest du nach allen Regeln der Kunst geschüttelt und gerührt.

Bei mir wirkte es. Mein ganzer Körper vibrierte vor Aufregung, mein Herz schlug wild dazu.

Aber nicht nur der Film vorne auf der Leinwand tat seine Wirkung. Auch die Bilder, die schon *in meinem Kopf* waren. Plötzlich überschlugen sich die Szenen, doppelten und überlagerten sich. Die Videobilder von Kossygins gewaltsamem Tod flimmerten mir plötzlich wieder vor den Augen. Die Wartenden an der Bushaltestelle. Die ameisenhafte Unruhe und latente Gewalt, die von den Jugendlichen am Straßenrand ausging. Der plötzlich einsetzende infernalische Hubschrauberlärm, der sich über die Szene legte. Der alte Mann, der kopfüber vor den Bus stürzte, mit ausgebreiteten Armen, den flatternden Schirm in der rechten Faust, die Plastiktüte mit dem Geschenk, das er für seine Frau gekauft hatte, in der linken. Schließlich das explodierende Chaos ringsum, die Fluchtreflexe der Passanten.

Lärm, Chaos, Gewalt. Der nackte Schrecken.

Und der reale Videohorror legte sich nun wie ein zweiter Film über das Blutbad vorne auf der Kinoleinwand.

»Scheiße.«

Ich sprang auf.

»Was ist denn?«, sagte Stella erschrocken mit gedämpfter Stimme. »Ist dir schlecht?« Sie griff meine Hand. »Du bist schweißnass, Eli!«

Beschwerden aus der etwas voller besetzten Reihe hinter uns trafen sofort ein. Wir stocherten an den wenigen Besuchern in unserer Reihe vorbei und waren, endlich, draußen.

51

Bei Europa- und Weltmeisterschaften machte auch die Roth-Diele in Public Viewing. Aber nicht bei einem durchschnittlichen Freundschaftsspiel, Deutschland gegen die Türkei. Deshalb hatten wir jetzt freie Platzwahl, setzten uns auf einen der Donnerbalken am Panoramafenster mit Sicht auf die Potsdamer Straße.

Ich holte meinen Blick aus dem hinteren Teil des Lokals zurück, das überall mit Fotos und Textschnipseln von Joseph Roth tapeziert war, und kippte meinen Calvados. Es war schon der zweite, ich bestellte einen weiteren bei der hauchdünnen weißblonden Kellnerin.

Stella tauchte aus ihrem Weißbierglas auf und stellte es lachend ab: »Klar, seid ihr Ignoranten! So ganz allgemein gesehen. Aber warum, meinst du, in diesem speziellen Fall? Worauf willst du hinaus, Eli?«

»Ich meine, wir ignorieren womöglich das absolut Naheliegende. Die simpelsten Zusammenhänge zwischen zwei

Fällen, die sich innerhalb weniger Tage ereignet haben. Beide am Potsdamer Platz, Luftlinie wenige hundert Meter entfernt voneinander.«

»Du meinst, die beiden Fälle hängen *zusammen*?« Sie kniff die Brauen zusammen. »Warum das?«

»Wir stellen uns so dumm wie bei den Neonazimorden der letzten Jahre, zählen wieder eins und eins nicht zusammen, prüfen's nicht mal. Beide Attacken geschahen öffentlich. Mitten in einer Menschenmenge. Mal ist es dunkel, mal ist es hell. Aber in beiden Fällen ist es eng. Und wird emotional unerwartet aufgeladen. Im Kino durch den Film vorne auf der Leinwand, der plötzlich im Blutrausch endet. An der Bushaltestelle durch den Streifen, den die Jugendlichen abziehen. Und durch verschiedene weitere Umstände vor Ort.« Die ich von den Überwachungsvideos her kannte, ich schenkte mir das jetzt.

»Aber lässt sich das vergleichen, Film und reale Szene?«

»Emotional spielt der Unterschied keine Rolle. Entscheidend ist, was dadurch ausgelöst wird. Reiz und Reaktion. Da wird ein Knopf gedrückt.«

»Ziemlich primitiv, oder?«

»Im Grunde nicht primitiver als, sagen wir, Sex.«

Oder seine lästige Schwester, die Sexsucht.

»Aber es dreht doch nicht jeder durch, bloß weil er eine Gewaltorgie im Kino anschaut. Oder sich an einer Bushaltestelle latent bedroht fühlt.«

»Eben. Nehmen wir also jemanden an mit einer besonderen Psyche, mit einer speziellen Prädisposition.«

»Prädisposition, wow.«

»Ja. Eine Person mit einer extrem einschneidenden Erfahrung zum Beispiel. Einem Trauma. Das andauert. Oder aktiviert wird, sobald Gewalt ins Spiel kommt, in der einen oder anderen Form. Wenn Lärm, räumliche Enge und Chaos dazukommen.«

»Reiz, Reaktion, ja?« Ihr Spott war unüberhörbar. Doch auf einmal blickte sie mich verwirrt an. Sie hielt sich mit beiden Händen an ihrem Glas fest und sagte: »Das hieße dann aber doch, dass euer erster Tatverdächtiger für den Kinoanschlag, der Junge, der sich vom Ärztehaus gestürzt hat, unschuldig war! Dass der seine Freundin gar nicht umgebracht hat. Sondern jemand, der noch frei herumläuft. – Und dieser Jemand soll nun auch den alten Russen auf dem Gewissen haben? Nur, weil sich das quasi um die Ecke abgespielt hat?«

»Was heißt: nur?«, protestierte ich. »Räumliche Nähe von Tatorten zählt zu den klassischen Anhaltspunkten bei Tatermittlungen. Das dürfen wir doch in diesen Fällen nicht einfach ignorieren.«

»Gut. Aber was ist mit den Jugendlichen, die ihr doch schon am Kragen habt?«

Ich verstand ihr Problem, sie hatte nun mal nicht die Hintergrundinformationen, die ich hatte: Paul Junfermanns Verletzungen, der kleine Punk, die Überwachungskameras, all das.

Aber ihr mokanter Ton provozierte mich. »Die Jugendlichen«, sagte ich, »wollten nur spielen. Sie könnten den Täter aber durch ihr Verhalten ungewollt dazu gebracht haben, genau das zu tun, womit sie selbst nur kokettiert hatten. Und der alte Mann stand unmittelbar am Bordstein, der Täter vielleicht direkt hinter ihm. Ein Schubser im rechten Moment und …«

Stella sah mich mit zusammengepressten Lippen an. Ihre blasse Haut mit den späten Spuren einer jugendlichen Akne hatte an den Wangen eine leichte Lachsröte bekommen. »Aber …« Sie schüttelte den Kopf so heftig, als wäre er ihr lästig geworden. »Was zum Teufel *hat* er davon, dein Täter? Gesetzt, es gibt ihn.«

»Katharsis«, sagte ich.

Jedes Profiling gleicht im Anfang einem Tasten im Dunkeln und dem Rätseln darüber, was man da eigentlich in der Hand hat. Ich spann einfach weiter an dem Faden, egal, wie dünn er war.

»Katharsis«, wiederholte sie.

»Ja. Die psychische Entladung seiner inneren Spannungen.«

»Die müssen dann ja enorm sein.«

»So, wie seine Psyche schwach ist. Die Situation war stärker als seine Selbstkontrolle. Es hat einen Dammbruch gegeben.«

»Moment, du meinst, es ist ihm vollkommen egal, wen es trifft? Es überkommt ihn halt? Im Kino, an der Bushaltestelle, sonst wo?«

»Es steckt jedenfalls kein persönliches Motiv dahinter, nein. Zufall, dass es das Mädchen erwischt hat. Oder Kossygin. Kein Zufall, dass es jeweils am Potsdamer Platz geschah, mal drinnen, mal draußen, aber …«

»Aber könnten es bei der Attacke gegen Kossygin nicht *doch* die Jugendlichen gewesen sein, die ihr festgenommen habt? Zumindest einer von denen? Die Gang an der Bushaltestelle bestand ja nicht gerade aus Waisenknaben, was man so hört. Und sie werden von euren Zeugen doch konkret beschuldigt.«

Als Anwalt des Teufels war sie nicht schlecht.

»Nicht konkret, Stella. Sondern *pauschal* wird die Gang beschuldigt! Alle Zeugen am Tatort *glauben* es zu wissen, aber keiner hat's genau *gesehen*. Das ist der Stand der Dinge. Wir haben uns in dieser Stadt angewöhnt, reflexartig an jugendliche Täter zu denken, sobald Gewalt in der

Luft liegt. Sie sind unsere liebsten Sündenböcke, die wollen wir hängen sehen. Dass in Wahrheit *die ganze Gesellschaft* zunehmend abstumpft und verroht, wollen wir nicht wahrhaben. Warum tropft denn aus den täglichen Schlagzeilen auf Seite eins deiner Kollegen vom Boulevard das Blut wie bei einer Schlachtung? Weil sich damit Geld verdienen lässt.«

»Danke, Herr Doktor, schon kapiert, die Medien sind schuld. Mea culpa, sorry. – Mit der gleichen Logik könntest du die Kirche beschuldigen, dass sie Spaß an Kadavern hat, weil sie überall ihren Gekreuzigten aufhängt.«

»Kein schlechter Gedanke.« Ich lachte und nahm einen Schluck aus ihrem Glas. »Was ich sagen will, Stella: Wir alle sind beteiligt. Weil wir in Wirklichkeit Gewalt genießen. Du, ich, wir alle. Das heißt, solange sie *anderen* zustößt. Im Kino, im Netz, in der Zeitung, auf der Straße – nur bitte nicht gerade in meiner Nähe.«

Stella schenkte mir einen krausen Blick über ihr Bierglas hinweg. »Was war dein Vater, Eli? Prediger oder so was? Eiferst du ihm jetzt nach?

»Wäre er Prediger gewesen, Old Gavin, gäbe es heute in Wales Freibier für alle in jeder Messe.«

Sie lachte nicht, und es war auch nicht witzig. »Was machst du aber jetzt mit deiner unschönen Ein-Täter-Theorie? Ich meine, wenn sie wahr wäre, würde das alles auf den Kopf stellen, was ihr bislang der Öffentlichkeit verkauft habt.«

»Richtig. Deshalb werde ich vorerst hübsch die Füße stillhalten.«

Zumal dies bestenfalls die Betaversion der Wahrheit war. Ein Profiling in den ersten zaghaften Kinderschuhen, das noch keinesfalls allein laufen konnte. Und vielleicht sogar in die völlig falsche Richtung tapste. Wer wusste das schon zu diesem Zeitpunkt, ich jedenfalls nicht.

52

Am Tag darauf, Dienstag, den 3. Juni, wurde Krystobal Donic, der Weiße Riese, aus der U-Haft entlassen. Nachdem seine Jünger, die wesentlich jüngeren Gangmitglieder, bereits vorher nach und nach wieder auf freien Fuß gesetzt worden waren. Nicht gerade reingewaschen, aber ohne definitiven Schuldbeweis.

Angesichts des Drucks auf Kersten, sowohl vonseiten der Presse als auch von Neuberts Leuten, musste man wohl vor ihr den Hut ziehen. Ein wenig.

Sandra dagegen, die an den meisten Vernehmungen, auch an der von Donic, teilgenommen hatte, war enttäuscht. »Ich sage dir, Eli, der Donic war's. Wir können ihn nur noch nicht drankriegen. Seine kleinen Jungs halten dicht wie Beton. Und die Aussagen der Zeugen von der Bushaltestelle sind einfach nicht zu gebrauchen, da hat Kersten schon recht. Am schlimmsten sind diejenigen, die dir alles bestätigen, was du vermeintlich hören willst. Ohne, dass du danach gefragt hättest! Vorauseilender Gehorsam. Vollkommen wertlos.«

Ich war trotzdem nicht in der Stimmung, mich Anja Kersten anzudienen, um ihr vorschnell meine Betaversion zu präsentieren: zwei Fälle, ein Täter.

War dann auch gar nicht mehr nötig.

Gegen halb zehn an diesem Morgen rief mich Sandra von ihrem Büro aus an. »Googel doch mal deinen Namen, Eli«, empfahl sie mir eisig. »Und leg dir eine kugelsichere Weste zu, ehe du jemandem aus dem Haus begegnest!«

Ich konnte mich nicht erinnern, dass mein Name jemals die Rubrik ›News‹ angeführt hätte. Angeblich existierten

352 Einträge mit dem Suchbegriff Eli Mattay. Er war Teil eines Nachrichtengeschwürs, das am häufigsten überschrieben war mit: ›Psychopath treibt Unwesen am Potsdamer Platz. Profiler erkennt Zusammenhang zwischen Kino- und Busattacke.‹ Die Meldung war im Sekundentakt voneinander abgeschrieben und weiterverbreitet worden. Wo genau sie heute Vormittag zuerst erschienen war, konnte ich selbst mittels Zeitleiste der Suchmaschine nicht mehr rekonstruieren. Ich klickte die Onlineausgabe eines Stadtmagazins an, das, wie sich herausstellte, den Kern der Aussage noch ohne die Ausschmückungen der späteren Versionen in anderen Medien gebracht hatte.

Die Version ging folgendermaßen: »Dr. Eli Mattay, 39, Profiler bei der Task-Force ›Phänomenzentrierte Kriminalitätsbekämpfung‹ in Berlin-Dahlem, geht nicht davon aus, dass es sich bei der sogenannten Kino-Attacke gegen Britta Iversen (Link zum früheren Bericht) und der wenige Tage später verübten Bus-Attacke gegen den Rentner Pjotr W. Kossygin (Link zum Bericht) um verschiedene Täter oder Tätergruppen handelt. Mattay: ›Wir dürfen nicht die Fehler der sogenannten Dönermord-Ermittlungen wiederholen, zwischen denen bekanntlich jeder Zusammenhang vonseiten der Behörden ignoriert oder bestritten worden ist. Nein, wir müssen diesmal eins und eins zusammenzählen. Beide Attacken geschahen am Potsdamer Platz. Und trotz der Verschiedenheit der konkreten Tatorte, also Kinosaal und Bushaltestelle, gibt es auffällige Gemeinsamkeiten.‹ Am offensichtlichsten, so Mattay, sei die Tatsache, dass beide Anschläge ganz öffentlich geschahen, ›gewissermaßen im Schutz der Menge, wenngleich im ersten Fall, der Kinoattacke, zusätzlich noch im Schutz der Dunkelheit.‹ Handelt es sich somit um politisch motivierte Taten, gar um Terrorakte? Mattay: ›Nein, dafür spricht gegenwärtig nichts. Vielmehr deuten die auslösenden Bedingungen an beiden Tatorten auf eine zugrunde liegende, tiefgreifende psychische Störung des Täters hin, die ihn vermutlich wie unter Zwang gewalttätig werden lässt.‹

Mattays Einschätzungen stellen zweifellos eine dramatische Neubewertung der seit Langem schockierendsten Gewalttaten in Berlin dar. Sie deuten zugleich auf gravierende Ermittlungspannen in beiden Fällen hin. Krystobal D. aus Kreuzberg und weitere tatverdächtige Jugendliche (Link zum Bericht) mussten wieder auf freien Fuß gesetzt werden.

Die Umstände des tragischen Selbstmords des neunzehnjährigen Paul J., Tatverdächtiger im Fall der tödlichen Kinoattacke am Potsdamer Platz (Link zum Bericht), erscheinen nun ebenfalls in einem völlig neuen Licht. Hat der junge Mann sich aus Verzweiflung über den Tod seiner Freundin das Leben genommen? Oder aufgrund des falschen Verdachts der Kriminalpolizei gegen ihn? Sein vermeintlicher Selbstmord aus Schuldgefühl scheidet nach Mattays Version nun in jedem Fall aus. Doch weder das zuständige LKA-Dezernat in der Keithstraße noch Innensenator Neubert waren für eine Stellungnahme zu sprechen.

Unterdessen beunruhigt die Stadt angesichts dieser Neueinschätzung der beiden Gewalttaten eine weitere Frage: Kann es wieder geschehen? Wird der Psychopath vom Potsdamer Platz erneut zuschlagen?«

Unter dem Artikel stand das Kürzel S.G. Für Stella Glindow.

Keine Minute später rief Rosemarie an. »Oweia, Eli.« Ihre Stimme klang nach Beerdigung, anonym, auf einem steinigen Acker. »Panck will dich sprechen.«

»Jetzt gleich?«

»Was dachtest du denn, Schatz?«

53

Panck (sagte ich das schon?) residierte im zweiten Stock, in einem Zimmer, das doppelt so groß wie meines (also immer noch übersichtlich) und mit einem hübschen kleinen Balkon behängt war. Pancks Schreibtisch stand vor einer schmucken Bücherwand mit kriminologischer Standardliteratur. Jeden einzelnen Band hätte er im Keller der Villa in der dort befindlichen Präsenzbibliothek entleihen können. Sein geistiges Kapital nannte er die Schinken. Wenn das alles war, forschte er besser nur in der Vergangenheit nach Verbrechern.

Als Gast in seiner Hütte saß man pikant. Nämlich unter einem weiß gerahmten Kunstdruck an der Wand, der das rosarote Geschlecht einer magersüchtigen Frau ziemlich effizient ins Bild setzte. Es war ein seltsames Gefühl zu wissen, dass Panck die meiste Zeit, während man mit ihm sprach, seine geneigte Aufmerksamkeit den Schamlippen dieser Frau im Bild schenkte.

Als ich jetzt sein Büro betrat, kam er gerade mit einer kleinen grünen Gießkanne vom Balkon. Die Geranien draußen hatten ihren verdienten Platz an der heute strahlenden Sonne. Ich nicht.

Er wies mir wortlos mit dem Kannenschnabel meinen Platz unter den rosa Schenkeln zu und ließ sich mit dem Gartengerät in seinen Ledersessel fallen, dessen Lehne sein gewelltes Haupthaar noch um doppelte Stirnhöhe überragte.

Sein Blick wanderte erwartungsgemäß über mich hinweg, um Ruhe (oder was immer) im weiblichen Schoß zu finden.

Er sagte: »Ich weiß absolut nicht, was dich nun wieder geritten hat, Eli. Aber diesmal bist du zu weit gegangen. Definitiv.«

»Ich habe dieses Pseudointerview niemals gegeben, Andreas. Keiner Zeitung, keinem anderen Medium.«

»Eli.« Er seufzte schwer. »Für wie dumm hältst du mich eigentlich? Willst du mir ernsthaft erzählen, du hättest mit dieser Story nicht das Geringste zu tun?«

»Ich gebe zu, ich habe den Fehler gemacht, mit einer Frau, das heißt mit einer Journalistin über diese Dinge gesprochen zu haben. Aber ich hielt unser Gespräch für privat, vertraulich.«

»Vertraulich? Das Gespräch mit einer Journalistin?«, wiederholte er genüsslich. »Nicht dein Ernst, oder?«

Okay. Den Vorwurf musste ich mir gefallen lassen. Mein Vertrauen gegenüber Stella Glindow – die erste Frau seit Monaten, mit der ich geschlafen hatte – war unfassbar und einfach nicht entschuldbar.

»Du hast dem Team damit extrem geschadet. Alle Kollegen mit Zeitverträgen werden sich bei dir bedanken. Wir waren und sind immer noch ganz offiziell in die Ermittlungen eingebunden. Die du so arrogant und hinterrücks in den Dreck gezogen hast. Auch Neubert schäumt natürlich. Zu Recht, das finden hier alle. Du wirst einsehen, dass ich das sanktionieren muss.«

»Was ich einsehe, darfst du getrost mir überlassen.« Aber ich wusste natürlich, dass er recht hatte.

Er sah mich jetzt direkt an. Seine grauen Augen wirkten flach und hart wie kleine Kiesel. Plötzlich fiel ihm auf, dass er die leere Gießkanne noch immer in der Hand hielt, er ließ sie hinter dem Schreibtisch verschwinden.

Er sagte, ganz unverblümt: »Schade, dass ich dich nicht einfach rausschmeißen kann, Eli. Du bist Beamter. Leider. Aber als Profiler vollkommen unbrauchbar. Und als Kollege eine Katastrophe. Du bist suspendiert. Rosemarie wird dir alsbald mitteilen, was vorerst dein neues Aufgabengebiet im Haus sein wird.«

Alsbald, suspendiert, vorerst, er hatte noch mehr davon.

»Vielleicht findet sich bald eine Möglichkeit, dich irgendwohin abzuschieben, wo du weniger Schaden anrichten kannst. Was ich bezweifle.«

»Fertig?« Ich stand auf.

»Nur eins noch.« Er schüttelte betont langsam den Kopf, wie gegenüber einem sehr dummen Kind, das diesmal sogar mitten in die Küche gemacht hatte. »Wie konntest du nur auf ein so verrücktes Täterprofil verfallen? Menge, Enge, Chaos, Lärm, wenn ich das schon höre! Eli, das sind doch keine Kategorien, mit denen man ernsthaft arbeiten kann.«

»Du vielleicht nicht. Kleiner Tipp, schau dich einfach mal um in der Stadt. Dort, wo du nicht wohnst. Statt nur in deine Privatschinken, die du hier wie Museumsstücke ausstellst.«

Brachte natürlich nichts, ihn zu beleidigen, seine glatt polierte Selbstgefälligkeit war wie Teflon. Und natürlich hatte er recht. Meine »unschöne Theorie«, wie Stella sie im Roth genannt hatte, war eine Kopfgeburt, die dank meiner Naivität als Totgeburt enden würde.

Ich stand auf und ging.

54

Hinauf zu Sandra. Ihre Hände auf der Tastatur zitterten, als ich ihr Zimmer betrat. Ich hatte geklopft, sie hatte nicht ›Herein‹ gesagt, ich war trotzdem eingetreten.

Sie ließ mich einige Sekunden lang in der offenen Tür stehen. Sie fuhr langsam auf ihrem Drehstuhl herum, das Gesicht bleich vor Wut. Und vermutlich Enttäuschung.

Ihre Stimme vibrierte, als sie sagte: »Wie konntest du uns alle so vorführen, Eli? Das ging nicht nur gegen Kersten. Das ging auch gegen mich, das weißt du. Dein scheiß Egotrip lässt uns alle hier, nicht nur die Kollegen in der Keith, wie Idioten aussehen. Der Erleuchtete, jaha, das bist natürlich du, nur du allein, der grandiose Eli Mattay!«

»Sandra, glaub mir, ich habe mit keiner Zeitung gesprochen. Weder on- noch offline noch sonst was. – Nicht offiziell!«

»Ha, nicht offiziell!« Sie schüttelte ihre steif gesprayte Frisur und lachte sarkastisch. »Wie zum Teufel kommt der Mist, den du verzapft hast, dann hinein in die Medien, ganz offiziell, on- *und* offline? Du hast mir doch am Sonntag schon eine ähnliche Geschichte aufgetischt. Und jetzt die Fortsetzung. Diesmal für alle. Doktor Mattay proudly presents!«

Ihre Worte prasselten wie ein Steinhagel gegen meinen Kopf, ihr heiliger Zorn stopfte mir das Maul.

»Fick dich, Eli!«, empfahl sie mir und drehte sich weg.

Nicht nötig, dachte ich, das hatte Stella Glindow schon besorgt.

55

Ich war draußen.

TEIL ZWEI

I WONDER WHO IT CAN BE

1

Von einer höheren (oder vielleicht auch niederen) Warte betrachtet, hatte sie bloß ihren Job gemacht, kühl kalkuliert und effizient. Sex mit Informanten gehört vermutlich zum Ausbildungsprogramm von Boulevardjournalisten. Ich versuchte gar nicht erst, Stella Glindow zur Rede zu stellen.

Ich hatte mich wie ein Anfänger benommen, Panck hatte mich völlig verdient ausgebootet, Ende der Durchsage.

Rosemarie teilte mir meine neue Aufgabe mit, die ich laut Panck »nur zu gerne« auch von zu Hause aus erledigen könne. Der Job bestand in der Vorbereitung einer international besetzten Konferenz zur ›Neuen Gewalt in Großstädten‹. Geplanter Veranstaltungsort das ICC, Federführung durch die Villa. Geleitet von: PD Dr. Andreas Panck.

Er hatte mich zu seinem Scriptboy degradiert, auf der Konferenz würde mir die Doppelrolle als Hausmeister und Pausenclown zufallen.

»Tut mir wirklich leid für dich, Eli«, sagte Rosemarie.

Ich winkte ab, war ja selbst schuld daran.

Mehrfach stand Stella Glindow in der nächsten Zeit noch vor meiner Tür. Ich sah sie durch den Spion und ließ sie klingeln. Hätte ich geöffnet, säße ich heute in Tegel, Langstraferhaus. Ihre Dreistigkeit ging über meinen Verstand.

Einmal erwischte sie mich am Telefon. »Eli, es …« Weiter kam sie nicht, ich drückte sie weg.

Gleich darauf kam eine Mail von ihr. Ich löschte sie ungelesen und hängte ein rotes Verbotsschild an mein Mailprogramm, um weitere Wurfsendungen von stellaglindow@me.eu zu blockieren.

Von Helene Zeitler erfuhr ich bald, dass Stella Glindow für ein paar Tage verreist sei.

»Nach London. Interview mit einem Historiker, wissen Sie.«

Ich zuckte die Achseln.

Helene sah mich betrübt aus ihren wässerigen Augen an. »Sie ist wirklich sehr unglücklich über die Sache, Eli.«

Gab es eigentlich einen Pulitzerpreis für Heuchelei?

»Sie sagt, sie glaubt, es sei alles nur wegen ihres Bruders.«

»Wegen ihres *Bruders*? Das ist doch ...!« Es war einfach lächerlich, zu behaupten, mein Ärger mit ihr sei auf den Streit mit ihrem Bruder Boris zurückzuführen. Stella war auf ihre Art nicht weniger verdorben als er, zwei aus dem gleichen Holz, das stand fest.

Helene seufzte, ich sagte, sie solle es gut sein lassen, was man so redet in solchen Fällen.

Außerdem hatte ich jetzt noch ganz andere Sorgen, nachdem Stella Glindow das gefakte Interview mit mir veröffentlicht hatte. Lästig waren vor allem die permanenten Interviewanfragen der Journalisten in den ersten Tagen danach.

Ich sagte entweder nichts, verweigerte mich. Oder behauptete (wahrheitsgemäß), ich hätte dieses Interview nie gegeben, alles sei komplett erfunden und ich wünschte in Zukunft meine Ruhe.

Ich drohte: »Für den Fall, dass Sie noch mal anrufen, kaufen Sie sich schon mal ein neues Trommelfell, denn ich lege mir eine Trillerpfeife neben das Telefon.« Ich meinte das ernst.

Keiner rief ein zweites Mal an, und bald hörte es ganz auf, der Zwang zur Aktualität verlangt eben Neues, inzwischen halbstündlich. Interviewdementi und Gesprächsverweigerung füllen auf die Dauer keine Zeilen.

Außerdem gelang es Neuberts Pressefritzen, die Sache herunterzukochen. Indem sie meine Äußerung als verwirrte Meinung eines Beamten im Burnout darstellten, dem man zukünftig eine großzügige Auszeit gönne.

Schon nach den ersten Schlagzeilen, in denen ich kurzfristig der unfreiwillige Star der lokalen Medienlandschaft war, hatte Manuela angerufen. »Keine Ahnung, wie du da reingeraten bist, Eli«, sagte sie. »Aber es ist nicht gut für dich.«

Sie rief nun wieder an, als ich plötzlich wie der Idiot der Familie dastand. »Was schreiben die auf einmal für einen Blödsinn, Eli? Du bist doch kein Burnoutfall!«

»Nee. Mehr Fallout inzwischen.«

»Lass dich nicht kleinkriegen von denen, Eli.«

»Widerstand ist mein zweiter Vorname, Manu.«

Sie lachte. »Spinner.«

»Danke, Manu. Küss Dylan von mir.«

»Hab ich schon.«

2

Es muss am Donnerstagmorgen gewesen sein, Donnerstag, 5. Juni, als sie mich auf meinem Handy anrief. KHK Kersten.

Mit ihr hatte ich am wenigsten gerechnet.

»Können wir uns treffen, Mattay?«

»Wozu? Ich bin draußen. Das wissen Sie doch sicher.«

»Ich muss mit Ihnen reden. Über das, was Sie den Medien gesteckt haben.«

»Hab ich gar nicht.«

Sie stöhnte laut auf. »Lassen Sie doch *ein* Mal die Spielchen, verdammt. Also, wo können wir uns treffen?«

Ich machte mir klar, dass auch Anja Kersten nach ihrem überschwappenden Ehrgeiz zuletzt einen ganz eigenen, karriereschädlichen Kopf besessen hatte.

»Jetzt gleich, meinen Sie?«

»Nee. Ich dachte mehr an nächstes Jahr.«

Sie schlug nicht ihr Büro, sondern das Café am Neuen See vor. Sie hielt es also nicht für vorteilhaft, wenn ihre Kollegen sie mit mir sahen.

»Am Neuen See. Warum nicht«, sagte ich. Zumal der Tag sich einlachte, der Himmel war so blank und blau, als wüsste er nicht, wie man Wolken macht.

3

Anja Kersten wartete im hinteren Bereich des Gartens, an einem Tisch direkt am flaschengrünen See. Sie sah verändert aus, abgemagert, noch kantiger im Gesicht, puppenblass, buchstäblich dünnhäutig.

Nur ihr Stiftzahn hatte sich gefangen und steckte jetzt wie eine Eins im rosa Zahnfleisch, als sie zur Begrüßung die Zähne fletschte.

Sie wirkte nervös. Nach dem, was geschehen war, wäre das eher meine Rolle gewesen.

Ich fragte sie, was sie trinken wolle und schleppte zwei Cappuccino für uns an.

»Krieg ich Ihren Zucker?«

»Bin sowieso beim Abnehmen.« Immer kurz davor.

Ich schob ihr meine zwei Zuckerbriefchen rüber und schaute sie an: »Also, worum geht's, Frau Kersten?«

Sie leerte in aller Ruhe die vier Briefchen in ihre Tasse, rührte bedächtig um und taxierte mich dann mit kühlem Blick. »Ich will vor allem eines von Ihnen wissen. Meinen Sie das wirklich ernst, was Sie in Ihrem Interview gesagt haben? *Ein* Täter in beiden Fällen am Potsdamer Platz? Traumabedingt? Bestimmte Tatortbedingungen als Auslöser? All das Zeug?«

»Ich habe kein Interview gegeben.«

»Nun hören Sie doch auf damit!« Sie schlug wütend mit der flachen Hand auf den klobigen Tisch, eine Ente in unserer Nähe flog quäkend auf und landete ein paar Flügelschläge weiter auf dem Wasser.

»Hören Sie, Frau Kersten, wenn Sie von mir einen Offenbarungseid wollen, damit Sie wieder ruhig schlafen können …«

Sie starrte mich an, völlig perplex. »Woher wissen Sie, dass ich nicht schlafen kann?«

Ihre dunklen Kiesel schienen plötzlich unter Wasser zu stehen, und ich begriff, dass diese Frau momentan keinen zum Reden hatte, nicht mal sie selbst verstand sich mehr.

»Wir lagen falsch«, sagte sie nach einigem Schlucken. »*Ich* lag falsch. Von Anfang an. Paul Junfermann war nicht verantwortlich für den Tod seiner Freundin. Er hatte nicht mal ein Motiv. Britta Iversen und er wollten wirklich gemeinsam eine Wohnung beziehen. Das hat ihre Mitbewohnerin jetzt ausgesagt, Lydia Opper.«

»Das ist ihr aber verdammt früh eingefallen.«

»Die Kleine war wegen der plötzlichen Auszugspläne von Britta ziemlich sauer auf ihre Freundin gewesen. Und noch mehr auf Paul. Sie hatte ein Techtelmechtel von Britta mit einem Kommilitonen zu einer handfesten Affäre aufgeblasen. Sie hat die Geschichte dann später zwar, sagen wir, korrigiert. Aber in der Vernehmung musste Paul natürlich – durch mich – den Eindruck bekommen, von seiner Freundin getäuscht worden zu sein. Mit tatkräftiger Unterstützung ihrer Freundin.«

»Aber es geht inzwischen nicht mehr allein um Paul Junfermann.«

Der Junge war tot. Sie und ich trugen, jeder auf seine Weise, aktiv und passiv, mit Schuld daran.

»Was ist mit den Jugendlichen, die Sie haben laufen lassen? Ihr Weißer Riese und seine sieben Zwerge?«

Was steckte wirklich hinter der Freilassung der Gang? Ein taktisches Manöver? Juristischer Druck? Oder hielt sie die Jugendlichen tatsächlich für unschuldig?

Sie nahm den Löffel aus der Tasse und nippte an ihrem kaffeeschwarzen Zuckerwasser, ohne dass ihr Stiftzahn wackelte, es fehlte einem geradezu was.

»Zuerst dachte ich, sie hätten sich nur gut abgesprochen. Intelligente Jungs halt. Aber wie sehr ich sie auch löcherte, sie beteten immer den gleichen Hergang runter.«

Ich winkte ab, ich kannte die XL-Version bereits durch Sandra.

»Sie waren es nicht.« Sie schüttelte den Kopf und fixierte die Tischplatte. »Wenn sie sich wirklich abgesprochen hätten, ich hätte sie gekriegt, so wie ich sie rangenommen habe. Nein. Sie waren es nicht.«

Sie war lange irritiert, dann hilflos, schließlich beinahe verzweifelt. »Ich *musste* sie laufen lassen.«

Aber auf einmal kam ich wieder ins Spiel. Mit meinem Unbekannten, dem möglichen Täter in beiden Fällen. Dem die Presse sogleich den Ehrentitel »Psychopath vom Potsdamer Platz« verliehen hatte. Also vernahm sie die Jugendlichen nach ihrer Entlassung aus der U-Haft erneut. Diesmal als potenzielle Zeugen.

»Ich sagte zu ihnen: Ihr müsstet den Täter doch bemerkt haben. Das Schwein müsste direkt in eurer Nähe gestanden haben! Aber sie haben ihn nicht bemerkt. Keinem von ihnen ist am Tatort eine verdächtige Person in Kossygins Nähe aufgefallen.« Sie sah mich aufmerksam an. »Ich glaube denen. Es hätte sogar in ihrem Interesse gelegen, den großen Unbekannten zu belasten, um selbst endgültig aus dem Schneider zu sein. Haben sie aber nicht getan. Wenn Sie also recht haben mit Ihrer These, Mattay – die Sie natürlich nicht der Presse gesteckt haben, geschenkt! –, wie erklären Sie sich das?«

Ihr Interesse war tatsächlich ernsthaft. »Also gut«, sagte ich. »Warum hätte der Täter den Jugendlichen an der Bushaltestelle auffallen sollen? Er war bloß Teil der Menge für sie. In der Großstadt jemanden zu erinnern, auf den wir zuvor gar nicht geachtet haben, ist schlicht unmöglich. So wenig wie einen Baum oder Strauch oder eine Hauswand, an der wir vielleicht täglich achtlos vorbeilaufen!« Ich machte eine schnelle Bewegung mit dem Arm und sorgte so auch wieder für Munterkeit beim Entenvolk.

»Sehen Sie«, sagte sie ärgerlich, »das gilt leider auch für die Zeugen am Tatort, die Donic und die anderen Jungs beschuldigt haben. Als der alte Mann tot unterm Bus lag, konnten es für sie nur die Jugendlichen gewesen sein. Und zwar alle zusammen. Irgendwie.«

Meine Rede. Es war das, was ich in ähnlicher Weise nach dem Kino auch zu Stella gesagt hatte. »Es war der Film in den Köpfen Ihrer Zeugen«, sagte ich.

»Schon. Nur, dass sie uns ihren selbst gedrehten Film als Reality-TV verkauft haben.«

»Die Zeugen haben daran geglaubt«, sagte ich. »Und *Sie* wollten es hören.«

Im Grunde nichts Neues. Es gibt, falls es Sie interessiert, niederschmetternde Experimente, die zeigen, dass Augenzeugen oft genau das liefern, was die Ermittler von ihnen erwarten, ohne dass sie bewusst beeinflusst worden wären. Am Ende trug der Täter eine gelbe Plastiktüte in der Hand, ganz wie der Interviewer es sich vorgestellt hatte. Nur dass der Täter in Wirklichkeit *gar keine* Tasche bei sich getragen hatte.

KHK Kersten war mit ihren Ermittlungen endgültig in eine Sackgasse geraten. Jetzt überdachte sie alles noch mal neu.

Und das brachte ihr Paul Junfermanns Tod zurück.

Sein Selbstmord lastete bleischwer auf ihrer Seele, vor allem seinetwegen konnte sie nicht mehr schlafen.

Ich schaute hinaus auf den See. Am Steg gegenüber bestieg ein dünnes junges Mädchen, acht oder neun Jahre alt, mit seinem Vater zusammen eines der rostrot gestrichenen Paddelboote. Das Mädchen trug eine orange Schwimmweste, doch man musste sich eher Sorgen um den übergewichtigen Vater machen, der das Boot wie eine Nussschale zum Schaukeln brachte, bis er endlich auf den Sitz niederplumpste.

Ich wandte mich wieder Kersten zu. Sie presste die schmalen, lachsrot geschminkten Lippen aufeinander, es sah aus wie eine horizontale Schnittwunde, mitten im Gesicht. Die Sonne blitzte im dunklen Grund ihrer Iris.

Sie atmete einmal tief durch und sagte: »Zwei Morde, ein Täter. Was wissen wir über ihn, falls es so ist?«

»Falls es so ist, wissen wir, der Potsdamer Platz ist so was wie sein Revier. Bisher wenigstens.«

»Warum tut er das überhaupt? Und auf diese Weise?«

Ich sagte, was ich schon Stella gesagt hatte, als wüsste ich es so genau wie mein Geburtsdatum: »Ein früheres Trauma. Da ist ein Damm in ihm gebrochen, den er vermutlich mühsam aufgeschichtet hatte. Er kann das nicht mehr stoppen.«

»Was für ein Trauma?«

Ich zuckte die Achseln.

»Wird er es wieder tun? Bald?«

Ich sah sie nur an. Alles schien möglich, wenn meine Kopfgeburt der Wirklichkeit entsprach.

»Aber dann … sollten wir Maßnahmen treffen. Prävention. Präsenz zeigen.«

Sie meinte eine mobile Polizeiwache am Potsdamer Platz. Wie am Alex.

»Kann nicht schaden«, sagte ich.

»Ich drück das durch. Und wenn ich bis zum PolPräs hochschleimen muss. Bis zu Neubert!« Ihr Bedürfnis, alles wieder gutzumachen wegen Paul Junfermann, war unüberhörbar. Sie klang jetzt wieder entschlossen. Aber auch naiv.

»Glauben Sie, die großen Jungs hinter den Schreibtischen (das waren mal ihre eigenen Worte gewesen) werden Ihnen zuhören, nachdem Sie zuletzt gar kein braves Mädchen mehr waren? Neubert ist Politiker. Er will am liebsten immer noch die Jugendlichen drankriegen. Oder andere Täter geliefert bekommen, die ins Feindschema seiner Wählerschaft passen.«

Sie sah mich an. »Neubert weiß aber auch, das Netz vergisst nicht. Und Ihr Ein-Täter-Profiling ist nun mal losgetreten. Das Interview stand auf jeder Presse-Website in der Stadt. Beim nächsten Anschlag am Potsdamer Platz, sollte es ihn geben, wird man Neubert an Ihre Prognose erinnern und die aufgeblasene Luft aus ihm rauslassen. Egal, was seine Partei, seine Wähler oder seine Apparatschiks in der Verwaltung dazu sagen. Jedenfalls, wenn alles nach *Ihrem* Täter aussieht.«

So naiv klang sie auch wieder nicht.

»Okay. Versuchen Sie's«, sagte ich und sah wieder auf den See hinaus.

Das Boot mit Tochter und Vater befand sich mitten auf dem Wasser. Das kleine Mädchen ruderte mit klaren, kräftigen Zügen sicher und schnell voran. Zukunft und Zuversicht waren auf ihrer Seite.

4

Am Freitag früh um acht kam der Anruf aus Neuberts fahrendem Büro. Ich hörte die Fahrgeräusche im Hintergrund wie fernes Meeresrauschen.

»Peter Markus Wilkens hier. Persönlicher Referent von Senator Neubert«, schnurrte eine männliche Stimme, die sich selbst anscheinend ziemlich toll fand. »Mattay?«

»Derselbe«, sagte ich. Und wunderte mich, dass Kersten es geschafft hatte, Neuberts Leute so schnell flott zu machen.

»Der was?«

»Der, den Sie sprechen wollen, Peter Markus Wilkens.«

»Nicht ich, der Senator möchte Sie sprechen«, schnaubte er. »In einer Dreiviertelstunde in der Limonenstraße. – Und Mattay?«

»Hm?«

»Tun Sie sich einen Gefallen. Werden Sie dort nicht komisch, ja?«

Er legte auf. Besser so.

Ich fuhr ohne Frühstück los und schaffte die Strecke mit den Öffentlichen in weniger als vierzig Minuten.

Vor der sonnenbeschienenen Villa strahlte eine schwarze Benzlimousine in den Morgen hinaus. Der Fahrer las Zeitung hinter dem Steuer. Ein Trumm von Security-Mann lehnte am Heck und betrachtete interessiert etwas unter der Hecke, die das Grundstück der Villa zur Straße hin abgrenzte. Er trug einen blauen Anzug, der ihn aussehen ließ wie einen Preisboxer auf dem Weg zur Papstaudienz. Das vordere Drittel seiner Griffel hatte er in die Hosentaschen geschoben, so viel, wie eben hineinging, der Kopf stierte nach unten zur Hecke hin.

Ich kam näher und sah, was er sah. Eine junge Kohlmeise mit gerupftem Gefieder lag im Staub unter der Hecke und kämpfte um ihr Leben, das sich vollständig bis in ihr rasendes Herz zurückgezogen hatte.

»Ihr Vogel?«, sagte der Mann mit einem Feixen im Gesicht und verschob das Kinn in Richtung Meise.

Ich sah ihn entgeistert an.

»Dann werden Sie wohl nichts dagegen haben«, sagte er, »wenn wir das Tier erlösen.« Er machte zwei Schritte vor, hob das rechte Bein und stampfte mit dem gut gewichsten schwarzen Schuh den Vogel mit zwei gezielten, enorm harten, schnellen Tritten ins Jenseits. Es gab ein leichtes Fluff-Geräusch da unten am Boden, ich traute mich nicht hinzusehen und ging schnell weiter zum Eingangstor. Ich sah mich kurz zu dem Terminator um, er wischte kleine Reste Vogelbrei, die unter seiner Sohle hafteten, am Reifen der Limousine ab. Es klebte Blut an diesem Fahrzeug, spätestens jetzt.

»Er ist im Keller unten«, raunte mir Rosemarie zu, als ich im Parterre einen Blick in ihr Büro warf. Sie zeigte mit dem Daumen nach unten wie ein Cäsar im Kolosseum, der sein Urteil fällte.

»Panck mit dabei?«, fragte ich.

»Noch nicht da.«

»Sandra?«

Sie schüttelte den Kopf. »Auch noch nicht.«

Ich wandte mich zum Gehen.

»Ach, und Eli!«

»Ja?«

»Sei ein braver Junge. Dies eine Mal. Mir zuliebe.«

»Versprochen, Rose.« Ich klopfte zur Bekräftigung auf ihre Schreibtischplatte.

Vor der offenen Stahltür zur Bibliothek im Keller stand ein weiterer Security-Mann in nachtblauem Anzug. Etwas kleiner und gedrungener, das Haar streichholzkurz statt nackenlang, wirkte er wie der kleine Bruder seines Kollegen, des Vogelverstehers draußen vor der Tür.

Er nickte mir humorlos zu und zeigte mir die fleischrote Innenfläche seiner Hand wie eine Stoppkelle der Verkehrspolizei.

»Mattay? Sind Sie das?«

Ich zeigte mit dem Finger auf sein Rothändle. »Schon mal mit Ringelblume probiert?«

»*Was*?« Sein offener Mund entblößte kräftige gelbe Vorderzähne, auf denen braune Flecken zu erkennen waren.

»Ihre Hand, Junge. Der Ausschlag. Mein Kleiner, Dylan, er hat so was Ähnliches an der Fußsohle. Komischerweise nur rechts. Aber Ringelblumensalbe hilft ganz gut.«

»O-kay«, sagte er gedehnt und blinzelte verunsichert. War wohl schon eine Weile her, dass jemand lieb zu ihm gewesen war. Er wandte sich um und rief in den Raum hinein: »Herr Mattay wäre da!«

»Soll reinkommen«, brüllte Neubert zurück.

Aber ich war schon drin.

5

Senator Friedhelm Neubert war Ende fünfzig und lebte vom gleichen Nimbus wie jene osteuropäischen Despoten, die man einfach nicht los wird, so oft sie auch vom Volk in die Berge gejagt werden. Er war groß und feist, sein auf Hochglanz poliertes fleischiges Gesicht leuchtete schweinchenrosa, seine mittelblonden Haare waren so perfekt von vorn nach hinten gestriegelt, als wäre er mit der Frisur schon auf die Welt gekommen.

An diesem Tag stand er noch im vollen Saft, später dann nicht mehr, klar.

Er thronte im grellweißen Hemd, mit gelöster goldgelber Krawatte, am Kopfende des Raums. An dem großen querstehenden Tisch, den sonst Panck immer kaperte. Neubert blätterte in einem Aktenordner, den er jetzt brauchte, um nicht aufzublicken.

Neben dem Tisch stand ein dünner Mann mit dünnem Haar von Mitte dreißig, ebenfalls im Deutschlanddress, schwarze Hose, weißes Hemd, nur die gelbe Krawatte fehlte. Er nickte mir kurz zu, eigentlich tat er nicht mal das.

Neubert schlug die Seiten um und wartete natürlich. Wartete auf eine Geste der Demut von mir.

Dieses abgeschmackte, nicht totzukriegende Ritual der Macht, es widerte mich an.

Als ich es mir einen guten Meter vor seinem Thron ungemütlich gemacht hatte, rollte Neubert verwundert das glänzende Gesicht nach oben, und der dünne Mann schob einen Stuhl vom Nachbartisch zu mir rüber.

»Bitte, Herr Mattay, nehmen Sie Platz.« Neubert streckte jovial seine flache Hand aus.

Dann liebäugelte er wieder mit dem Aktenordner.

Ich blieb stehen.

Der dünne Mann sagte ungeduldig: »Senator Neubert wird sich Ihnen gleich widmen, Mattay.« Es war die selbstverliebte Stimme von P.M. Wilkens, eine Stimme wie mit einer Schleife dran.

Ich setzte mich also und leistete dem Senator ein paar spannende Augenblicke Gesellschaft beim Seitenumblättern.

Plötzlich klappte er den Aktendeckel zu und bohrte seine schlauen blauen Augen in meine. »Nun zu Ihnen, Mattay! Uns hat gestern Nachmittag ein einigermaßen dramatischer Ruf aus der Keithstraße erreicht.«

»KHK Kersten«, sagte ich.

»Nicht direkt, nein. Es war Hollmann.«

Hollmann leitete das LKA 1 seit zwei Jahren. Ich hatte ihn mal getroffen, auf irgendeiner Betriebsfeier, er war ein steifer Typ, groß, knochig, humorlos, aber kein Unmensch, schien mir damals.

»Hollmann sagt, KHK Kersten hätte schweres Geschütz aufgefahren. Gefahr in Verzug am Potsdamer Platz. Der böse Mann natürlich, den Sie freundlicherweise der Presse untergejubelt haben. Was Hollmann davon hält, können Sie sich denken. Aber er ist auch nur Beamter und will keinen Fehler machen. Deshalb muss *ich* mich jetzt damit beschäftigen.« Er probierte einen veritablen Entenschnabel mit seinem breiten Mund, der aus erstaunlich viel Fleisch, aber nur wenig Lippe bestand, und wartete auf meine Reaktion. Als sie ausblieb, zog er die breiten Schultern zurück, fuhr die Arme zu beiden Seiten aus und setzte sich in Positur. Ihm fehlte nur der Spielautomat zwischen den Flossen.

»Wissen Sie, Herr Mattay, wenn Sie sich mit Ihrer Theorie, mag sie noch so abstrus sein, vertrauensvoll an mich oder auch an Wilkens hier gewandt hätten, dann wäre meine Meinung jetzt eine andere über Sie. Ich meine, dass Panck fachlich nicht Ihr Niveau hat, merkt ein Krückstock mit nem Blinden dran.«

Er stand plötzlich auf. »Herrgott, Mattay, wissen Sie, dass mein Junge, er studiert Kriminalpsychologie in Kiel, Texte von Ihnen an der Uni liest?«

Peitsche und Zuckerbrot, das alte Spiel, für wie dumm hielt er mich eigentlich?

»Verstehen Sie, was der Senator Ihnen damit sagen will, Mattay?«, quietschte Wilkens-hier, ziemlich schlecht gespielt.

»Glauben Sie nicht, dass ich Ihre Meinung gering schätze, Mattay«, machte Neubert weiter, indem er den Tisch umrundete. »Denn hinter Kerstens, na sagen wir, Hilferuf gestern steckten selbstverständlich Sie.«

»Sie schicken eine verunsicherte Kollegin vor, weil Ihnen selbst die Eier für Ihre Hirngespinste fehlen«, spuckte mir Wilkens ins Gesicht.

Neubert trat dicht an mich heran und beugte seine Fleischmasse hinunter. »Deshalb sage ich Ihnen jetzt, Mattay, wo wir so schön unter uns sind: Unterlassen Sie das in Zukunft. Ich kenne nicht Ihre Kontakte zur Presse, aber Sie sollten verstanden haben, dass Sie eine weitere solche Aktion teuer zu stehen kommt. Das gilt auch für das Aufwiegeln von Kollegen.«

Er richtete seine zwei Meter große Korpulenz wieder auf und ließ mich atmen. Ich nutzte die Gelegenheit und sagte: »Sie haben noch nicht verstanden, Herr Senator, wie teuer es *Sie* zu stehen kommt, wenn es zum nächsten Mord kommt. Öffentlich und brutal am Potsdamer Platz.«

Neubert stemmte die Arme in die breiten Hüften und schüttelte den Kopf. »Wird nicht passieren, Mattay. Wir haben, da Sie sonst ja doch keine Ruhe geben, einen unabhängigen Profiler, einen Spezialisten für spezielle Operationen, Name tut jetzt nichts zur Sache, um eine Expertise zu beiden Fällen gebeten. Sie können sie zu gegebener Zeit bei Panck einsehen, dem wir sie zuleiten werden. Ihr BKA-Kollege kommt zu dem Schluss, dass ein signifikanter Zusammenhang zwischen den beiden Fällen am Potsdamer Platz nicht im Ansatz zu begründen ist.«

»Er hat gar nicht alle Details, die ich habe.« Meine Recherchen hatten ja bisher keinen Eingang in die Akten gefunden. »Er kann also nur zu einem falschen Ergebnis kommen!«

Was nicht ausschloss, dass ich auch selbst falsch liegen konnte.

Neubert zuckte nervös mit den Mundwinkeln. »Wissen Sie, Mattay, Ihre sogenannten Details schieben Sie sich sonstwo hin. Wir alle müssen uns an die Spielregeln halten.« Er klatschte seine Fleischerhand auf den dunklen Aktenordner. »An das, was *hier drin* steht! In den Akten zum Fall. Nicht an das, was Sie privat denken, öffentlich zur Presse hinausblasen oder konspirativ mit Kollegen ausbaldowern.«

Er kehrte zu seinem Platz hinterm Tisch zurück und gab Wilkens-hier einen nachlässigen Wink, bevor er den Aktendeckel erneut aufschlug und hineinstierte wie ein Spanner durch ein Schlüsselloch.

»Was der Senator Ihnen damit sagen will, ist Folgendes,

Herr Mattay«, verklickerte mir sein Sprachrohr. »Er respektiert Ihren Sachverstand. Aber nicht, wie Sie damit umgehen. Öffentlich, unkollegial und illoyal. Doktor Panck hat Sie vorerst mit anderen Aufgaben betraut. Darum hatten wir ihn gebeten. Nach dem gestrigen Vorfall halten wir das auch dauerhaft für eine richtige Entscheidung. Danke für Ihr Kommen.«

Ihr mich auch.

Ich verstand ihr Spiel jetzt, die Dramaturgie war so durchsichtig wie bei einem Pornostreifen. Meine ›Pressekontakte‹ waren ihnen unheimlich. Man musste mich ruhigstellen, ohne viel Staub aufzuwirbeln. Sie hielten Panck für zu schwach dazu. Deshalb erledigten sie den Job lieber selbst, quasi im Vorbeigehen, auf dem Weg zur Arbeit.

Sie konnten nicht wissen, dass ich gar nicht vorgehabt hatte, nachzukarten.

Ich machte auf dem Absatz kehrt und verließ den Raum.

6

Ich gab Rosemarie beim Abschied zu verstehen, dass *ich* ein braver Junge gewesen war, nur die anderen ließen mich nicht mehr mitspielen.

»Nimm Urlaub, Eli«, riet sie mir. »Einfach mal ne Woche weg von allem. Ich erledige schnell den Formalkram für dich, wenn du willst.«

Sie hatte recht, in der Villa war ich der Letzte, auf dessen Anwesenheit man noch Wert legte.

Ich fuhr nach Hause und rief schon unterwegs Manuela an.

»Meinst du, Dylan hätte Spaß an einem Spontantrip mit mir an die Ostsee, Manu? Du weißt schon, KlimaWechsel.«

KlimaWechsel, so hieß die Familienerholungsstätte, die wir schon mit ihm besucht hatten, als wir für Außenstehende noch aussahen wie eine heile Familie.

»Hm, wie lange denn?«

»Das Wochenende und vielleicht noch ein paar Tage. Je nachdem.«

»Aber er hat noch Schule, Eli. Die Ferien beginnen erst im Juli.«

»Ich weiß. Kann man wirklich nichts machen? Du weißt, wie gut ihm die Seeluft tut.«

Dylan besuchte die ›Hermann Hesse‹, eine integrative Grundschule, die sich nicht für den Nabel der Welt hielt und Kinder und Eltern leben ließ. Und Dylan hatte schon einige Male wegen einer grauslich pfeifenden Bronchitis gefehlt.

»Ich kann ihn krankmelden«, bot Manuela an. »Sie wollen kein Attest sehen.«

Ich buchte die Bahnfahrt und ein Apartment im ›KlimaWechsel‹ für den Freitagnachmittag. Dylan nahm die Abreise mit mir und den Abschied von Manu ohne äußere Regung hin. Wir fuhren mit Rucksack und Tasche zum Zoologischen Garten, um dort in die Regionalbahn Richtung Rostock einzusteigen. Der brechend voll besetzte Zug kam genau eine Station weit. Bei der Einfahrt in den Bahnhof Charlottenburg war er zu einer Vollbremsung gezwungen, weil es für den Zugführer (so gingen später die Gerüchte, denn informiert wurden wir als Fahrgäste nicht) so aussah, als würde ein junges Mädchen aus lauter Spaß am Stadtpogo-Spiel von zwei jungen Männern, die sie an den Armen gepackt hielten, ins Gleisbett gestoßen. Doch das Mädchen wurde von den Männern im letzten Moment festgehalten. Nix passiert, voll witzig.

Dummerweise setzte danach die Elektronik aus, die Türen blockierten und die Klimaanlage fiel aus. Wir schwitzten eine Stunde lang wie in einem Brutkasten und wurden erst befreit, als die Atemluft in den Waggons bereits an den Wänden kondensierte. Dylan auf seinem Platz am Fenster war der einzige Fahrgast, der wirkte, als ginge ihn die Panne nicht das Geringste an, er blickte hinaus auf das graue Asphaltfeld des Bahnsteigs und lächelte, während der allgemeine Bocksgesang um ihn herum gefährlich anschwoll.

Als wir am Abend Alt Gaartz erreichten, das wie so viele Orte an der Wasserkante den Beinamen ›Perle der Ostsee‹ führte, begann es leicht zu regnen. Nach gut einer Stunde ließ der Regen nach, und ich spielte noch ein wenig Fußball mit Dylan auf der großen Gemeinschaftswiese. Wer uns beobachtete, musste den Eindruck haben, dass ein Neunjähriger konsequent die Augen davor verschloss, wie sein übergewichtiger Vater in der Abenddämmerung versuchte, mit steifen Beinen an alte, sportlichere Zeiten anzuknüpfen.

In den folgenden Tagen, die bewölkt, aber trocken blieben, freundete ich mich mit Jutta an, der Mutter von Laura, einem zehnjährigen Mädchen mit Downsyndrom. Jutta hatte flachsgelbes Haar, Grübchen in Kinn und Wangen, sie war 37, Assistentin irgendeiner Geschäftsleitung und das, was man eine Hamburger Frohnatur nennen könnte. Als wir feststellten, dass unsere Apartments im selben Haus lagen, zog sie mit Laura quasi bei uns ein. Was zur Folge hatte, dass sie ab diesem Zeitpunkt heftigst mit mir schlief.

Nach drei fröhlichen Tagen und feuchten Nächten, also am Dienstag, reiste Jutta mit Laura vormittags wieder ab.

Die Zeit mit den beiden war wunderbar gewesen, ich hoffte, auch für Dylan – aber leider unwiederbringlich.

Dienstagnachmittag kam ich langsam wieder zu mir, und auf einem langen Strandspaziergang mit Dylan unter einem metallisch grau bewölkten Himmel schaltete ich das Schlauerle wieder ein. Ich hatte es aus, sagen wir, therapeutischen Gründen seit Sonntag ausgeschaltet.

Lassen wir verschiedene private SMS, die sich im Display tummelten, beiseite, vor allem von Manu, die sich ärgerte, dass ich sie seit Sonnabend (das heißt, seit Jutta aufgetaucht war) nicht mehr angerufen hatte.

Konzentrieren wir uns auf die beruflichen Nachrichten, die seit gestern, dem Montag, eingetroffen waren.

Von Sandra Barth, Anja Kersten, Rosemarie Herold, Dr. Panck.

Die alle wollten, dass ich mich umgehend bei ihnen meldete. Von Panck kam zwar kein Gruß, dafür die verkorkste Aufforderung: »Bitte umgehd. Rückruf«. Ich schaltete das Gerät wieder aus.

Am Kiosk des kleinen Hafens angekommen, sah ich mich aber im Vorbeigehen doch nach News aus Berlin um. Ich überflog die Headlines und die teils halbseitigen Fotos und wusste Bescheid.

Aber ich rief niemanden an, schickte keinem eine SMS. Ich hatte genug davon, ewig den Laufburschen zu spielen für alle Welt.

Beleidigte Leberwurst, sagen Sie? Genau das. Sie konnten mich alle mal.

Dienstagnacht, nachdem Dylan eingeschlafen war, köpfte ich grimmig eine Flasche nach der anderen, den ganzen Sechserpack Hansapils, den ich mir am Nachmittag im einzigen Supermarkt des Orts gekauft hatte.

Ich hörte Peggy Lee im Radio: »Somebody loves me.« Und dachte an Jutta. »I wonder who …« Ihre spitzen Schreie und das erlöste Lachen, wenn's gefunkt hatte. »I wonder who it can be.«

»Somebody loves me.« Ich dachte auch, ich geb's zu, an Stella. »Who it can be worries me.« Ihre mörderische Lustzange in meinem Rücken. »Maybe, Baby, it's you.« Nein, never more.

Mittwochmorgen setzte nach anfänglichem Sonnenschein der feine Nieselregen ein, der uns netterweise seit Freitagabend in Ruhe gelassen hatte.

Ich blickte aus dem Fenster und sagte: »Dylan, es regnet. Ich denke, wir sollten zurückfahren. Nach Hause. Zur Mama.«

Er sagte: »Piss.« Nur das.

Ich meldete uns ab, und wir fuhren mit dem Bus zum Bahnhof.

7

Kurze Rückblende. Zwei Tage zuvor, am Montag, 9. Juni, gegen zwölf Uhr mittags, buchstäblich High Noon, hatte eine globalisierungskritische Demonstration, die Deutschlands »expansive Rüstungsexporte ins Ausland« und »exklusive Asylpolitik im Inland« anprangerte, den Potsdamer Platz erreicht. Etwa dreitausend Teilnehmer, weit mehr als erwartet, hatten daran teilgenommen. Es war ein wankelmütiger, schwülwarmer und stickiger Frühsommertag in

Berlin gewesen, durchaus typisch, wenn Sie mich fragen, für die unstete Wetterlage, die der Klimawandel selbst einer Stadt beschert, die früher in Sachen Wetter meist klare Kante gezeigt hat, heiß oder kalt, es war höchstens noch nass hinzugekommen.

Der Demozug war um halb elf in Kreuzberg, in der Nähe des Springer-Hochhauses, gestartet und hatte sich dann von der Koch- in die Stresemannstraße gewälzt. Rund um die Standuhr am südlichen S-Bahn-Eingang des Potsdamer Platzes, wo an der Westseite ein kleines Podium für die Redner aufgebaut worden war, fand die Veranstaltung dann ihren brutalstmöglichen Abschluss.

Die unerwartet hohe Teilnehmerzahl hatte dazu geführt, dass die Demonstranten auf dem Platz dicht an dicht zusammengepfercht worden waren. Ein Polizeikordon rund um den Platz sicherte den Verkehr, der auf den Hauptschlagadern Potsdamer, Leipziger und Ebertstraße nicht beeinträchtigt werden durfte. Dieser Sicherheitsgürtel und die Route über Nebenstraßen waren die Bedingungen für die Genehmigung der Veranstaltung an einem Werktag gewesen.

Der Mord geschah um 12.41 Uhr mitten im dichtesten Gedränge am Platz, während vorn auf dem Podium ein Redner in dramatischen Worten, unterlegt mit blutigen Beispielen, die verheerenden Auswirkungen von Streubomben schilderte, die mit deutscher Beteiligung gebaut würden. Plötzlich wurden Schreie laut, schlagartig bildete sich ein Kreis aus leerem Raum, in dessen Mitte Lena Jancker, eine junge Ärztin, 34 Jahre alt, mit einer Stichwunde im Rücken, die bis ins Herz reichte, ihr Leben aushauchte.

Wie eine Druckwelle breitete sich die Fluchtbewegung der Umstehenden rasend schnell in alle Richtungen über den Platz aus und erreichte den Polizeikordon am Rand. Die

Beamten wurden von den panisch flüchtenden Demonstranten wie von einem Tsunami gegen oder (günstigenfalls) unter ihre eigenen Fahrzeuge gedrückt. Es gab Dutzende von Verletzungen, vor allem Knochenbrüche und teils schlimme Quetschungen. Und nach dem Mordopfer mitten auf dem Platz zwei weitere Tote, eine Polizistin, 32 Jahre alt, durch tödliche Quetschungen im Brustbereich und einen 73-jährigen Globalisierungsgegner aufgrund eines Schocks und Herzversagens.

Das war mein Stand, als ich Donnerstag, 12. Juni, an der Krisensitzung im Alten Stadthaus teilnahm.

8

Neubert selbst gab zur gleichen Zeit einen Pressetermin um 9.30 Uhr. Den x-ten, wie zu hören war.

Im Windschatten seines Auftritts, standesgemäß im Bärensaal, fand unsere Krisensitzung in einem Seitenflügel des Alten Stadthauses statt. Auf Anweisung von Wilkens betrat ich das Gebäude durch einen Nebeneingang in der Parochialstraße. Sollte ich auf Journalisten treffen, hätte ich jede Stellungnahme freundlich zu verweigern, hatte er mir am Vorabend noch zu verstehen gegeben.

Ich traf aber keine Journalisten. Nur auf einen Haufen Sicherheitsleute, die dich anstierten, als hättest du einen Sprengsatz in der Unterhose.

Der Besprechungsraum lag auf der Hofseite des Gebäudes und erinnerte mich eher an eine Schiffsmesse. Wegen des lang gestreckten, ovalen Mahagonitischs in der Mitte vielleicht, vor allem aber wegen einer Galerie farbiger Stiche an den Wänden, mit Dampfschiffen aus der Kaiserzeit in metallverzierten Kirschholzrahmen.

Keine Frage, wer hier und heute die Kapitänsmütze aufhatte. Am Kopfende thronte P.M. Wilkens, Sandra Barth war dabei, Kersten, auch Panck natürlich.

Und ein schmächtiger Mann Ende vierzig in einem cremefarbenen Anzug, der mehr rostrote Haare über den hellblauen Augen hatte als auf der Kopfhaut.

P.M. Wilkens stellte ihn als einen »äußerst erfahrenen Kollegen« vor, es sah aus, als würde er sich gleich einnässen vor lauter Ehrfurcht: »Profiler des BKA. Mit langjährigen Erfahrungen im militärischen Bereich, beim Kommando Spezialkräfte in Calw beziehungsweise der Division Spezielle Operationen.«

Das also war Neuberts ›Spezialist‹, sein Name war Sander. Unter anderen Umständen wäre er mir vielleicht nicht unsympathisch erschienen, sagen wir: mit der guten alten Mauer zwischen uns. Aber unter den gegebenen Umständen fiel mir der Bruderkuss schwer.

Und offen gesagt hatte ich mehr erwartet! Das dunkel verglaste Domizil des Berliner Verfassungsschutzes war zu sehen, wenn man den Blick die glatte weiße Klinkerfassade im Innenhof bis zum Dach hinaufklettern ließ, aber ein Vertreter von denen ließ sich nicht zu uns herab. Und wo blieben die Leute vom Staatsschutz, BND, MAD, diese Liga? Wenigstens der Form halber.

Das Treffen war inoffiziell, improvisiert, okay. Aber musste es deshalb so lausig besetzt und müllcontainerhaft ausgestattet sein? In einer Ecke des Raums, Zett Be, stand noch ein abgetakelter Tageslichtprojektor, der Jahrzehnte auf dem Buckel haben musste. In einer anderen eine Skulptur aus Stapeln vergilbten Druckerpapiers, daneben ein Haufen Kabelsalat und Kisten mit verrottendem Büromaterial, alten Zeitungen und benutzten, aber nicht weggeräumten Kaffeebechern.

Das spätestens hätte mich warnen sollen.

Übergehen wir das peinliche Schweigen, das anfangs herrschte. Selbst Sandra Barth grüßte mich nur mit einem knappen Nicken und einem Gesicht, in dem die Röte aufstieg wie die Morgensonne. Ich war offensichtlich begnadigt worden, ohne dass es mir jemand, Panck zum Beispiel, direkt mitgeteilt hätte. Die simple Tatsache, dass ich mit am Tisch saß, sprach jedoch für sich. Dachte ich.

Wilkens referierte hektisch und fasste den Fall zusammen. Einzelne Details kamen zur Sprache.

Auftritt: Anja Kersten. Auffällig sei vor allem die Tatwaffe, die der Täter aus der Wunde wieder herausgezogen hatte. »Die Einstichwunde schlitzförmig, beidseitig spitze Wundwinkel. Schräger Stichkanal, der nicht ganz mit dem Querschnitt übereinstimmt.« Was aber nicht ungewöhnlich war. »Keine Gewebsbrücken in der Wunde, kein Vertrocknungssaum an den Wundrändern, Schwalbenschwanzbildung durch das Herausziehen der Waffe.« Sie blickte auf. »Lena Jancker«, fasste sie kurz und bündig zusammen, »wurde, der Wunde nach zu urteilen, wahrscheinlich mit einer etwa zwei Zentimeter breiten, doppelschneidigen Klinge erstochen. Ein einziger, gezielter Stich, von hinten schräg nach links oben geführt, sodass der Herzbeutel verletzt wurde.«

»Ein Profi«, sagte Panck. »Der Täter verstand sein Handwerk.«

Kersten warf ihm einen krausen Blick zu. »Sollen wir jetzt Beifall klatschen, oder wie?«, giftete sie ihn an.

Sander blieb auffallend still. Es ging ihm, schien's, nicht gut, er befand sich in freier Wildbahn, abseits der von ihm erlernten militärischen Hackordnung (KSK, DSO) wo recht hatte, wer ganz oben auf der Hühnerleiter stand.

»Die entscheidende Frage, die sich uns nun stellt, ist folgende«, wandte sich Wilkens an alle: »Terroranschlag oder nicht?«

»Alles spricht für Terror«, warf sich Sander mit einem Mal in die Brust. »Expertise folgt.« Dann schwieg er wieder.

Expertise folgt? Warum war dieser Mehlwurm eigentlich gekommen? Seine Arroganz war unglaublich, ich war kurz davor aufzuspringen und zu gehen.

Panck schien das zu merken. Er warf mir von der Seite einen magenbitteren Blick zu, der sagen sollte: Du bist dran, Eli. Nachdem du durch die Umstände glücklich rehabilitiert bist, darfst du jetzt glänzen!

Ich blätterte nachlässig in dem knappen Bericht, den Kersten mir gestern noch gemailt hatte. Ich sagte: »Kein Terrorismus. Rechter Terror sieht definitiv anders aus. Nazis setzen sich selbst keinem Risiko aus. Und Islamisten? Welches Ziel sollten sie dabei verfolgen? Es gibt nicht den geringsten inhaltlichen oder politischen Bezug.«

»Wie sieht es dann mit Serienmord aus?« Sandra Barth wurde wieder ein wenig rot. »*Ist* es Anschlag Nummer drei am Potsdamer Platz?«

Deshalb saß ich mit am Tisch. Um diese eine Frage zu beantworten.

Doch genau das war jetzt mein Problem.

»Es gibt Ähnlichkeiten, keine Frage«, sagte ich. Da war zunächst der Tatort, Potsdamer Platz. Wieder passiert es öffentlich, mitten in der Menge, die Situation ist emotional aufgeladen, diesmal sogar ganz besonders. Es herrschen

Enge, Lärm, latente Gewalt … Insofern, ja, sah es in der Tat so aus, als sei es Mord Nummer drei im Jagen Potsdamer Platz.

»Aber?«, ging Wilkens ungeduldig auf mein Zögern ein.

»Aber … sagen wir, es muss eine Entwicklung beim Täter stattgefunden haben.«

»Eine Entwicklung? Inwiefern denn?«, knurrte Sander.

»Das ist doch offensichtlich. Er war diesmal vorbereitet«, sagte ich. »Er hat die Situation bewusst aufgesucht und sich vorher bewaffnet. Ein Kampfmesser, wie wir jetzt wissen. Mit dem er professionell umgehen kann. Um sich gezielt dorthin zu begeben, wo er erwarten konnte, dass es eng und ungemütlich für alle wird.«

»Okay, okay, und wa-was schließen wir daraus?«, quengelte Wilkens.

»Dass sich seine Wut, oder was immer den Täter antreibt, verselbstständigt hat.«

»Verselbstständigt?«, schüttelte Sander unwirsch den Kopf. »Was zum Teufel soll das wieder heißen?«

»Er steht möglicherweise unter einem Wiederholungszwang. Jedenfalls unter einem enormen inneren Druck, der ihn antreibt.«

»So, ein Wiederholungszwang. Freudigall ick hör dir trapsen«, feixte Sander. Er straffte sich plötzlich und gab Wilkens durch Nicken ein Zeichen.

Kapitänsmützen waren auch nicht mehr das, was sie mal waren. Irgendwas stimmte hier nicht mit der Hierarchie, denn auf Sanders Zeichen hin beendete Wilkens die Sitzung mit der zweifelhaften Botschaft: »Wir bleiben in Kontakt. Sie hören von uns. Danke.«

9

Sie sprangen auf, die Herren Panck, Wilkens und Sander, und trabten davon, als hätten sie Prostata und es gäbe nur ein Pissoir im Haus.

»Ich kenn' da ein Frozen Yoghurt's«, sagte Sandra Barth, als sie fort waren, und blickte Kersten und mich fragend an.

»Am Potsdamer? Meinst du das?«, fragte Kersten.

Sieh an, sie duzten sich also schon.

Sandra wehrte mit erhobenen Händen ab. »Potsdamer Platz? Bist du verrückt? Ich dachte an eine Pause. Nicht an Arbeit. Ich zeig's euch.«

Kersten war ohne Wagen, zusammen mit Hollmann, hergekommen, der wohl noch mit Neubert im Bärensaal die Presse desinformierte, so gut es ging. Sandra kutschte uns also in ihrem Wagen nach Kreuzberg, wo wir im Baklava, im Schatten einer Linde am Marheineckeplatz, eine Art Frozen Sahne lutschten. Das Schoko-Topping, für das ich mich entschieden hatte, war köstlich, machte mir aber sämtliche freiliegenden Zahnhälse im Mund bewusst. Mit einem bitteren Mokka ließ sich jedoch Abhilfe schaffen.

Auch ohne die Nähe zum Potsdamer wurde es natürlich ein Arbeitsschlecken. Sandra Barth machte auf einmal Augenschlitze hinter ihrem Pistazien-Topping: »Mal ehrlich, Eli, du weißt doch mehr, als du vorhin zugegeben hast.«

»Nein! Ich begreife weniger, als ich gesagt habe.« Ich nahm den langstieligen Yoghurtlöffel in die Hand und tippte damit unzufrieden auf den Holztisch. »Nicht mal, welche besondere Beziehung der Täter zum Potsdamer Platz hat, verstehe ich.«

»Vielleicht wohnt er dort«, schlug Kersten vor. »Oder in der Nähe. Kauft in den Arkaden ein. Oder hängt dort rum, wie so viele, weil er sich sonst langweilt.«

»Oder er arbeitet am Potsdamer Platz«, spekulierte Sandra weiter.

»Glaube ich nicht«, widersprach Kersten. »Das Risiko, erkannt zu werden, wäre viel zu groß. Selbst für diesen Täter. Oder?«

Beide Frauen sahen mich fragend an. Ich zuckte die Achseln. Ich dachte an den kleinen Punk im Magdeburger Park, Deniz Bauer, der Kossygins Mörder am Potsdamer Platz erkannt zu haben glaubte. Vielleicht wohnte der Täter sogar in meinem Kiez, Nähe Magdeburger Park?

»Ich weiß es nicht«, sagte ich.

»Okay. Was ist mit der Tatwaffe im Fall Jancker?«, warf Sandra jetzt ein.

»Er ist darin ausgebildet«, sagte Kersten. Sie hatte sich vorgebeugt, die Ellbogen auf die schwarzen Jeans gestützt, ihr hawaiibuntes Hemd schlabberte um ihre schmalen Hüften. »Das schränkt die Auswahl erheblich ein. Ein Kampfsportler vielleicht. Ein Jäger, professionell oder privat. Ein Soldat. Sogar ein Polizist wäre möglich!«

»Ein Terrorist im Prinzip auch«, sagte Sandra und schaute mich herausfordernd an.

Ich zuckte die Achseln. »Sicher, grundsätzlich wär's möglich«, sagte ich matt.

»Was ist los mit Ihnen, Eli?« puffte Kersten mir mit dem Finger in die Flanke. (Hatte sie mich eben Eli genannt?) »Wir sind auf Ihrer Seite. Stellen nur Fragen. Damit wir gemeinsam weiterkommen.«

Ich schüttelte den Kopf. »Etwas stimmt mit diesem Täter nicht.«

Beide lachten schrill auf.

»Du bist gut«, sagte Sandra. »*Gar nichts* stimmt mit dem. Wenn man dir glaubt, hat er in kürzester Zeit drei Menschen umgebracht. Und das in aller Öffentlichkeit!« Ihre Zweifel an meiner Theorie konnte sie nicht wirklich verbergen. Kunststück, ich hatte sie ja ebenso noch.

»Ich meine, etwas stimmt nicht mit dem *Bild*, das ich von ihm habe«, sagte ich.

»Wo liegt das Problem?«, wollte Kersten wissen.

»Wie kann er so voller Wut und Frust sein, ein brodelnder Vulkan – und zugleich so kaltblütig in der Tatsituation?«, sagte ich. »Mittlerweile bewaffnet er sich und geht absolut gezielt und planmäßig vor. Ich begreife den Widerspruch nicht!«

Aber ich war überzeugt, dass uns die Lösung dieses Rätsels sehr dicht an den Täter heranführen würde. Wenn es denn wirklich nur einer war.

Eine Pause trat ein, die Kersten dazu nutzte, online zu gehen. Im Netz zappelten bereits die Aufregerkommentare zur soeben zu Ende gegangenen Pressekonferenz. Sie zeigte uns das Display ihres Smartphones, Blut tropfte aus jeder Zeile. Sie machte sie größer und tippte mit dem Finger drauf.

»Gott, Neubert versucht, die Islamisten in die Sache reinzuziehen«, sagte Sandra, die Zunge weiß grundiert und grün gesprenkelt von Yoghurt und Pistazien. »Was soll das?«

10

DGN. So hieß ein Persönlichkeitstest, den ich während meiner Ausbildung in Persönlichkeitspsychologie einmal im Selbstversuch ausfüllen musste. Meine Lieblingsfrage in dem Bogen war: ›Ist Ihnen Ihr großer Zeh fremd?‹ Ich kreuzte ja an und hätte hinzufügen können: ›Die anderen auch‹. Das Ergebnis des Tests gefiel mir noch besser. Demnach war ich so ziemlich der tollste Typ der Stadt, moralisch gut, psychisch wertvoll und hyperintelligent. Wir diskutierten den Test anschließend, und das Überraschende war, dass selbst diejenigen, die (wie ich) grundsätzlich nicht allzu viel davon hielten, die menschliche Psyche wie Schuhgrößen zu vermessen, von diesem speziellen Test durchaus angetan waren. Warum? Weil der DGN jedem von uns mit exakt denselben Worten und derselben astronomisch hohen Punktzahl bescheinigt hatte, wir seien quasi Kreuzungen zwischen Einstein und Freud.

DGN war übrigens die Abkürzung für ›Dümmer geht's nimmer‹.

An den DGN-Test musste ich denken, als mich am Freitagvormittag, früh um acht, Anja Kersten anrief. Ich machte mich gerade auf den Weg zur Villa.

»Vergiss es, Eli«, schallte es gleich heftig aus dem Telefon.

Ich sollte wohl erwähnen, dass Anja Kersten mir gestern nach der kleinen Überraschung, die Neuberts Terrorbotschaft für uns darstellte, das Du angeboten hatte. Fiel mir zugegeben noch schwer, mich dran zu gewöhnen.

»Was heißt, vergiss es?«, sagte ich.

»Sie haben uns reingelegt. Die Veranstaltung im Stadthaus gestern, im Grunde ein Fake.«

»Moment, Moment, ich komme gerade nicht mit. Wieso Fake?«

»Das BKA hat den Fall an sich gezogen. Unterstützt vom Verfassungsschutz. Und beide halten Neubert die Händchen bei seinem Islamismusverdacht.«

»Klar, Islamismus bekämpfen kommt immer gut an.« Bei einem Hardliner wie ihm.

»Sie argumentieren nicht schlecht mit dem politischen Background von Lena Janckers Mann. Er heißt Suhrab Khan. Sie hat Khan vor einigen Jahren in Afghanistan kennengelernt, als sie dort als Ärztin ohne Grenzen tätig war. Er ist mit ihr nach Deutschland, wo sie geheiratet haben.«

»Und?«

»Was ich nicht wusste, Sander und Co. aber schon: Suhrab Khan ist nicht nur der Liebe wegen mit nach Deutschland gekommen, sondern auch, weil er sich vor den Taliban in Sicherheit bringen musste. Er ist Tadschike, seine Familie stand Ahmad Shah Massoud nahe, den Taliban und Al Quaida bekämpft haben.«

»Warum sollten sich Islamisten an Khans Frau halten, wenn es ihnen doch darum gehen musste, ihn selbst auszuschalten?«

»Khan ist untergetaucht.«

»Trotzdem. Eher hätten sie sie entführt, um an ihren Mann ranzukommen, statt sie auf offener Szene umzubringen!«

Allerdings wurde Neuberts Terroralarm von einem Bekennerschreiben gestützt, das eine islamistische Befreiungsfront mit einem Kürzel, das wie eine deutsche Versicherung klang, in einem der einschlägigen Internetforen abgesetzt hatte.

Was nichts bewies.

Islamisten hatten sich auch zu dem Bombenattentat in Norwegen bekannt. Und dann war's Breivik, ein Amokläufer, der nordischer und nazistischer nicht sein konnte. Im Fall der NSU-Mordserie war's umgekehrt. Ein Dutzend Attentate, zu denen sich ein Jahrzehnt lang niemand bekannt hatte. Aber Nazis konnten es laut Polizei und Verfassungsschutz nicht gewesen sein, weil es keinen Beipackzettel dazu gab, auf dem ›Heil Hitler!‹ stand.

Bekennerschreiben? In diesem Fall besagten sie gar nichts. Das war meine Meinung.

Eine Pause entstand, unsere Ratlosigkeit verstopfte die Leitung.

»Aber warum dann die Sitzung gestern, Anja? Wozu der Aufwand?«, sagte ich schließlich.

»Ist doch klar, sie wollten uns abschöpfen! Wilkens, Panck und BKA-Sander haben bloß den Job übernommen, rauszukitzeln, was wir haben.«

Aber was wir zu bieten hatten, begriff ich jetzt, erschien ihnen offenbar so lachhaft, dass sie Neubert beruhigt den Startschuss für seinen Antiterrorkampf empfehlen konnten.

Hier wurde Politik gemacht. Vor den Kameras und in den Hinterzimmern. Anja Kersten, Sandra Barth, ich – wir waren bloß Marionetten in einer Inszenierung gewesen, die von Neuberts Leuten sauber vorbereitet und durchgeführt wurde. DGN, wie gesagt.

»Und noch was, speziell für dich: Sander hält deinen Ansatz für opferfixiert. Sagt Hollmann.«

»*Opferfixiert*?«

»Ja. Fast schon pathologisch, nennt er das. Sander jetzt. Er will den Demomord von den anderen beiden Fällen abtrennen, weil das veränderte Tatmuster zeige, dass sie nicht zusammengehören. So wird es nun auch kommen.«

»Und du, Anja? Was wird dein Job dabei sein?«

»Ich habe noch den Iversen- und den Kossygin-Fall. Zusammen mit den Kollegen natürlich«, antwortete sie müde.

»Dacht' ich's mir doch.«

»Was?«, gab sie gereizt zurück.

»Dass das Ärger geben wird. Mit Sander, mit Neuberts Leuten, dem BKA, mit Panck mal wieder.«

»Was bist du? So ne Art Wahrsager?«, spottete sie milde.

»So ne Art *Ver*sager«, sagte ich.

11

Man kann nicht behaupten, dass Sandra übermäßig traurig war. Zumindest nicht wegen der feindlichen Übernahme der Fälle durch das BKA und die LKA-Getreuen aus Neuberts Umfeld. Eher schon, weil Tobis Stammeln wieder stärker geworden war, trotz der Spieltherapie.

»Die Therapeutin meint, Verschlechterungen seien ganz normal. Bloß vorübergehend.«

Aber Sandra war doch beunruhigt.

Wir hockten zu zweit in ihrem Büro und sahen uns beim Schwitzen zu. Über der Stadt lag ein Wolkenteppich, der alles andere als atmungsaktiv war, die Luft im Zimmer war heiß und staubig und roch muffelig wie ein kranker alter Hund.

Sandras blaue Augen schimmerten feucht, als sie von Tobi erzählte.

»Die Therapeutin hat sicher recht, ist nur ne Phase, die er durchmacht«, versuchte ich zu trösten. Sie nickte schlapp.

Über den kalten Entzug unserer Ermittlungsunterstützung in allen drei Mordfällen am Potsdamer Platz war sie heute früh bereits durch Panck informiert worden. Der war ab sofort alleiniger Ansprechpartner vonseiten der Villa und steckte sicher soeben mit der Task-Force um Wilkens und Sander die hohlen Köpfe zusammen.

Sandra hatte von Panck die Aufgabe erhalten, die Konferenz zur Neuen Gewalt vorzubereiten. Mit mir zusammen. Er hatte mich also keineswegs davon befreit, wie ich nach meiner Rückkehr aus Alt Gaartz naiverweise angenommen hatte.

»Du, mir ist das ganz recht«, gab sie ehrlich zu. »Wir können uns die Zeit selbst einteilen, sogar jede Menge von zu Hause erledigen, die Einladungen, der ganze Mailverkehr und so weiter. Ist doch prima.«

»Sicher.« Ich verstand das, sie war alleinerziehend. Aber die Konferenz war so ziemlich das Letzte, worauf ich Lust hatte.

Mit Sandra war also nicht mehr zu rechnen, aber vielleicht war sie bereit, mir den Rücken frei zu halten. Deshalb war ich jetzt zu ihr gegangen. Ich fragte: »Macht's dir was aus, Sandra, wenn die Konferenz noch eine Weile auf meinen Einsatz warten muss?«

Sie verzog ein wenig den Mund und lüftete das Dekolleté ihres schwanenweißen Kleids. Schweißtropfen rannen die hellen, steil abfallenden Hänge hinab und verloren sich irgendwo tief unten im Canyon. »Aber lass mich nicht alles allein machen, hörst du!«, maulte sie. Ein wenig.

Ich dankte brav und stand auf, soweit die Dachschräge es zuließ.

12

Ich ging rüber in mein eigenes Turmzimmer und verschaffte mir einen Überblick über die Nachrichtenlage.

Neuberts Strategie schien bereits Früchte zu tragen. Die Tatsache, dass das BKA (unterstützt von LKA und MAD) den Mord an Lena Jancker, der jungen Ärztin, an sich gezogen hatte, wurde in der Presse allgemein als richtig gewertet. Zu präsent waren die Erfahrungen aus der jüngsten Zeit, als die Behörden tatenlos zugeschaut hatten, wie munter es sich in der Region mordete. Allerdings waren es damals Neonaziverbrechen, die nicht verfolgt wurden. Jetzt wurden Islamisten ins Visier genommen. Von ihm, Neubert. Er gefiel sich sehr in der Pose des Krisenmanagers mit kühlem Kopf und Sachverstand.

Ich klickte mich durch die Pressefotos im Netz, die die aktuelle Stimmung am Potsdamer Platz zeigen sollten. Die Arkaden verwaist. Gähnend leere Kinosäle. Busse ohne Fahrgäste. Leer gefegte S-Bahnsteige. – Quatsch! Nichts von alledem.

Die Geschäfte und die Geschäftigkeit rund um den Potsdamer schienen wie immer! Es war, als handelte es sich um zwei ganz verschiedene Orte: Der blutige Potsdamer in den Zeitungen, im Fernsehen, im Netz, und der Potsdamer, den man touristisch oder routinemäßig besuchte, sie schienen nichts miteinander zu tun zu haben. Eher gab es jetzt noch mehr Leute mit Kameras zwischen den Fingern. Wahrscheinlich waren diejenigen, die aus Angst weggeblieben waren, ersetzt worden durch solche, die aus Neugier hinfuhren, um sich selbst ein Handybild zu machen, vielleicht war ja zufällig der Täter drauf.

Ich hatte andere Sorgen.

Das Tatwerkzeug im dritten Fall. Was sagte es uns? Anderer Täter, wie Sander glaubte? Oder andere Tatmethode desselben Täters nach meiner Theorie? Dafür sprach mehr denn je sein ›Revier‹, der Potsdamer Platz. Ein Nachahmungstäter mit einer veränderten Methode wäre keiner, Plagiatoren sind niemals innovativ, auch beim Töten nicht.

Irgendwann im Prozess des Profilings musst du dich entscheiden, in welche Richtung du gehen willst. Ich legte mich fest: ein Serientäter. Der sich entwickelte. Aber in welche Richtung? Eine Rückentwicklung. Regression. Rückfall auf eine frühere Stufe. Auf ein Verhalten, das ihm Sicherheit verlieh. Oder das er brauchte, um sein Ego aufzublähen. Ein kleines, winselndes Ego, das sich groß fühlen wollte. Vielleicht.

Ein Messer also. Nicht irgendeines, sondern ein Messer, das zum Töten gemacht war. Eine Waffe, die er beherrscht. Die ihn stark macht. Innerlich fühlt er sich klein und ohnmächtig. So hat *er* die Kontrolle über die Situation.

Wann aber hatte er sie *nicht* gehabt? In seiner Kindheit? Wurde er geschlagen, misshandelt? Und später? Ist er retraumatisiert worden? Wo konnte er als Erwachsener extremen Kontrollverlust erlebt *und* zugleich Waffen- oder sogar Kampferfahrungen gesammelt haben?

Ich dachte an Kerstens Aufzählung möglicher Kandidaten: Kampfsportler, Jäger, Soldaten, Polizisten … Die Liste war übersichtlich.

Ich nahm ein Blatt und versuchte mich an einem rudimentären Koordinatensystem:

Trauma. Frust. Wut.

Aggressionen, die aufbrechen.

In jedem Fall waren extreme Erfahrungen vorausgegangen. Die Trigger erzeugen konnten, Flashbacks an den Tatorten …

Vor mir entstand ein Bild. Ein Krankheitsbild. PTBS. Posttraumatische Belastungsstörung.

13

PTBS … PTBS, ich wusste zu wenig über posttraumatische Störungen. Ich ging die Onlineliste der verfügbaren Fachliteratur in der Villa durch.

Es wurde ein langer, aufwühlender Lektüretag für mich in unserer hauseigenen Bad Bank des Verbrechens.

PTBS. Ich las und notierte, las und las. Immer mit der Frage im Hinterkopf: Wer war mit hoher Wahrscheinlichkeit Traumaopfer geworden und beherrschte *zugleich* das Handwerk des Tötens wie unser Mann zuletzt am Potsdamer Platz?

Dafür brauchen Sie keinen Profiler, oder? Sie wissen es selbst: Ein Kriegsheimkehrer passte am besten ins Bild.

Ein Veteran mit einer traumabedingten Persönlichkeitsstörung also? War das denkbar?

Wir waren eine Nation, die Krieg führte. Auch wenn das böse Wort nicht ausgesprochen werden durfte. Inzwischen auf mehreren Kontinenten. Es gab nicht Hunderte, sondern Tausende Kriegsveteranen. Deren mögliche Traumafolgen noch Jahrzehnte später zum Ausbruch kommen konnten. Zum Beispiel in Gewaltakten.

Timothy McVeigh, der Oklahoma-Attentäter, war so einer. Und auch der Sniper von Washington war ein Kriegsheimkehrer. Beides Soldaten mit Orden und Auszeichnungen. Um nur zwei der schlimmsten zu nennen.

Amerika, sagen Sie, weit weg?

So dachten wir auch über Amokläufe, nicht wahr? Bis Erfurt passierte, dann Coburg, Emsdetten, Winnenden, Ansbach.

Ich strich alles andere durch und schrieb auf mein Blatt: Ex-Soldat. Dahinter ein Fragezeichen.

14

Es gab jede Menge Lesbares zum Thema allgemein, aber überraschend wenig deutsche Literatur zu kriegstraumatisierten Soldaten. Die Erkenntnis setzte sich eben erst langsam durch, dass ein Land, das Krieg führt, nun mal auch Kriegsgeschädigte zurückbekommt. Und zwar als Regelfall, nicht als Ausnahme, wie mir jetzt klar wurde.

Aber abgesehen von Armen, Beinen und anderen Körperteilen – was ging bei ihnen *psychisch* kaputt? Wie sah es aus, wenn die Uniform nicht mehr den aufrechten Gang markierte? Wie tickte die beschädigte Psyche in der zivilen Heimat?

Schon, ja, unser Verteidigungsminister (›Die Büroklammer‹) hatte recht, so ein Kriegseinsatz war gefährlich. Aber seltsam, dass er dabei nur an die Gefahr für Leib und Leben der Soldaten dachte. Nicht an die Gefahr, die von ihnen *ausging*.

Im Krieg sowieso. Siehe Kunduz 2009, 142 tote Zivilisten, darunter jede Menge Kinder, wodurch die Bundeswehr effektvoll die Demokratie am Hindukusch verteidigt hatte.

Und danach? Was stellte ein Veteran mit seinem Leben an, wenn er zurückkehrte in die Zivilgesellschaft, für die er gerade nicht gerüstet war?

Am ergiebigsten waren die Erfahrungsberichte amerikanischer Veteranen, gleich, ob sie in Korea, Vietnam, Irak oder Afghanistan eingesetzt worden waren.

Sie hatten furchtbare Dinge erlebt. Und furchtbare Dinge getan. Sie hatten Berge von Leichen gesehen. Oder verursacht. Vergewaltigte Frauen getroffen. Oder Frauen vergewaltigt. Tote Kinder geborgen. Oder Kinder gesteinigt, gefoltert, so beiläufig umgebracht wie Ungeziefer.

Ihr Krieg, das waren Fetzen, die an keiner Stelle zusammenpassten, keinen Sinn ergaben. Das waren Lärm und Dreck, Chaos und Langeweile, Blut und Priester, Sexstau und Gewalt, Machismo, Macht und Masse, Selbstmitleid und Verstümmelung, Wut und Leere, nie allein, aber immer allein gefühlt.

Und dann kamen sie zurück.

Home, shit home.

Mit oder ohne Extremitäten, mit oder ohne Gehör, Augen oder wenigstens Verstand.

Egal wie, sie mussten klarkommen. Wie jeder von uns. Wie alle.

Aber sie hatten doch Erfahrungen gemacht im Krieg! Erfahrungen, die sie auszeichneten und zugleich ausgrenzten, so empfanden sie das. Sie hatten Kenntnisse und Fähigkeiten erworben, wie man die Dinge *auch* regeln konnte. Das Know-how des Kriegs. Schnell, effektiv, mit oder ohne

Lärm, mit den bloßen Händen oder mit etwas darin, Messer, Gabel, Schere, Stich. Ärger mit dem Hausmeister? Die Frau hat schon einen anderen im Bett? Das Kind schreit? Der Vorarbeiter mault wegen jedem Fliegenschiss? Troubles? Hol die Faust raus. Shoot 'm down.

Der Krieg mochte zu Ende sein oder weit weg in den Bergen irgendwo, in der Wüste, im Busch. Aber im Veteranenhirn war er latent immer vorhanden. Ein Gewaltvideo im Kopf, das nur auf Pause gestellt war und einen Knopfdruck brauchte, einen bestimmten Auslöser, um weiterzulaufen. Mitten in der Stadt, unter fremden Menschen, bei friends & buddies, in der Familie oder auf einem beschissenen öffentlichen Klo.

Unser Mann vom Potsdamer Platz, konnte er einer von dieser Sorte sein?

Einer von denen, die zusammenzucken und sich einnässen, wenn mal ein Überschallflugzeug übers Häusermeer donnert, wenn Feuerwehrsirenen durch die Straßen heulen oder Nachbarn sich anbrüllen (»Meine Liebe für dich ist tot. Du fickst nie wieder mit nem Kerl! Ich bring dich um, Miststück.«)

Einer, der Herzrasen kriegt, wenn er sieht, wie Regenschirme gezückt werden, weil er gleich an Kalaschnikows denkt. Der innerlich explodiert, wenn Jugendliche Stress an der Kreuzung machen, Aufregung in der Menge entsteht und ein Rettungshubschrauber wie in einem Kampfeinsatz fast auf seinem Kopf zu landen droht.

Und was, wenn nicht mal auf eine gewöhnliche Schnulze im Kino mehr Verlass ist und eine Blutorgie draus wird, dass es von der Leinwand tropft und die tödlichen Schüsse aus den Lautsprecherboxen in deinem Kopf widerhallen – wie damals, als du sie selbst abgegeben hast. Kill, kill, kill!

Ein traumatisierter Soldat also? Der die Teufel in seinem Innern jetzt außen jagte, in einem ausgewählten Areal, inzwischen tödlich bewaffnet?

Wenn das stimmte, war er ein wandelnder Sprengkörper, es reichten winzige Erschütterungen, um ihn erneut zu zünden. Der Krieg ging für ihn weiter, das Kampfgebiet war immer dort, wo *er* sich aufhielt. Und zurzeit befand er sich offenbar mitten in der Hauptstadt.

15

Von Südwesten her hatte sich eine dunkle Wolkenstraße am nachtblauen Himmel aufgebaut, damit man dem lokalen Wetterbericht nichts Schlechtes nachsagen konnte, der das schon früher gewusst hatte. Als ich aus der U-Bahn stieg, bemühte sich der Starkregen gerade, die Passanten von den Straßen zu treiben und die verbliebenen Freier in den Rinnstein der K-Straße zu spülen. Auf dem kurzen Weg bis zum Haus wurde ich filmreif geduscht. Wie dieser entscheidungsschwache Schriftsteller in ›Frühstück bei Tiffany's‹, falls Sie den noch kennen (sonst Youtube).

Vor der Haustür konnte ich meinen Schlüssel nicht finden. Verloren? Nein, bestimmt in der Villa vergessen. Mist.

Ich klingelte bei Helene Zeitler, es war jetzt kurz vor zehn, sie war sicher noch wach, vor Mitternacht ging sie selten schlafen, und danach tat sich ihr auch nur noch selten das Traumtor auf.

Helene besaß einen Zweitschlüssel von mir. Was natürlich etwas widersinnig war, weil ich ja von ihr den Schlüssel für Glindows Wohnung bekommen hatte, damit er in *ihrer* Wohnung nicht verloren ging. Aber wem sonst im Haus hätte ich den Schlüssel anvertrauen können?

»Ja-a?«, schepperte es im Lautsprecher. »Hier ist Zeitler. Wer ist denn da?«

»Ich bin's, Helene, Eli Mattay. Hab meinen Schlüssel vergessen.«

In der nächsten Sekunde sirrte der Türöffner wie eine sterbende Fliege auf der Fensterbank, und ich drückte die schwere Tür auf.

Helene lächelte wissend, als sie mich tropfnass vor ihrer Wohnungstür stehen sah. »Auch den Schirm vergessen, was?« Dann schob sich ihre Oberlippe nervös über ihre großen gelben Biberzähne.

Sie bat mich mit einer Handbewegung herein und brabbelte: »Se ähm iss in der Küche.«

Ich dachte, Helene hätte vielleicht ein, zwei Gläser zu viel von ihrem geliebten Pfälzer Weißwein geschlürft. Aber sie meinte nicht den Schlüssel zu meiner Wohnung.

Sie meinte Stella Glindow.

Den Weißwein tranken sie gemeinsam am Küchentisch. Stella sah nicht gut aus. Wie ein gerupftes Huhn. Ihre braunen Haare sahen zerzaust aus, an ihrer weißen Bluse fehlte ein Knopf vor der Brust. Sie wurde bleich wie der Mond, als ich eintrat, öffnete verstört den Mund und brachte keinen Ton heraus.

Ich drehte schon bei, um sogleich wieder Kurs auf die Wohnungstür hinter Helenes sieben Messie-Bergen zu nehmen. Aber da war Helene vor, die in der offenen Küchentür stand: »Wollen Sie wirklich ohne Ihren Schlüssel wieder gehen, Eli?«

»Natürlich nicht, Helene. Her damit.«

»Immer langsam, junger Mann«, maulte sie. »Wissen Sie was, Eli, ich such den Schlüssel, und Sie reden in der Zwischenzeit mal mit Stella.« Ihre Oberlippe rutschte weiter nervös rauf und runter.

Draußen schlug plötzlich ganz in der Nähe ein Blitz ein, der grelle Widerschein zuckte über die Fotos an den Wänden der ohnehin schon hell erleuchteten Küche. Gleich darauf ein Donnerschlag, als würde der Wohnblock in die Luft gejagt. Der Regen rauschte dazu wie ein altes Radio am Ende der Senderskala.

»Bitte nicht, Frau Zeitler«, ließ sich in meinem Rücken jetzt Stella Glindow vernehmen. »Das ist lieb gemeint von Ihnen, aber …«

Helene Zeitlers Gesicht legte sich zornig in Falten und erinnerte an einen römischen Kampfhund. »Wo sind wir eigentlich?«, knurrte sie böse. »Dieser Herr hier wird sich jetzt einmal *Ihre* Version anhören. Nachdem ich ihm was zum Anziehen von meinem Verstorbenen gegeben habe, damit er aufhört zu zittern wie Espenlaub.«

Zittern, ja. Aber vor Wut.

Und Stella begriff das sehr wohl.

»Helene, nein.« Mir reichte es jetzt. »Helene, ich möchte meinen Schlüssel und dann in meine Wohnung, weiter nichts«, sagte ich energisch.

»Was Sie möchten, weiß ich genau«, gab Helene patzig zurück. »Sie gehen jetzt ins Bad. Sie duschen heiß, ich reiche Ihnen den Morgenmantel von meinem Kurt rein –« Sie musste plötzlich lachen. »Ich habe ihn manchmal Kurzer genannt, wissen Sie, weil er zwei Zentimeter kleiner war als ich, Gott, hat ihn das geärgert und … ähm was wollte ich eigentlich?«

Es war schon klar, was sie wollte, und mir blieb auch gar keine andere Wahl, als zu tun, was sie verlangte, wenn ich an diesem Abend noch meinen Schlüssel bekommen wollte.

Ich rubbelte mich gerade trocken, als die Badtür aufflog und Helene hereinkam, um mir den gestreiften Morgenmantel ihres verstorbenen Kurzen zu reichen.

»Na, nun genieren Sie sich mal nicht so, Eli«, sagte sie. »Ich bin alt genug, um ein paar ganz hübsche Adams gesehen zu haben in meinem Leben, das dürfen Sie mir glauben.«

Glaubte ich ihr.

»Hübsche Evas übrigens auch«, schob sie lächelnd nach und blieb in der halb offenen Tür stehen, um zu begutachten, ob das Mäntelchen mir halbwegs passte. Tat es nicht.

Sie amüsierte sich köstlich. »Ich wusste ja, dass er noch mal zum Einsatz kommen würde. Aber dass *Sie* drin stecken würden, Eli, nee, das denn doch nicht.«

Ich trocknete mich etwas hektisch ab und versteckte meine Blöße in dem Morgenrock, der zwar muffig roch, aber tadellos aussah, wenn auch nicht tadellos saß.

16

Helene ließ mich danach mit Stella Glindow allein in der Küche sitzen. Den Schlüssel hatte sie angeblich immer noch nicht gefunden.

Im Hof zuckten die Blitze, Wotan oder ein anderer Kriegsgott nahm das Viertel unter Beschuss. Seltsames Gefühl, dieser Frau, mit der ich zwei, sagen wir, nachhaltige Nächte verbracht hatte, mit nichts als einem viel zu kurzen und zu engen Bademantel am Küchentisch gegenüberzusitzen. Wenn sie weit genug mit der Hand unter den Tisch hätte greifen können, hätte sie die Glocken läuten können.

So weit so trashig.

Ich setzte mich sehr aufrecht auf meinen Stuhl, auf alles gefasst, was kurze Beine hatte, vornehmlich Lügen.

Stellas Story. Natürlich habe sie sich Notizen zu dem gemacht, was ich ihr nach dem Kinobesuch geradezu aufgedrängt hätte. Meine Theorie von ein und demselben Täter in den beiden ersten Mordfällen am Potsdamer Platz. Sie sei nun mal Journalistin, verdammt. Und ja, ganz ehrlich, sie habe mit dem Gedanken gespielt, den Text zu verkaufen. Auch die Interviewform stand im Groben schon.

»Herrgott, die Story ist schließlich hochbrisant in der Stadt!«

Aber sie habe es eben *nicht* getan.

»Und zwar deinetwegen. Unseretwegen. Wegen dem, was sich da anbahnte zwischen uns … vielleicht.«

Sie habe den Text definitiv nicht an die Redaktion von Berolina-Online geschickt.

»Ach, und welcher große Unbekannte war es dann?«

»Gar nicht unbekannt leider«, gab sie kleinlaut zurück. »Es war Boris.«

»Boris? Allen Ernstes?«, lachte ich und hoffte, dass es sarkastisch genug rüberkam.

»Boris hat Zugang zu meinem Rechner. Hatte. Ich habe ihn rausgeschmissen. Ein für alle Mal. Er ist … er haust momentan in einer alten Fabriketage in Neukölln. Illegal natürlich. Er … hat Schulden ohne Ende und ist bei der Schufa registriert. Das heißt kein Job, kein Mietvertrag, Kündigung vom Provider, Netzzugang nur über Hotspots.

Und einer davon war ich. Ich hab ihm sogar ein eigenes Mailpostfach eingerichtet, das ich nicht nutze.«

Sie stierte in ihr leeres Weinglas. Wenn das alles erfunden und gespielt war, dann reif für Babelsberg, Abteilung Familiendrama.

Sie sagte: »Boris hat die Datei mit deinem Namen auf der Schreibtischoberfläche in meinem Rechner gesehen, das Dokument geöffnet und anhand meines Kommentars am Ende natürlich gleich erkannt, dass die Sache heiß ist. Dass eine Veröffentlichung dir schaden könnte. Weshalb ich schließlich drauf verzichtet habe. – Boris ist nicht so dumm, wie viele auf den ersten Blick glauben. Früher hat er mal Fanzines oder so was rausgegeben. Für die Independent Musikszene. Er ist intelligent.«

Gerissen war wohl das passendere Wort für ihn.

Boris habe ihren im Grunde schon fertig entworfenen Text nur noch mit einem entsprechenden Kommentar sowie besten Grüßen von Stella Glindow versehen müssen, um ihn an Köster, den für das Ressort zuständigen Redakteur, zu schicken.

»Den Namen Köster kannte er. Bei ›Lokales‹ habe ich ja mal angefangen. Die Geschichte war ideal für die Redaktion: aktuell und brisant, aber ohne großes Risiko, weil du kein großes Tier bist, dessen Klage man hinterher befürchten müsste, selbst wenn alles erstunken und erlogen wäre.«

»Danke bestens. Schön zu hören, wie deine Branche so arbeitet. Und das alles hat Boris dir ganz brüderlich gesteckt oder wie?«

»Natürlich nicht. Köster rief mich in aller Herrgottsfrühe an, stinksauer, ich hatte kaum mein Handy eingeschaltet. Wenn ich ihm schon eine Geschichte anbieten würde, solle ich wenigstens erreichbar sein für Rückfragen. Jedenfalls, sie wollten das Interview kaufen, er habe die Geschichte jetzt freigegeben, aber nur weil ich es sei, wir uns schon so lange kennen und so weiter.«

»Fertig?«

Sie nickte und blickte mir forschend ins Gesicht. Ich saß ihr noch etwa eine Minute schweigend gegenüber und überlegte, was es mich kosten würde, ihr die Geschichte zu glauben. Und was, wenn ich sie ihr nicht glaubte.

Draußen rauschte der Regen, Wotan oder wer grollte noch kräftig nach, ich verstand das.

Ich klemmte vorne den Bademantel zusammen und schlappte hinüber zu Helene ins Berliner Zimmer. Sie gab mir den Schlüssel, nicht ohne neugierig meine Miene zu mustern. Keine Ahnung, was darin zu lesen war.

17

Erst nach dem ›Karneval-Mord‹ an Jakob Avinoam, zwei Tage später, am Sonntag, dem 15. Juni, herrschte wirkliches Entsetzen in der ganzen Stadt. Landesweit. Weltweit! Das gleiche Muster, eine Messerattacke, wie zuletzt am Potsdamer Platz. Die meisten Kommentatoren in den Medien gaben Neubert recht, der auch diesmal islamistischen Terror vermutete, denn Jakob Avinoam war das Kind osteuropäischer (litauischer) Einwanderer – und jüdisch.

Doch der Reihe nach.

Am Sonnabend hatte mich Manuela angerufen, um mich daran zu erinnern, dass ich mit Dylan am Sonntag den Karneval der Kulturen anschauen wollte.

Ich weiß nicht, warum sie das nötig fand, denn das taten wir jedes Jahr, Dylan und ich.

Dylan liebte zwar nicht das Bad in der Menge, gelinde gesagt. Aber dafür umso mehr (schien mir immer) das fröhliche, bunte Drumherum. Und der Karnevalszug ließ sich an manchen Orten auch vom Rand aus locker und entspannt betrachten.

Eine solche strategisch günstige Stelle war der Mehringdamm, wo du hinter zwei, drei symbolisch platzierten rot-weißen Plastikschranken dein Eis essen und den lustig lärmenden, knallbunten Zug genießen konntest.

Der Himmel machte in Blau, und die Tausenden standen dicht an dicht bis zu den Schranken und rieben sich hautnah aneinander wie auf einem Festival der Frotteure.

Dylan und ich schlichen wie immer außen an den Rändern herum. Freiheit ist eben auch Bewegungsfreiheit. Wir schleckten zuerst ein Eis im vanille & marille in der Hagelberger Straße und stopften dann an einem Stand unmittelbar vor den rot-weißen Schranken Crêpes mit Schokosoße in uns hinein. Das Zeug war labberig, heiß und hochprozentig süß, aber drauf geschissen, es war superlecker, Dylan leckte mir am Ende sogar die Schokoreste von den Fingern.

Ich erinnere mich, zum ersten Mal die Sirenen gehört zu haben, vom Südstern her, als vor uns am Mehringdamm gerade ein knallroter Wagen mit asiatischen Trommlern (vielleicht koreanisch?) vorbeizog. Eine goldgelbe Fahne mit einem bronzefarbenen buddhistischen Tempelmotiv wehte voran. Tänzer und Trommler trugen ebenfalls rote Kostüme und Stirnbänder, ihre Klöppel hatten blau-weiße Puschel. Die Sirenen drangen zu uns herüber, aber niemanden hier beunruhigte das, es kam immer wieder vor, dass Leuten schlecht wurde, weil ihr Kreislauf in der Sonne schlappmachte. Eine weitere Gruppe mit asiatischen Tänzerinnen in schulterfreien, regenbogenfarbenen Kleidern folgte dem roten Wagen der Trommler.

Dylan hielt mir seine Schokofinger hin. Ich sagte: »Leck sie doch ab.« Tat er aber nicht. Und bevor ich kapiert hatte, dass ich sie ihm abschlecken sollte, wie er es vorhin bei mir getan hatte, hatte er sie auch schon an meinem Jeanshemd abgewischt. Manchmal war ich im Kopf einfach zu langsam für ihn.

Es folgten eine Gruppe arabischer Tänzer in schwarzseidenen Hosenkleidern und Palästinensertüchern um den Kopf sowie ein Wagen, der den Namen ›Angola‹ trug und Musik von Salif Keita in ohrenzerfetzender Lautstärke spielte.

Der Karnevalszug stoppte. Oder es gab eine kleine Lücke. Das drückte normalerweise nicht auf die gute Stimmung. Aber die Minuten verrannen, und es ging trotzdem nicht weiter. Bis endlich ein orangerot und blau gestrichener Wagen heranrollte, auf dessen Dach ein paar spärlich bekleidete Cowboys und –girls die argentinisch-deutsche Freundschaft feierten.

Dann war plötzlich Schluss. Die Gneisenaustraße zeigte ihr nacktes Asphaltband, das Publikum an den Straßenrändern spähte verwundert in Richtung Osten zum Südstern hin, von dort kamen nach und nach noch kleinere oder größere Gruppen an, aber nur Besucher, Zuschauer, keine Wagen mehr.

Es wurde unruhig und zugleich immer stiller rings um die riesige Kreuzung.

Mir war das nicht geheuer. Ich nahm Dylan an der verklebten Hand. »Komm, Großer, wir gönnen uns noch ein Eis.«

Ich kaufte ihm noch eines im ›vanille & marille‹. Nebenan auf dem Bürgersteig, vor dem Schlüsselnotdienst von Samuel Roberts, spielte eine kleine Jazzcombo etwas, das sich ›Jazzica‹ nannte und dessen Rhythmus einem sanft in die Beine fuhr.

Gäste, die neu dazu kamen, berichteten auf einmal aufgeregt, dass »etwas Schlimmes passiert« sei, »hinten am Südstern«. Woraufhin zwei Drittel der Leute ihr Handy in die eisfreie Hand nahmen und das Netz befragten und betwitterten. Ich hatte meines zu Hause gelassen, dieser Sonntag mit Dylan sollte handyfrei bleiben.

Eine Frau um die vierzig, die mit ihren waldmeistergrün gefärbten Haaren selber so appetitlich wie ein Fruchteis aussah, empörte sich, es habe eine Messerstecherei gegeben und jemand sei lebensgefährlich verletzt worden.

»Das ist das Ende vom Karneval der Kulturen«, glaubte sie.

»Haben Sie's gesehen?«, fragte ich sie.

Sie schüttelte den Kopf.

»Woher haben Sie's dann?«

»Gehört.«

»Inzwischen kann man's auch lesen«, sagte einer der Twitterer, der irritierenderweise beides hochhielt, Eis und Handy. Lesen konnte ich die kleine Schrift trotzdem nicht.

Die Musik legte eine Pause ein. Und mitten in die plötzliche Stille brüllte Dylan auf einmal: »T-t-t-t. Schützengram! T-t-t-t!«

Alle im Umkreis stierten ihn an.

»Nix passiert, Dylan«, log ich, »alles okay.«

»Schützengram«, wiederholte er. »T-t-t-t-t-t-t.«

Es klang entsetzlich und schnürte mir die Brust zusammen.

18

Von Manuela, die eine Stunde später mit Bluthochdruck im Gesicht Dylan wieder an sich drücken konnte, erfuhr ich, was sie aus dem Radio hatte. Ein fünfzehnjähriger Junge, Jakob Soundso, sei am Südstern, mitten in der feiernden Menge, plötzlich zusammengebrochen. Mit einer furchtbaren Stichwunde im Rücken. Es gab zufällig gleich in der Nähe einen Arzt im Publikum, der mit seiner Familie zum Zuschauen hergekommen war. Deshalb ohne Ausrüstung, seine Arzttasche, den Jungen konnte er nicht mehr retten. Jakob Avinoam starb, noch bevor das Rettungsteam ihn hatte erreichen können.

»Wie geht's dir, mein Großer?«, fragte ich Dylan, als ich ihn zum Abschied küsste.

»Schützengram«, sagte er mit zitternder Stimme. »T-t-t-t-t-t.«

»Was?« Manuela riss erschrocken die Augen auf. »Was soll das heißen, Schützengram, Eli?«

»Bloß Jandl«, sagte ich.

»Hör auf, mich zu verarschen, Eli!«

»Es soll heißen: Krieg«, sagte ich. »Krieg in der Stadt! Zufrieden?«

Und jetzt auch Krieg in seinem Kopf.

Gewalt zieht weite Kreise, viel weitere, als wir uns vorstellen können.

19

»Schaltest du nie dein Handy ein, Eli?«, beschwerte sich Anja Kersten. Ich war gerade erst nach Hause gekommen, als das Telefon klingelte. Es war jetzt kurz nach vier an diesem Karnevalssonntag, aus dem ein Totensonntag geworden war.

»Hab schon davon gehört«, sagte ich. »War selbst mit Dylan beim Karneval.«

»Mit wem?«

»Dylan, meinem Sohn.«

»Ach, richtig, ja.«

»Weißt du Genaues?«

»Nur was ich von den Kollegen erfahren habe, aber so viel steht fest, das Tatmuster gleicht dem bei der Demo am Potsdamer Platz haargenau. Mord in der Menge, Kampfmesser, professionell geführter Stich, blitzschnell von hinten bis ins Herz.«

»Zeugen?«

»Dutzende. Die alle nur das Opfer haben zusammenbrechen sehen und den Jungen für einen besoffenen Jugendlichen gehalten haben.«

»Was sonst.«

»Deshalb, und weil er jüdisch war natürlich, sind BKA und Verfassungsschutz überzeugt, dass man den Demo-Mord und die Sauerei von heute zusammen sehen muss.«

»Islamistischer Terror.«

»Aber eben getrennt von den beiden früheren Attacken, die sie mir gerne weiter überlassen.«

Weil kein Terrorismus. Sondern so eine Art Dummheit.

»Und du, Anja? Was denkst du?«

Ich hörte sie seufzen. »Ich weiß nicht mehr, was ich denken soll, offen gesagt.« Sie schwieg ein paar zähe Sekunden lang. »Ein jüdischer Junge, Sohn von Einwanderern. Sag mir, was du denkst, wenn du das hörst, Eli.«

»Wenn es unser Täter war, war auch das Opfer wie immer zufällig. Die *Situation* ist für ihn entscheidend. Aber der Tatort überrascht mich.« Ich hätte auch sagen können, er erschreckt mich. »Er bedeutet, dass unser Mann ab sofort die ganze Stadt zu seinem Revier zählt. Und in dem Fall käme noch was hinzu.«

»Was denn noch?«, wappnete sie sich.

»Was er bisher getan hat, reicht ihm nicht mehr. Nicht der Ort, nicht die Art, es zu tun, wer weiß. Immer vorausgesetzt, er steckt auch hinter diesem Anschlag.«

»Sag's ihm, Eli. Sag Neubert, was du denkst.«

»Ich bin mir nicht *sicher*, Anja. Ich hab nichts als Theorien. Darauf hat er gerade gewartet.«

»Es geht hier nicht um dich, Eli. Oder um Neuberts fetten Arsch. Sondern um mögliche neue Opfer, die du verhindern könntest«, sagte sie. Und legte auf.

Ich stand eine Weile ratlos am Fenster, den Hörer in der Hand. Dann ging ich hinüber zum Schreibtisch und klappte den Laptop auf.

Im Mailordner suchte ich die Adresse von pm.wilkens raus. Ich kämpfte minutenlang mit mir, ob ich den Text wirklich abschicken sollte.

Dann klickte ich auf ›Senden‹.

20

Montag, 16. Juni. Ich bestellte ein Taxi und war um Punkt acht vor dem Nebeneingang in der Parochialstraße. Ich hatte mir gerade vom Taxifahrer eine Quittung ausstellen und ihn abfahren lassen, als die Eingangstür aufgestoßen wurde und ein kräftiger junger Typ in einem dunkelblauen Anzug, Anfang dreißig, mit raspelkurzen blonden Haaren heraustrat. Das Gesicht hell und weich wie Milchbrei und gar nicht mal unfreundlich, warf er mir einen kurzen prüfenden Blick zu, um dann kritisch die Straße hinunter zu schauen. Im selben Augenblick kam von der Klosterstraße her eine schwarze Benzlimousine angeschossen. Sie hielt direkt vor dem Eingang, aus dem nun auch Neubert fegte, in einem trauerschwarzen Anzug, aber mit Feueralarm im Gesicht, er sah aus wie ein Bischof nach dem Bordellbesuch.

Er gab mir hektisch Zeichen, delikaterweise mit dem Fuckfinger, dass ich zu ihm ins Auto steigen solle. Ich kam mir vor wie sein Hund, fehlte nur der Pfiff.

Ein Vorgefühl von Panik stieg in mir auf.

Bereits um halb acht an diesem Morgen, dem Tag nach dem Mord an Jakob Avinoam, hatte ich Wilkens' zauberhafte Stimme im Ohr gehabt. »Um acht im Stadthaus, Mattay. Der Senator will Sie sprechen. Dringend.«

Das bekannte Muster. Aber ich hatte es selbst losgetreten.

»Sie haben mein Papier gelesen?«, fragte ich.

»Würde ich sonst anrufen?«

»Schön. Bis gleich.«

»Eingang Parochialstraße, Mattay, wie gehabt. Und lassen Sie sich ja nicht einfallen …«

»Mit Journalisten zu quatschen. Schon klar. Den Text *hatten* wir schon mal.« Wilkens und ich, aus uns würde kein Liebespaar mehr werden.

Jetzt aber ließ er sich nicht blicken. Seine Exzellenz verstaute sich solo hinten in der Karosse, und sein Wachmann, der junge Raspeltyp, zuckte wie zur Entschuldigung mit den Schultern, um mich zu bitten, von der Straße aus zu seinem Boss einzusteigen.

Er hielt mir die Tür auf, ich stieg ein und ließ mich neben meinem Senator hinten in die Kulisse fallen.

Neubert blickte nicht mal zur Seite. Die Zeit für Höflichkeiten, wenn es sie denn je gegeben hatte, war endgültig vorbei. Aber das galt dann auch für mich.

Ich deutete mit dem Kinn auf den Security-Mann, der vorne geschmeidig die Karosse umkurvte. »Was ist aus dem anderen geworden? Tierpfleger?«

Vorne keckerte der Fahrer in seinen grauen Pulli hinein.

»Es gab Beschwerden«, sagte Neubert knapp. Mich wunderte, dass er überhaupt antwortete.

Der Neue stieg vorne ein, und los ging die Fahrt.

»Wohin fahren wir?«, wollte ich wissen.

»Warten Sie's ab«, gab er zurück. Und damit war Funkstille von seiner Seite. Die ganze Fahrt über kühl temperiertes Schweigen hinter den getönten Panzerglasscheiben, die alle Geräusche auf Friedhofsstille herunterdämpften.

Die Karosse schnitt sich durch den Berufsverkehr wie ein warmes Messer durch die kühlschrankkalte Morgenbutter. Mühlendamm, Leipziger Straße, vorm Potsdamer Platz schnell Reißaus genommen in die Ebertstraße, einmal längs durch den Tiergarten gestoßen, ein stummer Morgengruß an den Bundespräsidenten im Bellevue. Moabit. JVA, Alt Moabit und Endstation. Neubert ließ direkt gegenüber dem finster drohenden Kriminalgericht halten. Die Fahrt hatte keine acht Minuten gedauert.

Neubert wandte sich mir zu und schnaufte wie im Theater, sein Atem roch säuerlich, vielleicht Reflux.

»Ich will's kurz machen, Mattay. Ihrem Dossier, oder wie immer man das Zeug nennen soll …«

»Mehr ein Brainstorming.«

»Meinetwegen. Dem entnehme ich, dass Sie noch immer keine Ruhe geben. Dass Ihnen die Ermittlungsrichtung nicht passt, die ich vertrete – keineswegs allein, ohne fachlichen Rat, vertrete, wie Sie wissen!«

»Mit Verlaub, Herr Senator, Ihr Herr Sander –«

»Halten Sie's Maul, Mattay! Mir reicht das jetzt. Ihre verfluchte gekränkte Eitelkeit, Mensch, das ist es doch, was hinter Ihrer permanenten Quertreiberei steckt.«

Fahrer und Sicherheitsmann starrten stur und stumm nach vorne zum Fenster hinaus, als gäb's uns gar nicht, hinten auf den Plätzen für die besseren Herren.

Neubert schnaufte wieder filmreif durch die Nase. »Ein Kriegsheimkehrer also, der nicht mehr alle Tassen im Schrank hat, behaupten Sie. Der wahllos Menschen umbringt. Zuerst in einem Kino, dann an der Bushaltestelle, schließlich mitten in der Menge mit einem Nahkampfmesser. Mal hier, mal dort und inzwischen vielleicht überall in der Stadt. Was sollen diese wilden Spekulationen über die Jungs, die unsere –?«

»Demokratie am Hindukusch verschießen, jaja.«

Sein Ringfinger trommelte wütend gegen sein gut betuchtes Hosenbein. »Ich sag Ihnen jetzt was: Wenn Sie Ihren eitlen Theoriemist ein weiteres Mal in die Welt hinausposaunen! Via Presse. Wenn dadurch irgendeine Person zu Schaden kommen sollte, dann sorge ich persönlich dafür, dass das Folgen für Sie haben wird, die Sie bis vor dieses hässliche Kriminalgericht hier bringen werden.« Er deutete mit seinem Fleischkäsekinn auf das Gerichtsgebäude in meinem Rücken. »Sie mögen Ihre Hehler in der Presse haben, okay, das wissen wir inzwischen. Aber das heißt nicht, dass ich Ihnen nicht trotzdem auf jede erdenkliche Weise die Hölle heißmachen kann. Und zwar weit jenseits eines sicheren Rausschmisses, den ich auf Deubel komm raus durchsetzen werde, wenn Sie Ihre Kollegen nicht in Ruhe arbeiten lassen. Haben wir uns verstanden?«

Ich sah ihm direkt in seine massige, steakrot glänzende Gesichtslandschaft. Er wartete mal wieder darauf, dass ich ihm meine Kehle zeigte.

»Leute wie Sie und ich, Herr Senator, werden sich nie verstehen«, sagte ich und versuchte vergeblich, das Zittern meiner Hände zu kontrollieren. »Aber eines sollten Sie wissen: Ich werde jetzt nicht einfach aufhören. Sondern weitermachen. Bis ich alles über ihn weiß, den Täter.« Das war natürlich dick aufgetragen, und ich setzte noch eins drauf: »Sie werden's nicht glauben, aber jenseits der Politik gibt es noch so was wie ein Gewissen.«

Ihm stockte sekundenlang der Atem.

Mir auch. Meine Hände flatterten aufgeregt wie Kolibris.

Er straffte sein Kreuz, er sagte, sehr langsam und leise, aber mit dem ganzen Brustkasten als Resonanzkörper: »Das hätten Sie besser nicht gesagt, Mattay.«

Das wusste ich selbst.

»Und jetzt raus.«

In meiner Aufregung hatte ich übersehen, dass der Raspelmann bereits auf der Straße neben meiner Seitentür stand und sie für mich öffnete. Ich stieg aus und wankte dabei wie ein Klitschko-Gegner.

Der junge Sicherheitsmann mit dem Milchbreigesicht schaute dezent an mir vorbei, und ich war ihm dankbar dafür. Er warf die Tür zu, fasste mich am Ärmel und führte mich wie einen Alzheimerpatienten zum Bürgersteig, wo er sich mit einem leichten Zwicken am Ellbogen von mir verabschiedete und wieder vorne in den Wagen einstieg.

Die Limousine glitt davon, ich atmete tief durch. In meinem Rücken erhob sich wilhelminisch das mächtige, düstere alte Gebäude des Kriminalgerichts.

Ich sammelte die Scherben meiner Selbstachtung ein und dachte: Prima gemacht, Mattay, wirklich toll. Kauf dir nen Strick und häng dich weg.

Ich ließ eine Weile den Individualverkehr an mir vorbeirollen. Hin und wieder huschten, schlichen oder schritten Passanten an mir vorbei und verschwanden im Gerichtsgebäude. Beschuldigte oder Kläger, Juristen oder solche, die Paragrafen für ein Adelsgeschlecht hielten.

Auf dem Weg zum U-Bahnhof Turmstraße verzog sich allmählich der Dunst aus meinem Kopf, die Folge von Neuberts Nebelkerzen. Der Anruf von Wilkens, das Herbeizitieren ins Stadthaus, die Zwangsfahrt in der Dienstkarosse, die Gardinenpredigt vor der Drohkulisse des Kriminalgerichts – eine Inszenierung, die dem einen Zweck diente, mich in mein Mauseloch zurückzuscheuchen.

Dabei hatte ich nur mit ihm ins Gespräch kommen wollen. Oder wenigstens mit seinen Leuten. Es war doch immer dasselbe, du kannst dir die Arroganz der Macht nicht maßlos genug vorstellen. Aber über diese Arroganz stolperten sie am Ende. Oder auch nicht.

Auf den Treppen zum U-Bahnhof bot ich einem Alki eine Münze an, er wollte »ne Mark«, ich hatte nur einen Euro.

»Wohin, Meister?«, erkundigte er sich höflich, nachdem er die Münze verstaut hatte.

»Nach Hause«, entschied ich mich in dieser Sekunde.

»Dann schönen Tag noch.«

»Danke, dürfte schwer werden«, sagte ich. Er nickte wissend.

21

Streit im Haus wäre untertrieben gewesen. Im dritten Stock lärmte eine männliche Stimme, die mir mittlerweile bekannt vorkam, unterbrochen von Protesten einer Frau, die ich bis vor Kurzem ebenfalls zu kennen glaubte.

Strehlow stand mit kalkbleichem Gesicht in seiner Wohnungstür und stierte besorgt nach oben. »Der junge Glindow. Besser, ich rufe die Polizei, was?«

»Ich bin die Polizei«, sagte ich. »Ich kümmer mich drum, Herr Strehlow.«

Er nickte erleichtert und verschwand in seiner Wohnung.

Ich schwang mich die Treppen hinauf und bekam nun Fetzen dessen mit, was Boris Glindow seiner Schwester auf gepflegte Weise mitzuteilen hatte. Und ihre keineswegs entspannten Antworten.

»Du hast genauso mitgemacht, Stella! Genau wie ich.«

»Ich habe *was*?!«

»Du hast den Alten genauso auf dem Gewissen wie ich. Ich hab dir gesagt, ich tu's. Du wusstest es.«

»Nichts, gar nichts wusste ich! Und jetzt verpiss dich, Boris. Ich will dich nicht mehr sehen!«

Ich erreichte die Etage. Beide starrten mich entgeistert an, in steifen Haltungen wie Stabpuppen. Boris A. Glindow zog seine Lefzen an, Himmel, dieses wild wuchernde, entzündete Zahnfleisch, in dem die Zähne hingen wie nasse gelbe Socken.

»Aah, da kommt er ja, dein Neandertaler!«, krächzte er so schrill, dass einem das Ohr blutete.

In diesem Moment holte Stella Glindow aus (und ich wusste, sie konnte ausholen) und klatschte ihm die flache Hand ins Gesicht. Seine linke Schläfe färbte sich – ich darf sagen: schlagartig – rot und erinnerte an britischen Wurstaufschnitt.

Seine Hand fuhr an die Schläfe.

»Das wirst du bereuen«, zischte er, warf auch mir noch einen freundlichen Blick zu und wieselte im nächsten Moment an mir vorbei, die Treppe hinunter.

Stella, die nichts als ein langes kariertes Hemd trug, das ihr bis zu den nackten weißen Oberschenkeln reichte, sackte langsam am Türpfosten zusammen, bis ihre weich gepolsterten weißen Knie den zuckenden Kopf überragten. Sie begann hemmungslos in ihre Hände zu schluchzen.

Gegenüber ging plötzlich die Tür auf, und eine am ganzen Leib schlackernde Helene Zeitler trat heraus. Ihrem weißen Gesicht nach schien sie dem Tod näher als dem Leben. Sie schlurfte auf die heulende Stella Glindow zu und legte ihr die Hände auf den Kopf, als wolle sie sie segnen. Oder vor Schlägen schützen.

»Es tut mit so leid, Stella. Ich … ich hab mich einfach nicht herausgetraut … Ich … Hätte ich die Polizei rufen sollen?«

Stella schüttelte heftig den Kopf.

»Es tut mir so leid für Sie, Stella«, wiederholte Helene.

Ich ging auf die zitternde alte Frau zu und sagte: »Kommen Sie, Helene, ich bring Sie zurück in die Wohnung. Nichts passiert.« Was natürlich offensichtlicher Blödsinn war.

»Nein, nein, das kann ich schon alleine, Eli«, wehrte sie ab. »Kümmern Sie sich um Stella, ja?«

Mit ein paar tröstenden Floskeln für Stella tippelte sie zurück in ihre Wohnung.

Von unten brandete auf einmal Strehlows Stimme herauf: »Alles in Ordnung da oben?«

»Hier oben schon«, rief ich zurück. »Und bei Ihnen unten? Ist er weg, der Glindow?«

»Ja, weg! Abgezischt wie ne Rakete«, schallte es zurück.

Ich hörte, wie unten Strehlows Tür wieder ins Schloss fiel, und ging vor Stella in die Hocke. Sie weinte nicht mehr, stemmte die Pulsflächen ihrer Arme gegen die Stirn. Ihr Gesicht war tränennass.

»Lass uns reingehen, Stella«, sagte ich und half ihr auf.

22

Die Wohnung roch noch feucht nach frischer Renovierung. Im dunklen Flur stapelten sich die vollen Umzugskartons (Fuhrmann), in der Küche lehnten sie bereits ausgepackt und zusammengefaltet an den Wänden. Stella ging voraus ins Schlafzimmer und pfefferte ihr Hemd auf das zwei mal zwei Meter große Bett. Ich sah ihr von der Tür aus zu. Sie war nackt, und sie war traurig. Und sie war schön in dieser nackten Traurigkeit.

Sie schluchzte an mir vorbei zum Bad. Sie winkte nachlässig mit einer Hand in Richtung Wohnzimmer und verschwand hinter der Tür. Gleich darauf hörte ich das Rauschen der Dusche. Wasser zu Wasser.

Die Möbel und Sachen des alten Glindow waren anscheinend vollständig entsorgt worden. Im Wohnzimmer stapelten sich rechts die Kisten und Kartons, am Fenster hinten stand ihr gutes Stück, ein himbeerroter Mac, zwischen Papier- und Zeitschriftenstapeln auf einer tischtennisgroßen weißen Schleiflackplatte.

Links ein modernes, kirschrotes Sofa in Form einer Keule. Darüber hing das einzige Bild, das ich bisher in der Wohnung hatte ausmachen können, ein neunzig mal hundertfünfzig großer Farbenschrei, der aus Andy Warhols Kopf herausschoss wie eine Fontäne. Ich sammelte die Wäschestücke ein, die sich auf dem Sofa befanden, und stapelte sie am schmalen Ende der Keule, um mich daneben zu platzen.

Stella kam bald darauf mit feuchten Haaren aus dem Bad, zog sich im Schlafzimmer an, Jeans und eine weiße Bluse über einem schwarzen BH, und kniete sich wie eine Judoka zu mir aufs Sofa, ein zwei Hände breiter Abstand lag zwischen uns.

»Ich denke, ich muss dir was erklären«, sagte sie ernst, aber wieder gefasst.

»Musst du nicht«, sagte ich.

Sie nahm's als die Floskel, die es war.

Sie sagte: »Einige Tage, bevor unser Vater starb, kam ein Brief von ihm. Nach anderthalb Jahrzehnten, in denen er sich nicht gemeldet hatte.«

»Bist du sicher, dass du mir das erzählen willst, Stella?«

»Ja.« Sie sah mich an, ihre Augen waren schlammbraun und schimmerten wie Moortümpel. »Er schrieb, unser Vater, dass es mit ihm zu Ende ginge und dass er beschlossen hätte, selbst Hand an sich zu legen.« Sie drückte eine Handfläche gegen die Stirn und schüttelte den Kopf. »Hand an sich legen! Der Schwulst passte zu ihm. Ich weiß nicht, wie oft in seinem Leben er Hand an *mich* gelegt hat. Oder an Boris!«

»Hat er euch … misshandelt? Missbraucht?«

Sie schüttelte abwehrend den Kopf und ließ damit ausreichend Raum für Deutungen. »Er schrieb, er werde als letzten Akt seines Geschäftslebens den Rest seines verbliebenen Vermögens, etwa hundertfünfzigtausend, an eine Kunststiftung vermachen. – Eine Kunststiftung! Boris rastete schier aus. Und schwor, er werde den Alten drankriegen, bevor er das Testament geändert habe.«

Ich dachte an Helene Zeitler, der Glindow senior verraten hatte, dass er sich mit Tabletten umbringen wollte. Doch gefunden wurde er in der Badewanne, mit aufgeschnittenen Pulsadern. Tabletten hatte er nicht genommen.

»Ich hielt das für leeres Geschwätz von Boris«, fuhr Stella fort. »Bloß im Zorn ausgekotzt.« Sie fing meinen Blick ein. »Kurz darauf war Vater tot. Und die Kunststiftung hat wirklich auf den letzten Metern noch Vaters Spende bekommen. Dachte ich wenigstens. Und dass Boris deshalb mit Vaters Tod eben doch nichts zu tun hatte. Seltsam war nur, dass Seibold, der Notar, der Vaters Angelegenheiten verwaltet, seinen ›letzten Willen‹ …, also dass Seibold behauptete, Vater hätte die Stiftung schon *vor fünf Jahren* mit der Spende beglückt. Juristisch sei alles längst über die Bühne gegangen. Das Schwein! Vater hatte uns vor seinem Tod also nur ein letztes Mal demütigen wollen.«

Sie sah an mir vorbei aus dem Fenster. Lange. »Bisher«, sagte sie schließlich, indem sie ihren Blick ins Zimmer zurückholte, »hatte ich immer Angst um Boris, meinen ewigen kleinen Bruder, verstehst du. Aber jetzt – habe ich Angst vor ihm. Das erste Mal in meinem Leben.«

Sie stand auf und ging in die Küche.

Ich blieb sitzen und dachte darüber nach. Ziemlich schnell aber schob sich meine unfreiwillige Dienstfahrt von heute früh wieder ins Gedächtnis.

Ich rief Kersten an.

23

Und berichtete ihr meine noch frische Begegnung mit Neubert.

»Scheiße. Sorry, Eli, dass ich dich da reingeritten habe.«

»Das habe ich schon selbst getan. Aber du kannst mir helfen, Anja. Ganz konkret. Ich will diesen Täter haben, verstehst du.« Jetzt erst recht.

Sie ließ einige Sekunden verstreichen. Dann sagte sie: »Du bist raus aus den Fällen, Eli. Offiziell kann ich nichts für dich tun.« Ich hörte sie schlucken. »Aber unter der Decke habe ich Spielräume. Was hast du vor?«

»Ich brauche sensible Daten. An die ich über die Villa nicht herankomme.«

»*Was* für Daten?«

»Ich will wissen, wer als Soldat aus deutschen Einsatzgebieten zurückgekehrt ist und jetzt in Berlin lebt. Eventuell sogar Nähe Potsdamer Platz wohnt.«

»Geht's noch ein bisschen unpräziser, Herr Doktor?«

»Wir suchen nach einem Veteranen, der sich nach seinem Einsatz, sagen wir im letzten halben Jahr, in irgendeiner Weise auffällig verhalten hat. Als Zivilist in Berlin oder auch schon während des Einsatzes. Disziplinverstöße, kleine Gaunereien, Diebstahl unter Kameraden, aggressive Ausfälle, Neurosen der gequälten Soldatenseele. Am eindeutigsten wären übrigens Therapieempfehlungen durch die behandelnden Truppenärzte oder Feldtherapeuten. Falls die so heißen.«

»Das sind absolut geschützte Daten, Eli, vergiss es.«

»War nur eine Idee.«

Sie seufzte. »Wie hast du das jetzt geschafft, sag mal?«

»Was?«

»Mich dazu zu kriegen? Wird jedenfalls nicht leicht, an die Daten ranzukommen. Finde dich schon jetzt damit ab, dass ich dir keine Quellen nennen werde. Wenn ich dir überhaupt was sagen kann.« Ich hörte, wie sie einen Schlusspunkt mit dem Kugelschreiber machte. »Ich melde mich, Eli. Aber versprich dir nicht zu viel.«

Sie klickte mich weg.

Ich überlegte, welche Chancen wir hatten. Bevor der Täter wieder mordete. Irgendwo in der Stadt. Wenn es der war, den ich im Kopf hatte.

In der Küche hörte ich die Maschine röcheln, und jetzt wehte auch Kaffeeduft herüber. Ich stand auf und ging langsam hinüber zu Stella.

Wir machten es gleich im Stehen.

24

Stell dir vor, du wirst entlassen. Oder verlassen. Oder dein Haus wird verkauft. – Und du erfährst all das aus der Zeitung, aus dem Netz, aus der Gerüchteküche, von deinem intimsten Feind. Du kommst dir vor wie das Publikum in deinem eigenen Film.

So fühlte ich mich in den folgenden Tagen nach dem Mord an Jakob Avinoam am 15. Juni. Alles, was ich bekam, waren Nachrichten aus zweiter Hand. Panck, der inzwischen fest zu Neuberts Inner Circle gehörte, gefiel sich in der Villa als schwarzes Loch für Informationen. Ich weiß etwas, das du nicht weißt!

Anja Kersten hüllte sich ebenfalls in Schweigen. Es machte mich *krank* zu warten, aber ich rief nicht an, wenn sie etwas für mich hatte, würde sie sich melden.

Der Mord an Jakob Avinoam spülte verständlicherweise sämtliche anderen Topnachrichten in die unteren oder hinteren Regionen der Medien. Nach dem Messeranschlag gegen Lena Jancker keine Woche vorher hatte der islamistische Terror in der Hauptstadt laut Neubert eine neue Dimension erreicht. Wie gut, dass die Stadt einen wie ihn hatte, um Schlimmeres zu verhüten.

Ich erfuhr vom Stand der Ermittlungen so viel oder wenig wie mein Nachbar Strehlow, der mich fragte, was ich davon hielte. Oder Helene Zeitler, die wissen wollte, ob es sich wirklich um »freie Radikale« handle und ob nicht eher »die Faschisten« infrage kämen. Stella fragte mich gar nicht erst. Wenn wir miteinander schliefen. Und wir taten nicht viel anderes zusammen.

Ich war zum Zaungast geworden. Und mein Bild vom Täter krankte noch immer an einem Widerspruch. Warum suchte ein wie auch immer Traumatisierter inzwischen gezielt in der ganzen Stadt Situationen auf, die ihn in Panik versetzen mussten? Die hochgradiges Risiko und Gefahr bedeuteten? Stand er wirklich unter einem Wiederholungszwang? Oder war es die Lust an der Angst (die wir verspielt aus jedem Hitchcock von uns selber kennen)? Waren Drogen im Spiel? War er auf der Suche nach dem ultimativen Kick? Ein Mensch voller dunkler Energie. Was überhaupt wusste ich von ihm?

Ich grub mich durch einen weiteren Stapel Fachliteratur über posttraumatische Störungen. Aber ich fand keinen einzigen Fall mit einem Täter, der meinem Suchbild glich.

25

Es war, glaube ich, am Mittwoch – richtig, Mittwoch, 18. Juni, als Manuela mich nachmittags in der Villa mit krächzender Stimme anrief und bat, ich möchte Dylan von der Schule abholen.

»Ich fühl mich krank heute, bitte nimm du ihn, ja?«

Ich fuhr zur ›Hermann Hesse‹ und nahm ihn mit zu mir nach Hause.

»Schlagenhaufen«, sagte er, als wir ankamen. »Schlagenhaufen.«

Ich dachte (wie er?) an die Auseinandersetzung mit Boris Glindow am Tag von Stellas Umzug. »Hast recht, mein Großer. Ich muss auch immer wieder dran denken.«

Am Abend schickte Helene Zeitler, die uns aus dem Fenster ihrer Wohnung hatte kommen sehen, Jonas, ihren neuen Freund und Helfer, zu uns herunter und lud uns zu einer Riesenschüssel Maultaschen und buntem Salat bei sich ein. Jonas, der die kleine Köstlichkeit gezaubert hatte, war Schwabe und Student der Ernährungswissenschaft. Er sah wild und viril aus wie der junge Campino, eine tote Hose war er aber mit Sicherheit nicht.

Helene hatte ihm gesteckt, dass ich außer dem Aufwärmen von TK-Gerichten nicht viel auf der Pfanne hätte, was ihn während des Essens dazu ermutigte, mir das Rezept in allen Details seiner Herstellung zu erläutern. Helene veranlasste das später, nachdem er in seinen verdienten Feierabend gegangen war, zu der Bemerkung, Jonas sei »selbst eine fleischgewordene Maultasche.« Sie blitzte mich schalkhaft an: »Haben Sie seine Oberarme gesehen, Eli? In seiner Freizeit schwimmt er. Immer die Havel rauf und runter. Rauf und runter, rauf und runter.«

Ich nickte anerkennend. Und konnte mir lebhaft vorstellen, dass es viele Frauen gab, die gern die Havel wären, wenn Jonas Campino darin schwamm, rauf und runter, rauf und runter.

Kurz darauf klingelte Stella an der Wohnungstür. Helene ging mit Dylan ins Berliner Zimmer, um im Radio den ›Ohrenbär‹ zu hören, der mit seinen Geschichten die Hauptstadtkinder ins Bett bringt. Und gar nicht so selten, hört man, auch Erwachsene, die ihn schon seit Kindertagen kennen. Dylan oder Helene oder beide entschieden anschließend, dass Dylan bei Helene übernachten dürfe. Ich wurde also von Helene hinunter in meine Wohnung geschickt, um Dylans Sachen für die Nacht zu holen und anschließend zusammen mit Stella aus der Wohnung komplementiert.

»Wahrscheinlich trägt sie ihm wieder Jandl-Gedichte vor«, sagte ich, während ich mit Stella im Flur unschlüssig vor ihrer Wohnung herumstand.

»Wie sind die?«

»Laut und Luise.«

»Was?«

»Laut und Luise. So heißt eins. Ein Gedicht von Jandl.«

Sie lächelte. »Das ist schön.« Und blickte lüstern. »Laut und Stella. Was hältst du davon?«, fragte sie. »Zum Anheizen hätte ich Rotwein anzubieten.«

Es war ja nicht weit bis zu ihrer Wohnung. Und auch später nicht, vom Wohnzimmer, dessen Kartonstapel sich lichteten, hinüber in die Weiten ihres Betts. Wir brauchten auch nicht lange, bis wir kamen, der Orgasmus saß uns direkt unter der Haut.

Am nächsten Morgen schlich ich früh um sechs in meine Wohnung hinunter, Dylan musste um acht in der Schule sein. Ich schlappte durch den Flur und stieß die halb offene Tür zum Berliner Zimmer auf. Der Raum war angefüllt mit einem geisterhaften grauen Licht, ein ekelhaft süßlicher Geruch hing in der Luft.

Er lag mit dem Kopf vor dem aufgeklappten Laptop auf meiner Schreibtischplatte, als hätte er die ganze Nacht dort gearbeitet und sei schließlich vor Erschöpfung eingeschlafen.

Auf dem alten abgeschabten Parkettboden am Schreibtisch hatte sich eine zäh gewordene, mattrot schimmernde Flüssigkeit gesammelt, Blut, das erstarrt war wie ein erkalteter Lavastrom. Das Blut hatte den Schreibtisch besudelt, den Laptop selbstverständlich, die Wand dahinter mit der Reproduktion des Oluf Høst-Gemäldes, Blutspuren in einem Halbkreis von vier bis fünf Metern.

Ich bückte mich mit zitternden Knien und betrachtete aus gebührender Entfernung die Leiche von der Seite. Ein riesiger, zweiter, blutroter Mund am Hals. Jemand hatte Boris Glindow die Kehle durchgeschnitten.

26

In meiner Erinnerung zerspringt der Tag, an dem ich Boris Glindow ermordet in meiner Wohnung fand, in zigtausend Splitter. Ein Tag, der einem später, wenn man versucht, ihn einzuordnen, klarmacht, dass die Zeit nicht linear verläuft, nicht linear verlaufen kann, weil alles gleichzeitig stattzufinden scheint oder bestimmte Szenen sich immerzu wiederholen.

Ich informierte zuerst Helene, von der ich wusste, dass sie immer schon um fünf Uhr morgens aufstand. Sie schien wenig überrascht von Boris Glindows Schicksal, kümmerte sich um Dylan, machte Frühstück für ihn und rief ein Taxi, das ihn zur Schule fuhr. Ich kann heute nicht mehr sagen, ob ich mich im Treppenhaus noch von ihm verabschiedete oder nicht.

Mittlerweile waren die örtlichen Kollegen von der Kripo Tiergarten, die Spurensicherung, der Forensiker, kurz gesagt, alle nötigen und vielleicht auch unnötigen Fachleute im Haus.

Stella befand sich mit einer Psychologin in ihrer Wohnung. Ich hatte sie nicht daran hindern können, ihren toten Bruder zu sehen. »Besser, du nimmst später Abschied von ihm, Stella. Jetzt nicht, um Himmels willen!«, hatte ich sie gewarnt. Später, das hieß nach der Obduktion, wenn auch die Bestatter ihr Werk getan hatten, sodass Boris Glindow nicht mehr wie ein abgeschlachtetes Tier aussah. Aber sie hatte ihn sehen wollen, sofort, noch bevor die Polizei gekommen war. Seitdem war sie wie versteinert, gespenstisch weiß im Gesicht und eiskalt an den Händen, als wäre sie selbst gestorben.

Die polizeiliche Untersuchung leitete nicht KHK Kersten, sondern Kabus, schon in den Sechzigern, die Statur einer Litfaßsäule, dessen ungarischstämmige Frau vor einigen Jahren buchstäblich aus allen Wolken gefallen war. Sie hatte sich vom Balkon der gemeinsamen Wohnung im Märkischen Viertel gestürzt. Sie war als Ärztin beim Gesundheitsamt tätig gewesen. Eines Tages stand das ›Baise-moi‹ auf ihrer Checkliste für Kontrollbesuche, ein Haus für Kunden mit gehobenem Bedarf, was Rollenspiele und den Einsatz diverser Hilfsmittel für SM-Praktiken betraf.

»Kabus, Kabus?« Eine der Prostituierten stellte amüsiert fest, dass sie denselben Sexpartner hatten, sie, die Hure, und die Ärztin vom Gesundheitsamt. Auf der Feier zu Kurys Sechzigstem, zu der Kabus ebenfalls eingeladen war, hatte er sich zwei Stunden lang mit Selbstvorwürfen gegeißelt und an meiner Schulter ein paar Krokodilstränen geweint.

»Eli«, nickte er mir jetzt zu, seine Tränensäcke hingen mittlerweile in Höhe der Nasenlöcher.

Ich war mir nicht sicher, ob ich erleichtert sein sollte, ihn hier zu sehen.

Assistiert wurde Kabus von einer übermüdet wirkenden Kollegin Ende dreißig, die Brandl hieß und einen hart rollenden alpenländischen Zungenschlag pflegte. Sie sah kaum gesünder aus als Boris Glindow auf meinem Schreibtischstuhl. Kabus gab mir zu verstehen, dass KHK Brandl nach sieben Jahren künstlicher Befruchtung endlich Zwillinge bekommen habe, die jetzt zwei Jahre alt seien und die Nacht zum Tag machten.

Kabus interviewte mich draußen im Einsatzwagen, die Kollegin hatte Stella in ihrer Wohnung befragt. Sie tauschten sich kurz aus, Brandl und er, dann fühlten sie mir gemeinsam auf den Zahn.

»Deine … Freundin sagt aus, ihr hättet die Nacht zusammen in ihrer Wohnung verbracht«, begann Kabus.

Ich nickte. Obwohl ich ihm nicht gesagt hatte, dass Stella Glindow meine Freundin sei. Auf seine dahinter lauernde Frage erklärte ich, ich hätte die Wohnung am Vorabend wie üblich nur zugezogen, als ich zu Helene hinaufgegangen sei.

»Nicht abgeschlossen, nein?«, hakte die Kollegin nach.

»Ich hatte vorgehabt, mit Dylan wie üblich in meiner Wohnung zu schlafen.« Ich erklärte ihnen, wieso es anders gekommen war. »Außerdem, in all den Jahren, die ich hier wohne, hat es im Haus keinen einzigen Einbruch gegeben.«

»Der ehrliche Kiez, verstehe«, spottete Brandl.

»An Boris Glindow als Einbrecher hätte ich jedenfalls nicht gedacht.« Seit Stella ihn vor die Tür gesetzt hatte, hatte er sich nicht mehr blicken lassen, damit war für mich der Fall erledigt gewesen.

»Vorhin hast du mir gesagt, ihr hättet Streit gehabt, du und Glindow«, sagte Kabus.

»Ja, aber die Sache war längst beigelegt. Von meiner Seite aus.«

»Von seiner Seite aus anscheinend nicht. Wusste er, dass Sie nicht in Ihrer Wohnung waren?«

»Sagen wir, er konnte es leicht feststellen.«

»Du bist dir wirklich sicher, dass du nichts vermisst, nein? Wertsachen? Scheckkarten und so weiter?«

Das hatte er mich schon einmal gefragt. Es fehlte nichts. Ich hatte nachgesehen, noch bevor sie aufgetaucht waren. Bargeld in nennenswertem Maße besaß ich eh nicht. Meine EC-Karte klemmte brav im Portemonnaie, das sich nach wie vor in meiner Ledertasche im Flur befand. Auch die Kreditkarte lag unangetastet im Fach mit den Steuersachen, wo sie zwar nicht hingehörte, aber sie hatte sich dran gewöhnt.

Kabus' Leute hatten die Leiche inzwischen äußerlich untersucht, aber weder Bargeld noch sonst etwas aus meinem wertlosen Besitz gefunden.

»Das Opfer hatte also leichtes Spiel, in Ihre Wohnung einzudringen, Chipkarte genügte«, stellte Brandl fest. »Aber wenn Sie nichts vermissen, was zum Teufel wollte er bei Ihnen? Haben Sie irgendetwas verändert vorgefunden in der Wohnung?«

»Mein Laptop war aufgeklappt. Ich bin sicher, dass ich ihn geschlossen hatte. Vielleicht hat Boris Glindow darin etwas gesucht. Oder sein Mörder, falls es nicht sogar mehrere waren.«

Brandl runzelte kritisch die Stirn. »*Wonach* denn könnte er in Ihrem PC gesucht haben? Warum wurde er dann nicht mitgenommen? Hehlerware. Wäre doch viel einfacher gewesen. Und vor allem gewinnbringender.«

»Vielleicht täusche ich mich auch«, sagte ich. »Möglich, dass nicht etwas darin gesucht wurde, sondern der Laptop sollte manipuliert werden.«

»Wozu das?«, knurrte Kabus.

»Um mir zu schaden«, sagte ich. »Vielleicht hat er versucht, mir irgendeinen verbotenen Schweinkram auf die Festplatte zu laden. Um dann der Sitte einen Hinweis zu geben, was weiß ich.«

Kabus warf sich plötzlich auf wie ein Walrossbulle, der

einen Rivalen sichtet, und fuhr mich hart an: »Okay. Aber warum wird er dann an Ort und Stelle abgeschlachtet?«

»Und von wem? Wenn Sie es nicht waren«, schob Brandl nach.

Wir tauschten ein paar durchwachsene Blicke. Dann bat ich Kabus: »Kannst du bitte meine Dienststelle verständigen, Kollege? Dass ich vorerst nicht komme. Und sie mich ja in Ruhe lassen sollen?«

»Sicher.«

Kurz darauf teilte er mir mit, dass man mich gebührend bedaure und Panck mich für den Rest der Woche vom Dienst befreit habe.

»Halleluja«, sagte ich matt.

27

Meine Wohnung wurde zwei Tage nach Beginn der Tatortarbeiten, also zum Sonnabend, wieder freigegeben. Wenigstens hatte das Cleaner-Team schnell und effizient gearbeitet, nur ein Geruch wie Fischmarkt hing noch im Raum. Mir war sowieso nicht danach, es mir am Schauplatz des Mordes schnell wieder gemütlich zu machen. Wenn es mir denn je gelingen sollte.

Die nächsten Tage und Nächte verbrachte ich in Stellas Wohnung. Ihr Wunsch. Und meiner. Von dort kommunizierte ich mit der Außenwelt, denn Kollegialität hin oder her, mein Smartphone ebenso wie mein Laptop waren vorsorglich zur Beweissicherung konfisziert worden.

»Du kennst das Spiel, Eli«, hatte Kabus schulterzuckend erklärt. Und doch wurde mir flau im Magen, als er es mir mitteilte. Ich konnte von Glück sagen, wenn die Staatsanwaltschaft mir keinen Mordprozess an den Hals hängte.

Hilfreich war, dass der Fall in der Presse keine allzu hohen Wellen schlug. Ein toter Junkie, vermutlich von seinen Mittätern während eines Bruchs ermordet, war nicht gerade ein Blickfang im Nachrichtenmeer. Und mein geisterhafter Auftritt in der Presse vor Kurzem war längst glücklich verblasst. Die Politik ist eine leichte Dirne. Die Presse auch.

Nur Manuela fiel es schwer, die Tatsache zu verdauen, dass in *meiner* Wohnung gemordet worden war. Während Dylan eine Etage darüber geschlafen hatte, wie ich ihr dann gestand. Ich tat, offen gesagt, so, als hätte ich väterlich treu neben ihm in Helenes Wohnung die Nacht verbracht, damit es irgendwie beruhigender für sie klang.

»Was, wenn ihr in deiner Wohnung übernachtet hättet?«, stand ihr die Panik im Gesicht.

»Dann hätten Boris Glindow und Mittäter gar nicht erst versucht, bei mir einzubrechen. Glindow muss rausgekriegt haben, dass keiner in der Wohnung war.«

»Dylan wird nicht mehr bei dir übernachten, Eli!«, beschloss sie.

»Vorerst geht das auch gar nicht. Aber Glindow ist tot, Manu. Und Dylan hat von alldem nichts mitbekommen!«

Nicht direkt zumindest.

28

Noch am Donnerstagnachmittag erwischte ich Anja Kersten am Telefon. Sie war voll informiert.

»Hab schon mit Kabus gesprochen«, sagte sie hastig. »Und mit Brandl.«

»Und, was denkst du, wie sehen sie den Fall?«

»Rätselhaft natürlich. Ist er ja auch. Aber cool down, die Ermittlungen laufen nur pro forma gegen dich. Auch von der Staatsanwaltschaft aus. Ein bisschen Streit im Hof zwischen dir und dem Opfer, das ist einfach kein Mordmotiv, das man dir anhängen könnte. Du bist immerhin Kollege, es würde die ganze Innung verstören, wenn du verstehst, was ich meine.«

Und ob ich verstand. Dass Krähen anderen Krähen kein Auge aushackten, kam endlich mal mir selbst zugute.

»Aber was ist da bei dir passiert, Eli?«, fragte sie mit Alarm in der Stimme.

»Sag du's mir, Anja.«

»Ein Toter in deiner Wohnung! Mensch, die Sache stinkt doch zum Himmel!«

»Tut sie. Aber ich versteh sie nicht.«

»Verdammt.« Ihre Verwirrung spiegelte meine eigene.

»Im Moment weiß ich gar nichts, Anja. Aber vielleicht sollten wir die Sache auch nicht falsch bewerten. Nicht auf mich beziehen. Junkies handeln selten rational. Mit dem Hirn voll Koks und Speed in den Adern sind sie unberechenbar.«

»Ich weiß, ich weiß«, sagte sie nachdenklich. »Trotzdem.«

Zur Wahrheit gehört, dass der Mordfall in meiner eigenen Wohnung mir eine Heidenangst einjagte. Ebenso wie

Manuela stellte ich mir vor, was geschehen wäre, wenn ich zusammen mit Dylan dort geschlafen hätte. Hätten dann wir beide statt Boris Glindow in unserem Blut gebadet? Und was, wenn der oder die Mörder von Boris eben doch zurückkamen? Andererseits, welchen Grund sollte es dafür geben, jetzt, wo Boris tot war und jeder Idiot, der dabei war, gesehen haben musste, dass es bei mir keine Reichtümer zu holen gab?

Ich musste wieder mal Helene Zeitlers Weitsicht anerkennen, die vom ersten Moment an ein schluchtentiefes Misstrauen gegen Boris Glindow gehabt und ihm buchstäblich alles zugetraut hatte. Und am Ende hatte er sich auch noch die falschen Kumpel für seinen Einbruch ausgesucht. Dass seine Ermordung in irgendeiner Weise mit der Mordserie in der Stadt zusammenhängen könnte, diesen Gedanken verbot ich mir. Soweit es ging. Ich hätte auch keine Erklärung dafür gehabt. Nicht im Ansatz.

»Was ist mit unseren Recherchen, Anja?«, wechselte ich abrupt das Thema.

Sie seufzte und ließ ein wenig Luft ab. »Ich bin dran, Eli. Aber die Quelle ist heikel. Wie erwartet. Gib mir noch etwas Zeit. Ich melde mich bald. Versprochen.« Sie wollte wohl schon auflegen, als sie auf einmal nachschob: »Ach, und Eli, gib der Katze endlich was zu fressen, ja.«

»Welcher Katze?«

Ich hatte von Stellas Küche aus telefoniert.

Aus dem Schlafzimmer brandete immer wieder ihre Totenklage herüber.

Es klang wie die hohen, lang gezogenen Laute einer hungernden Katze.

29

Drei Tage später, Sonntag, den 22. Juni, rief Anja Kersten wieder an.

Ich war noch nicht lange von einem ausgedehnten Spaziergang mit Dylan und Manuela im Schlosspark Charlottenburg zurückgekehrt. Dylan hatte mit der Fußspitze in alle Maulwurfhaufen, die ihm im Weg waren, getreten und kommentierte: »Der Fuß ist in den Dreck gestiegen.«

Er war wie immer.

»Hilmar Weber heißt unser Kandidat Nummer eins«, sagte Anja. »Hinweis durch eine ambulante Psychiaterin. Der Mann war bis vor Kurzem als Uffz oder Stuffz oder irgendwas im Auslandseinsatz. Es kam gar nicht erst zu einer Behandlung bei der Ärztin, weil der Typ schon im Wartezimmer ausgerastet ist und Rabatz gemacht hat. Sie hat die Polizei gerufen.«

»Lass mich raten: Der Einsatz lief über Kury?«

Sie lachte verhalten. Wusste ich's doch.

»Seitdem terrorisiert der Idiot die Praxis. Hausverbot, Anzeige wegen Nötigung, alles zwecklos, er ignoriert das. Frau Doktor will ihn natürlich so schnell wie möglich vom Hals haben, aber nicht offiziell diejenige sein, die ihn uns ans Messer liefert. Nicht, bevor er definitiv einsitzt und die nächsten zwanzig Jahre drinbleibt. Oder so.«

»Ist er vorher schon auffällig geworden? Im Einsatz, meine ich?«

»Davon kannst du ausgehen. Ich hab die Spur zurückverfolgt. Bis zu der Ärztin, die ihn bei der Truppe behandelt hatte und von der er auch die Adresse ihrer Kollegin in Tiergarten bekommen hat. Die Damen kennen sich von früher her.«

»Das nennt man dann wohl ein Danaer-Geschenk«, sagte ich. »Was hast du noch?«

»Nicht viel. Da ist der MAD und im Grunde das ganze Verteidigungsministerium vor.«

»War zu erwarten.«

»Aber! Besagte geplagte BAT-Ärztin …«

»BAT?«

»Bewegliche-Arzt-Truppe. Also, die geplagte Bundeswehr-Ärztin, die schon den randalierenden Veteranen zu ihrer Kollegin geschickt hat, sie ist eigentlich ganz zugänglich. Hab mich mit ihr getroffen und ich glaube … na ja, ich denke, die mag mich und …« Sie zögerte. »Mir gefällt sie auch.«

»Hm, schön!« Ich war überrascht.

»Julia heißt sie. Behalte das für dich. Und das andere auch. Julia jedenfalls, sie macht sich Sorgen wegen zwei weiterer Kandidaten, deren verstörte Ehefrauen sich einigermaßen panisch an sie gewandt haben. Ihre Männer hätten sich ›verändert‹.« Ich hörte die Anführungszeichen geradezu heraus. »Monsterhaft verändert, wie sich eine von ihnen ausgedrückt hat. Die Frauen haben Angst, dass ihnen oder ihren Kindern was passiert. Aber die Männer weigern sich, zum Psychiater zu gehen, sie seien doch keine Irren et cetera.«

»Okay. Aber was heißt das jetzt für uns? Wie geht's weiter?«, drängelte ich.

»Also, um's kurz zu machen, die Julia, also die …«

»Schon klar.«

»Sie kann zwar keine Namen verraten. Aber sie will den Frauen vorschlagen, sich an *dich* zu wenden, um eventuell Schlimmeres zu verhüten. Damit du Bescheid weißt, ich habe ihr gesagt, dass Gewaltprävention zu den Aufgaben der Villa gehört!«

»Schon, ja.« Wenngleich es nicht gerade zu *meinem* Job in der Villa gehörte.

»Den Frauen ist mittlerweile alles recht, wie's scheint. Hauptsache, sie kriegen ihre Gatten wieder zurück ins Glied. – Oder auch«, sie senkte die Stimme, »sie kriegen das Glied ihres Gatten zurück. Denn damit stimmt's auch nicht mehr.«

Möglicherweise bekam eine von ihnen weder Glied noch den ganzen Gatten zurück, wenn er nämlich *unser Mann* war.

»Mehr kann ich vorerst nicht für dich tun, Eli.«

»Ist immerhin ein Anfang.«

Zum Beispiel der Anfang eines Schneeballeffekts. Es war mehr, als ich erwartet hatte.

»Nummer eins«, fügte sie noch hinzu, »dieser Hilmar Weber, er passt auch vom Wohnort her, wohnt in der Potsdamer 65.«

Ich klappte Stellas himbeerroten Mac auf und googelte die Adresse. Sie lag Luftlinie keine fünfhundert Meter vom Potsdamer Platz entfernt. Und beinahe ebenso nahe am Magdeburger Park. In dem Kossygin mit Deniz Bauer Schach gespielt hatte. Er passte voll ins Profil.

Mein Herz begann plötzlich zu rasen. »Wie sieht's mit Unterstützung eurerseits aus?«

»Erst wenn wir was Konkretes haben. Deinetwegen will sich momentan keiner die Flosse verbrennen«, setzte sie trocken hinzu.

»Und subkutan?«

»Du hast *mich*!«

»Dir ist bewusst, wenn er unser Mann ist …«

»Dann ist er gefährlich wie ein Krokodil nach der Fastenzeit, ja.«

»Was schlägst du vor?«

»Wir beobachten ihn mal ne Weile. Das heißt, *ich* mach das. Ich will sehen, was er so treibt.«

»Kannst du dir das leisten, Anja? Intern?«

»Ach, intern treten wir doch eh auf der Stelle, was die Kino- und die Busattacke angeht. Die privaten Hintergründe von Britta und Kossygin geben nicht das Geringste her. Deine Theorie, dass die Fälle zusammengehören – mindestens diese beiden – und dass wir nach einem Soziopathen suchen müssen, steht inzwischen als Einzige noch in der Landschaft.«

»Ja, wie ne Brücke ohne Anschluss«, sagte ich.

»Ich habe mit Hollmann gesprochen. Er gibt zwar offiziell kein grünes Licht für die Kooperation mit dir. Aber auch kein rotes!«

»Wieso das auf einmal?«

»Gar nicht auf einmal. Er sagt – unter uns jetzt! –, er sagt, er traut dem Sander nicht. Aber entscheidend ist, dass wir einfach nicht vorankommen. Und das könnte auch für ihn peinlich werden, wenn bald offiziell wieder nach den Ergebnissen unserer Ermittlungen gefragt wird.«

Ihr Plan sah vor, dass sie am nächsten Vormittag schon, früh ab sieben, Hilmar Webers Wohnung beobachten wollte. Mich würde sie informieren, sobald sich etwas Neues ergab.

»Meine provisorische Nummer bei meiner … meiner Nachbarin kennst du. Ich habe momentan kein Handy«, klärte ich sie auf. »Kabus hat sich meins ausgeliehen, du weißt schon.«

»Herrje, dann kauf dir ganz schnell ein neues, Eli! Und gib mir die Nummer, sobald du es hast.«

30

Am Montagmorgen kurz nach neun war ich Besitzer eines Prepaidhandys, das ich in einer Art Teleramschladen am Kaiser-Wilhelm-Platz gekauft hatte. Ich probierte es gleich aus.

»Nichts. Schläft wohl noch seinen Rausch aus«, antwortete Anja Kersten auf meine Frage. »Ich ruf dich zurück.«

Ich fuhr zur Villa. Das erste Mal seit dem Mord an Boris Glindow in der letzten Woche. Meine Beurlaubung war zu Ende, doch Rosemarie war dennoch verwundert, mich zu sehen. Ihre lange Nase weit voraus, bewegte sich ihr hermetisch geschminktes Gesicht wie ein Scanner auf und nieder, auf der Suche nach Teilen, die womöglich an mir fehlten. Dann drückte sie mir mitfühlend die Hand und raunte: »Wirklich schlimm. Unfassbar so etwas. Tut mir leid für dich.« Vielleicht dachte sie, der Ermordete sei ein naher Verwandter von mir gewesen.

Ich ging allen Kollegen aus dem Weg und flüchtete zu Sandra. Sie fragte nur sehr vorsichtig (oder oberflächlich) nach dem Glindow-Mord, was mir sehr recht war, und wollte dann Konferenzdinge mit mir besprechen. Doch sie war auch dort nicht bei der Sache. Ebenso wenig wie ich.

Sandra dachte an Tobi, der inzwischen kaum noch sprach. Sein Vater hatte vor einer Woche seinen Besuch angekündigt, dann aber nichts von sich sehen oder auch nur hören lassen. Und seitdem war auch Tobi immer mehr verstummt.

»Das ist traurig«, sagte ich. »Tut mir leid für Tobi. Und für dich.«

Ich ließ Sandra in Ruhe und versuchte in meinem Zimmer etwas für Ordnung zu sorgen. Unterlagen wanderten lustlos von links nach rechts und wieder zurück, und in Wahrheit lauerte ich nur auf eine Nachricht, eine Wasserstandsmeldung von Anja Kersten.

Erst am späten Nachmittag kam sie.

»Vergiss es«, sagte sie. »Das ist nie und nimmer unser Mann.«

»Woher willst du das wissen?«

»Der Gute hat einen Tremor wie ein Alki im Endstadium, der schlackert beim Gehen, dass du denkst, seine Nierensteine müssten klappern. Außerdem hinkt er. Wirklich, der Mann ist ein Wrack, den hat der Krieg fertiggemacht, der kann mit nem Messer nicht mal mehr ne Orange schälen.«

»Scheiße.«

»Wie man's nimmt.«

»Und jetzt?«

»Eine der Veteranenfrauen, von denen ich dir erzählt habe, ruft dich bald an. Wahrscheinlich heute noch. Hab Julia, also der ... Ärztin, schon deine sämtlichen Nummern durchgegeben. Und Eli: Du informierst mich, ehe du was unternimmst! Ist das klar?«

Ich bekam den Anruf eine Stunde später, als ich mich gerade auf den Weg nach Hause machen wollte. Die Frau sächselte ein wenig und sagte, sie hätte meine Telefonnummer von Julia Bensemer bekommen, der ehemaligen BAT-Ärztin ihres Mannes. Er vertraue ihr und habe sich bereit erklärt, mit mir zu reden. Falls ich *tatsächlich* kein Psychiater sei. Sondern Spezialist für Gewaltprävention, wie Doktor Bensemer es darstelle.

»Kein Psychiater, nein.«

»Okay.« Am besten käme ich gleich vorbei. »Jetzt ist er noch zu Hause. Aber vielleicht nicht mehr lange, dann dreht er wieder seine Touren durch die Stadt.«

Hochdruckverhältnisse. So stellte ich mir das private Umfeld des Täters vor.

31

Familie Herzke wohnte im Vierwaldstätter Weg in Reinickendorf, einer kleinen Sackgasse, die an ihrem Ende beinahe in den kreisrunden, von Trauerweiden umstandenen Schäfersee stürzt.

Der Kiez war früher, vor dem Mauerfall, Piefkeland gewesen, kleinbürgerlich, kleingärtnerisch, kleinkalibrig (was die Gangster angeht). Heute wirkt die Gegend etwas angegrabbelt, die Chips für Arm und Reich werden in der Stadt neu verteilt, und es ist noch nicht abzusehen, ob dieser Teil der Stadt einen der Joker erhält.

Es war ein dunkler Aufgang in einem soliden Altbau, gut erhalten wie ein gepflegtes Paar Schuhe vom Großvater selig.

Nur eines störte. Der Geruch von Pisse, eine kleine Urinlache spiegelte sich in der Ecke neben den Briefkästen im gelblichen Licht, das durch die geriffelte Scheibe der Haustür sickerte.

Eine dünne Frau Ende zwanzig, mit blondem schulterlangem Haar und flackernden bernsteinfarbenen Augen öffnete mir die Wohnungstür im zweiten Stock. Janne Herzke lächelte wie Gwynneth Paltrows kleine unglückliche Schwester. An ihren Jeans klebte ein etwa vierjähriger Junge, der ein frisches, pflaumenfarbenes Hämatom unterm linken Auge trug. Sein Blick war erloschen, nicht erst seit gestern. Die Kinder trifft es immer am schlimmsten.

Ich nahm zwei tiefe Züge abgestandener Luft, als ich das mit grauweißen Stores verhängte Wohnzimmer betrat, und versuchte, meinen davonrasenden Puls wieder einzufangen. Arne Herzke saß auf der schwarzledernen Couch unter einem silbern gerahmten Clown mit einer gläsernen Träne in dem bunten Lachweingesicht. Mit der Linken hielt Herzke sich an einer Zigarette fest, in der Rechten balancierte er die Fernbedienung für den Flachbildschirm an der Wand gegenüber, der nicht ganz die Dimension einer Schrankwand erreichte. Ein Spielshow-Moderator mit Breitwandlächeln präsentierte soeben seine Porzellansammlung im Mund und breitete seine Arme aus wie der Papst. Herzke knipste ihn weg, plötzlich sah es aus, als hätte die Wand ein riesiges schwarzes Loch bekommen, durch das man direkt in den leeren Weltraum schaute.

Er nickte mir lauernd zu, als ich ihn begrüßte. Seine Frau schloss in meinem Rücken rasch die Tür. Wie zu einem Raubtierkäfig mit zwei Alphatieren, die jetzt die Hierarchie klären würden.

Herzke war ein großer Klotz von Anfang dreißig, in Jeans und einem Sweatshirt, das vorgab, er sei Member der University of California. Die streichholzkurzen Haare aufgestachelt, langes, etwas schief geschnittenes Gesicht, das von einem Dreizehntagebart gerahmt wurde. Am meisten aber beeindruckten seine müden, tief hängenden Lider, die kaum in der Lage schienen, die dichten, dunklen Vorhänge seiner Brauen hochzuhalten. Die ganze Erscheinung des Mannes sagte: Ich habe gekämpft, aber jetzt bin ich müde. Leckt mich alle mal.

Er rauchte, eine nach der anderen. Er trank Wodka aus einem breiten, schweren Glas. Seine Hand zitterte, sein

Gesicht war aschfahl, seine hellen Augen wirkten farblos und hatten sich wie scheue Tiere in ihre Höhlen zurückgezogen.

Nachdem anfangs mein Puls noch bis unters Schädeldach geschlagen hatte, beruhigte ich mich allmählich. Ich wies mich aus, aber er schaute nicht mal hin, ihm genügte die persönliche Empfehlung der Truppenärztin (die sie genau genommen nie gegeben hatte). Ich ließ ein paar schmerzfreie Bemerkungen über die Schwierigkeiten der Traumaverarbeitung nach Gewalterfahrungen fallen und fragte ihn nach seinen Erfahrungen als Soldat, der er bis vor einem Jahr noch war.

Er war der Typ Patient, der brav antwortet. Hundertprozentige Compliance, wie die Ärzte sagen, wenn wir folgsam ihre Pillen schlucken.

Er war in Afghanistan gewesen. Und in verschiedenen anderen Krisengebieten, draußen im Weltendschungel. Wo Soldaten einen Frieden schaffen, der fatal wie Krieg aussieht und nach Tod und Verderben stinkt.

Sein Schlüsselerlebnis lag etwa zweieinhalb Jahre zurück. Er erzählte davon.

Sie waren zu dritt gewesen damals, er und zwei weitere Soldaten. Sie fuhren Patrouille in einem staubigen Ort voller magerer Kühe, halb verhungerter Katzen, Hunde und Menschen. In dieser Reihenfolge nahmen sie sie wahr.

»Kern und Beck saßen vorne im Rolf, ich hinten.«

»Rolf?«

»Unser Allradwagen. Sie heißen alle Rolf. Keine Ahnung, wieso.«

Sie kamen an einem schmutzigweiß getünchten Hotel mit maroden mintgrünen Fensterläden vorbei, das ihn irgendwie an das alte Rügen erinnerte, an einen sonnigen Urlaub, den er vor langer Zeit einmal mit seinen Eltern auf der Insel verbracht hatte.

Auf der Gegenfahrbahn kam ihnen ein klapperiges, uraltes Gestell von Bus entgegen, mit der Aufschrift vorne: ›Schweinfurter Glashütte‹, in schönster himmelblauer Frakturschrift.

»Ein ausgedienter Klepper aus Deutschland. Als wir ihn sahen, haben wir noch gelacht.«

Im nächsten Moment löste sich unmittelbar vor ihnen ein dunkelgrüner Mazda aus dem Windschatten des Schweinfurter Busses, um ihn in einem wahnwitzigen Manöver zu überholen.

»Beck!, schrie ich noch.«

Beck riss mechanisch das Steuer nach rechts herum, ihr Fahrzeug schoss über den betonierten Seitenstreifen.

»Wie so ein beschissener Kiesel übers Wasser.«

Rolf erwischte zwei Passanten.

»Turbane. Zwei alte Männer. Knickte sie weg wie Weizenhalme.«

Lautlos verschwanden sie aus dem plötzlich blutverschmierten Blickfeld der Frontscheibe. Sie überschlugen sich, und etwas donnerte gegen seinen Kopf, ein harter, scharfer Schmerz flammte durch seinen Körper, folterte seinen Kopf. Er verlor das Bewusstsein.

Als er wieder zu sich kam, umgab ihn eine tödliche Ruhe. »Wie taub, ja.« Weltraumstille.

Er konnte seinen Kopf nicht wenden, aber wenigstens spürte er keinen Schmerz mehr.

»Der Rolf steht inzwischen schräg, aber wieder aufrecht auf dem Seitenstreifen. Beck und Kern öffnen rechts und links die Seitentüren. Bewegen sich wie Roboter. Beck sieht sich noch kopfschüttelnd um, plötzlich wird sein Gesicht ganz starr.«

Sein einziger Gedanke: »Raus hier. Nichts wie weg.« Nur am Rande seines Gesichtsfelds nahm er noch wahr, wie sich ihnen von hinten ein breiter, walddunkler Schatten mit unglaublicher Geschwindigkeit näherte.

»Kern hatte ihn ebenfalls entdeckt. Dann war Kern verschwunden.«

Er hatte keine Gelegenheit mehr gehabt, sich nun noch nach Beck umzusehen. Das Licht krepierte vor seinen Augen.

»Kern ist tot. Und ich auch. Hier drinnen.« Er tippte mit zwei Fingern der freien Hand gegen seine breite Brust.

Er hatte noch ein schlechtes Jahr weiter gedient. »Dann fing die Scheiße an zu kochen.« Die Symptome: Schlaflosigkeit, Albträume, Gereiztheit, Aggressionen, diffuse Ängste.

»Am schlimmsten waren die Panikattacken.«

Er war dienstuntauglich geworden. »Also haben sie mich weggeworfen. Wie ne leere Patronenhülse.«

»Beck war da schlauer«, sagte er. »Der hat nach der Sache sofort den Dienst quittiert. Ich lass mir doch von den Muftis nicht den Arsch abschießen, hat er gesagt. Man sah's ihm nicht an, aber das war verdammt noch mal kein Warmduscher. So wie Kern. Oder ich, letztendlich. – Hier!« Er streckte sich plötzlich mächtig zur Seite und fischte von der Konsole, auf der das Telefon stand, ein weiß gerahmtes Foto.

»Hier. Wir drei vor unserem Dingo.« Er fuhr mit der qualmenden Zigarette zwischen den Fingern über drei staubige Figuren, die im Tarnanzug, aber mit hellen, frischen Gesichtern, vor einem gepanzerten Fahrzeug posierten. Ein etwas unscharfes Knipsfoto aus den unschuldigen Anfangstagen ihres Einsatzes.

Herzke war der Klops in der Mitte, links neben ihm Kern, der schon auf dem Foto aussah, als wüsste er, dass ihn bald eine Bombe pulverisieren würde. Rechts von Herzke ein weniger großer als vielmehr kompakter, blasser Junge von Mitte zwanzig, mit weichen Zügen und einem unerschütterlichen Optimismus im Blick.

»Kern. Beck.« Herzke tippte mehrfach auf die Gesichter seiner Kameraden, dabei verlor seine Zigarette ihre Glutspitze, er blies die Asche heftig fort, sie flockte in sein Wodkaglas, der Rest schwebte über den niedrigen Glastisch sanft zu mir herüber.

Er stellte die Kameraden zur Seite, goss den mit Asche bestäubten Schuss Wodka in den gläsernen Aschenbecher und schenkte sich nach.

»Sie meinten vorhin, innerlich seien Sie bereits gestorben«, sagte ich. »Wie war Ihre Zeit nach dem Einsatz?«

Er ließ den Kopf nach vorne sinken und erklärte dem Glastisch: »Gibt keine Zeit mehr nach so einem Einsatz. Gibt nur noch Sekunden- und Minutenbrei, verstehen Sie?« Er hob wieder den Kopf und sah mich an. »Arschlecken ist angesagt!« Er wurde wütend. »PTBS, wissen Sie, was das heißt?!«

Zumindest konnte ich es buchstabieren.

Er kam ordentlich in Fahrt, sprach von seinen endlosen Touren durch die Stadt. Damit er auf andere Gedanken käme. Um sich die Albträume aus dem Kopf zu laufen. Aber die Stadt war selbst der Albtraum für ihn.

»Jedes laute Schreien. Ein beschissener Knall. Hupende Autos …«

»Hubschrauber?«, warf ich ihm hin.

Er schnaufte verächtlich. »Mit ner PTBS willst du schon ein plärrendes Baby gegen die Wand klatschen.«

Der Ärmste. Sein Junge fiel mir ein. Das blaue Auge. Ich verspürte momentan nicht das geringste Mitleid mit Herzke. Gegen sein Selbstmitleid kam ohnehin nichts anderes an.

»Gehen Sie eigentlich allein auf Ihre Touren?«, fragte ich.
»Sicher.«
»Warum? Ich meine, warum tun Sie sich das an?«
»Ich muss doch wissen, ob ich es noch *kann*, Herrgott, verdammte Scheiße!«, hackte er heraus. »Ob ich noch kann, was *jeder Idiot* kann, rausgehen, spazieren, stehen bleiben. Ohne mich auf den Boden zu werfen, weil ne Ratte vorbeirennt. Ohne mich einzunässen, wenn zwei Turbanmuftis auftauchen, kapieren Sie das?«
»Was ist … mit geschlossenen Räumen? Abgesehen von zu Hause. Kino, Konzerte?«
Er schüttelte wieder den Kopf, etwas ruhiger geworden. »Hab's probiert, zwei-, dreimal. Tu ich mir nicht mehr an. Kann nicht mal mehr einkaufen gehen, wenn's voll im Laden ist.«
»Und Ihre Frau?«
Er sah mich starr an. »Was soll mit ihr sein?« Seine Augen füllten sich plötzlich mit einer Riesenportion Misstrauen. »Hat Sie Ihnen etwa …?«
»Sie hat gar nichts«, sagte ich und begriff, dass es besser war, hier abzubrechen. »Herr Herzke, ich werde drüber nachdenken, wie ich – oder jemand anderes – Ihnen helfen kann. Einverstanden?«
Er zuckte die Achseln.
Noch bevor ich den Raum verlassen hatte, sprang in meinem Rücken der Fernseher wieder an, die gut geölte Stimme des Moderators stellte die Zehntausend-Euro-Frage.
Janne Herzke hatte für sich die Antwort schon gefunden.
»Ich werde ihn verlassen«, sagte sie tonlos, als sie mich zur Tür brachte. Mit einem Bein war sie fest mit ihrem klammernden Jungen verschweißt, der ihr Knie mit beiden Händen umschlang. Es war sicher nicht das erste Mal, dachte ich,

dass sie sich vorgenommen hatte, Herzke aus ihrem Leben zu kratzen. Das, was von ihm noch übrig war.

Als ich ihre Wohnung verließ, wusste ich, dass dieser Besuch ein Rückschritt war, dass ich ein Problem hatte.

32

»Du hattest versprochen, mir Bescheid zu sagen, ehe du was unternimmst, Eli!«

Anja Kersten war stinksauer. Sie erwischte mich noch in der U 9, auf dem Weg zurück von dem traurigen Kriegshelden. Sie wollte natürlich wissen, ob die Veteranengattin sich wie erhofft bei mir gemeldet hätte.

Hatte sie. »Aber Herzke ist nicht unser Mann«, sagte ich.

Schlimmer noch, und darin bestand mein Problem: *Einer wie Herzke* konnte es nicht sein. Das erkannte ich jetzt. So einer hielt sich an seine Frau und vor allem seinen Jungen, den er prügelte, wenn ihn seine PTBS überkam. Sein Leiden an der Symptomatik trug er vor sich her wie eine Monstranz.

Herzke war voller Galle und Wut, und in seinem Kopf führte er seinen ganz persönlichen Krieg. Das schon. Aber er war nicht der Typ, der sich wie ein Phantom unter Menschen begab, sie im Dunkeln in Brand setzte, im Hellen unter den Bus stieß oder mitten im Gedränge abstach, um *auf diese Weise* sein Trauma zu verarbeiten. Von einem wie Hilmar Weber unterschied Herzke sich nur dadurch, dass er Familie hatte.

»Eli! Bist du noch dran?«, beschwerte sich Anja Kersten.

Ich sagte, leer, wie ich mich fühlte: »Weißt du, Anja, vielleicht haben sie ja recht.«

»Wer jetzt?«

»Sander, Wilkens, Neubert, sie alle.«

»Recht womit?«

»Terrorismus, Islamismus. Mit allem, verstehst du?«

»Ist das dein Ernst, Eli? Jetzt, nach *der* Aktion? Wo selbst Hollmann zu dir umschwenkt?!« Zoologischer Garten, der Zug fuhr in den Bahnhof ein. »Ach, weißt du was«, bellte sie, »du kannst mich mal!«

Sie war weg. Und ging auch nicht mehr ran, als ich sofort versuchte, sie zurückzurufen.

Ich war ein solcher Idiot. Zweifel zu haben, war erlaubt. Sogar vernünftig. Aber sie auszusprechen, sie unter *diesen* Umständen Anja an die Backe zu heften, war nicht fair. Sondern unbeschreiblich dumm.

33

Im zweiten Stock stand ich eine Weile vor meiner Wohnungstür und überlegte, ob ich hineingehen sollte. Ich entschied mich dagegen, stieg weiter die Treppe hoch und klingelte bei Stella.

»Hast doch meinen Zweitschlüssel«, sagte sie, als sie mir öffnete.

An diesem Abend saßen wir uns lange schweigend auf dem Sofa gegenüber. Die erste Verzweiflung über den Tod ihres Bruders war schlichter Trauer gewichen. Und Schuldgefühlen, schien mir. Aber sie wollte nicht drüber reden.

»Was ist eigentlich mit *deiner* Familie, Eli? Wo ist *die*?«

»Dylan wohnt mit seiner Mutter in Charlottenburg. Ich dachte, das wüsstest du.«

»Ich meine nicht deinen Sohn! Was ist mit deinen Eltern? Geschwistern und so weiter?«

»Geschwister: keine. Eltern: tot. Mister Gavin Jenkins, mein Vater höchstwahrscheinlich, hat sich vor seinem Abgang in die ewigen Saufgründe noch mit einer Postsendung bei mir abgemeldet. Zwei Jahrzehnte nichts von ihm gehört, nicht mal ein Bild vom Alten. Und dann schreibt er plötzlich ›Goodbye‹, weil er weiß, dass es bald mit ihm vorbei sein wird. War's dann auch, schneller, als ich drüben sein konnte.«

»Wo genau, drüben?«

»Swansea.«

Mein Vater, erzählte ich ihr, hatte eine Kneipe in Berlin. Doch ›Gavins Bar‹ war ein hochprozentiger Reinfall gewesen. Ein Wirt, der mehr säuft als seine Gäste, zahlt am Ende die Zeche. Gavin Jenkins kehrte Berlin den Rücken und flüchtete vor seinen Gläubigern zurück nach Wales. »Gower, die Halbinsel dort, gleich hinter Swansea. Seitdem keine Nachricht mehr von ihm. Durch den wahllosen Konsum von Kerlen hat Henriette versucht, Old Gavin zu vergessen. Und mit den Pillen, die sie haufenweise schluckte.«

»Sie hat dir nichts erspart, hm?«

»Der Krebs gab ihr dann den Rest.«

Gierig und unerbittlich hatte er sich durch ihre Eingeweide gefressen und am Ende die ganze Frau bekommen.

»Ich war zwanzig, als sie starb«, sagte ich. »Kurze Zeit später kam dann die Postsendung von Gavin Jenkins, Swansea. Irgendwie hatte er von Henriettes Tod erfahren und schickte mir nun Milkwood.«

»Milk-was?«

»Under Milkwood. Eine historische Aufnahme von Dylan Thomas' Hörstück.«

»Nie gehört.«

»Mit Richard ›Bourbon‹ Burton als Sprecher.« Noch so ein Säufer vor dem Herrn. Wie Dylan Thomas. Und wie der alte Gavin. »Ein Zettel klebte an der Platte, Vinyl, versteht sich. Es stand nur ein Wort drauf: Sorry.«

»Oh.«

»Ja, originell, nicht?«

»Du siehst blass aus, Eli«, sagte sie auf einmal und streichelte meinen nackten Fuß mit ihrem. »Kommst du klar? Momentan, meine ich?«

»Nein«, sagte ich, »ich komme überhaupt nicht klar. Hab mich ziemlich tief in die Scheiße geritten.« Ich überlegte, ob ich ihr mehr davon erzählen sollte. Und ließ es.

Stella hatte mich schon längere Zeit mit starrem Blick angesehen. Winzig kleine Muskeln zuckten in ihrem Gesicht, bewegten sich wie Insekten unter ihrer papierweißen Haut. Ihre spröde gewordenen, blassroten Lippen zitterten.

»Ich muss dir was sagen, Eli«, sagte sie ernst.

»Ja?« Ihr plötzlicher Stimmungswechsel erschreckte mich.

»Boris. Er hatte überhaupt keine Freunde. Nicht einen. Auch keine Partner für seine Geschäfte. Nicht mal einen guten Kumpel oder einen, den er dafür hielt.«

»Ja?« Wie kam sie jetzt auf Boris? »Worauf willst du hinaus, Stella?«

»Boris war der absolute Einzelgänger, ich kannte ihn so gut wie niemand sonst. Er hatte definitiv *keinen Einzi-*

gen, dem er vertraute. Oder der *ihm* über den Weg getraut hätte. Mit dem zusammen er irgendwelche Sachen gemacht hätte.«

»Drogendeals meinst du?«

»Deals, egal was, erst recht keine Einbrüche. Ich hab in den letzten Tagen viel darüber nachgedacht, Eli. Niemals wäre Boris mit einem anderen Typen zusammen in deine Wohnung eingebrochen. In *keine*. Es war sein ganz persönlicher Hass, der ihn das hat machen lassen. Allein, da bin ich ganz sicher. Er brauchte dafür keinen Komplizen. Und hätte auch keinen *gewollt*!«

Sie brach plötzlich ab.

Ich klappte langsam von hinten den Deckel ihres Laptops zu, stellte das Gerät auf den Boden und zog sie an mich.

Jetzt hatte ich sie verstanden.

34

Stunden später wachte ich auf und sah mich beobachtet von der nackten, noch immer brennenden Glühbirne unter der Decke. Stella lag neben mir in Löffelchenstellung, wie mit mir verschweißt. Ihr Hemd war klatschnass. Meins auch.

Ich faltete mich auseinander, stand auf, legte eine Decke über Stella, schaltete das Licht aus und schlich ins Bad. Ich duschte eiskalt, zog den Morgenmantel an und machte mir einen Kaffee in der Küche.

Ich dachte längere Zeit über die neue Situation nach, dann griff ich zum Handy.

»Eli?« Manuela hatte nach fünfmal Klingeln abgenommen. »Sag mal, spinnst du? Weißt du, wie spät es ist?«

Ich sah auf die Digitalanzeige am Küchenherd. »Drei Uhr siebzehn.«

»Eben! Wenn du für das hier keine vernünftige Erklärung hast, Eli, dann …«

»Bitte, fahr mit Dylan ein paar Tage weg, Manu. Gleich morgen. Vielmehr heute.«

Sie lachte schrill auf. »Wa-has? Wegfahren? Vielen Dank auch. Warum sollte ich?«

»Weil es … besser ist. Für euch.«

»Geht's noch? Ich muss arbeiten, das weißt du. Ich habe Aufträge.« Manuela arbeitete als Webdesignerin. Damals noch. Heute ist sie arbeitslos. »Und Dylan hat *keine* Ferien, falls du das denkst. – Was ist denn überhaupt los?«

»Er war hier. In meiner Wohnung«, sagte ich.

»Wer: er?«

»Der Täter.«

»Welcher Täter? Wovon sprichst du?«

»Er war's, der Boris Glindow, du weißt schon, den Drogenabhängigen, in meiner Wohnung umgebracht hat.«

»Was?« An ihrer Stimme hörte ich, dass sie allmählich verstand, was ich ihr sagen wollte. Was ich durch Stella heute Abend selbst erst begriffen hatte.

Boris Glindow war allein in meine Wohnung eingebrochen. Das hatte Stella mir vorhin klargemacht. Vielleicht hat er nach Geld gesucht. Oder Scheckkarten. Oder er wollte tatsächlich meinen Rechner manipulieren. Was auch immer er vorhatte, er war vom Mörder überrascht worden. Der schon da oder später unbemerkt eingedrungen war. Es hatte Boris Glindow an meiner Stelle erwischt.

»Manu. Ich will nur, dass ihr in Sicherheit seid, du und Dylan. Fahr zu deiner Schwester, ja?«

»Zu Elisabeth? Wir reden seit zwei Jahren nicht mehr miteinander! Das weißt du.«

»Dann fahr zu Magda nach Münster. Ich zahle euch die Fahrkarten. Ich will nur, dass ihr …«

»Okay, okay, kapiert!«, rief sie entnervt. »Ich hoffe, du weißt, was du da von mir verlangst. – Wie lange sollen wir wegbleiben?«

»Eine Woche«, sagte ich. Und dachte: mindestens.

»Gut.« Sie ließ ein paar Sekunden verstreichen. »Und du? Was ist mit dir?«

»Es ist alles nur zur Vorsicht, Manu. Ich kann weiterhin bei … bei Helene wohnen.« Aus irgendeinem Grund hatte ich ihr mein Verhältnis zu Stella, und dass ich vorübergehend bei ihr wohnte, bisher verschwiegen. »Fahr gleich morgen mit Dylan zu Magda. Bitte. Und grüß sie von mir. Gib Dylan einen Kuss.«

»Pass auf dich auf, Eli.«

35

Ich war jetzt hellwach. Stella besaß ein kleines kompaktes Küchenradio, ich schaltete es ein und erwischte ein Gitarrengewinsel, das geeignet war, dir ein Loch ins Ohr zu brennen. Zwei Striche weiter säuselte ein Nachtkonzert, das zwar nicht weh-, aber auch nicht guttat. Ich fand ein Livekonzert von Miles Davis selig, einen Mitschnitt aus Montreux, Mitte der Achtziger vielleicht, mit einer sagenhaften, traumverlorenen Interpretation, im Grunde einer Neuerfindung von ›Time after time‹ (was Sie im Netz dazu finden, ist Mist).

Im Morgengrauen schlich ich aus der Wohnung und betrat meine eigene. Fahles, schimmeliges Licht hing zwischen den Wänden, die Luft schmeckte wie Urindampf. Boris Glindows Geist wehte noch immer durch die Räume. Lebend oder tot, ich wurde ihn einfach nicht los.

Ich ging zum Standteil des Telefons und hörte den Anrufbeantworter ab. Panck. Mit ihm hatte ich zuallerletzt gerechnet, busy, busy, immer auf Achse, wie er war, Best Boy für Neubert. Er hatte mehrfach meine Festnetznummer gewählt (mein Handy war konfisziertes Beweismittel, eine neue Nummer hatte er nicht). Seine Aufforderung, morgen so früh wie möglich in seinem Büro aufzulaufen, klang hyperdringend. Geradezu panisch. Was war denn in den gefahren?

Ich holte ein paar frische Sachen aus dem Schrank im Schlafzimmer und machte, dass ich wieder hinauskam.

Unter uns, ich hatte mich wohl ein Dutzend Mal umgesehen in der Zeit, die ich in meiner Wohnung verbrachte. Wie ein Kind, das einen Horrorstreifen gesehen hat und sich fürchtet, dass die Figuren vielleicht doch echt sind.

Später frühstückte ich mit Stella. Sie war schweigsam, ich still.

Warum, hatte ich mir schon in der Nacht das Hirn zermartert, hatte der Täter sich *mich* ausgesucht? Ich war zwar durch das vermeintliche Interview zu den ersten beiden Morden am Potsdamer Platz einige Tage von öffentlichem Interesse gewesen. Dort konnte er meinen Namen aufgeschnappt haben. Aber das war bereits am Mittwoch, dem 4. Juni gewesen. Wieso hatte ihn das erst zwei Wochen und zwei Morde später dazu gereizt, mich ins Visier zu nehmen?

36

Es war kurz vor neun, als ich die Villa betrat.

Pancks wiederaufbereitete Schüssel, seinen käsegelben Beetle, hatte ich in altem Glanz vor dem Grundstück parken sehen, so spazierte ich gleich zu ihm ins Zimmer. Was leicht war, da die Tür halb offen stand. So wie die Flügeltür zu seinem kleinen Balkon, auf dem sich das helle Morgenlicht sammelte.

Panck knetete seine Stirn über dem aufgeklappten Laptop und fuhr erschrocken zusammen, als er mich sah. Doch dann lachte er erleichtert, als ich ihm mit dem Schwung, der mir verblieben war, »einen fleißigen guten Morgen« wünschte.

»Ach, du! Na endlich! Hast meinen Anruf noch bekommen, ja.«

Er war tatsächlich froh, mich zu sehen!

»Du willst mich sprechen?«, sagte ich verblüfft.

Was war los mit ihm? Seine offensichtliche Aufregung malte ihm krisenrote Flecken ins Gesicht, nicht nur auf der zerfurchten Stirn.

»Wir haben ein Problem«, schnatterte er gleich los, als wären wir, er und ich, zwei Backen, ein Arsch. Schon immer gewesen.

Er fegte sich hastig seine Tolle aus der Stirn und legte sie zittrig wie eine alte Frau zu den anderen auf dem Schopf, aber sie rutschte gleich wieder in ihre frühere Position zwischen seinen Augen. Er versuchte es erneut, mit demselben Ergebnis.

»Sag mal, ist was im Busch?«, wollte ich endlich wissen.

Er schaute nervös zur offenen Tür in meinem Rücken und flüsterte beinahe: »Es herrscht Krieg, mein Lieber.«

»Krieg?«, wiederholte ich laut. Er wedelte gleich erschrocken mit den Armen, damit ich leiser sprach, obwohl außer uns noch niemand im Haus war.

»Die verfluchte Terrorismusthese …«

»Was ist damit?« Ich wunderte mich, dass er überhaupt davon anfing. Bislang hatte er sich in exklusivem Schweigen zu dem Thema gesuhlt, über das die ganze Stadt und das halbe Land sprachen.

»Sie ist *selbst* verdammter Sprengstoff«, schimpfte er mit gedämpfter Stimme. »Sander sieht inzwischen jemenitische Dschihadisten am Werk, ganz archaisch, wegen des Messergebrauchs als Tatwaffen, das muss man sich mal vorstellen! Wilkens' Leute stimmen dem natürlich zu, und die Typen vom Verfassungsschutz finden's ebenfalls brauchbar. Behaupten sie.«

»Die Reihen fest, was hast du erwartet?«, sagte ich. »Solange sie selbst keine Ideen haben, lassen sie Sander gerne den Vortritt.«

»Nee, nee, nee, du!« Er wedelte mit dem Zeigefinger. »Hollmanns Leute springen ab, die sind unsicher geworden. Denen passt die Sander-Neubert-Connection, die ganze Ermittlungsrichtung nicht. Zu einseitig, sagen sie inzwischen ganz unverhohlen.«

»Und du? In Treue fest zu Neubert?«

»Du musst jetzt nicht sarkastisch werden, Eli!«, beschwerte er sich. »Schade, dass ich dich gestern nicht mehr erreicht habe, weil … also … offen gesagt, ich glaube auch nicht mehr *ausschließlich* an Islamisten.«

Das klassische Problem des Opportunisten: Wenn keiner ihm sagte, welcher Richtung er sich günstigerweise anschließen sollte, war er *gezwungen*, nach der Wahrheit zu suchen.

Ich machte zwei Schritte ins Zimmer und ließ mich auf den Stuhl vor seinem Schreibtisch fallen.

»Das heißt jetzt nicht …« Er hob schützend die weißen Hände, die schweißglänzenden Handflächen nach außen. »Das heißt nicht automatisch, dass ich *dir* Recht gebe!«

»Ist klar«, nickte ich ab.

Wir alle müssen unser Gesicht wahren.

»Ich weiß nur, wir haben uns da verrannt«, sagte er. »Alle miteinander. Ich habe mir in den letzten Tagen die Aktionsmuster aller bekannten Terrorgruppen für alle möglichen islamistischen Ziele in Deutschland angesehen. Ganz unabhängig, systematisch, wissenschaftlich.«

So war er nun mal, unser Doktor Panck, systematisch und wissenschaftlich. Und ein wenig eng. Doch es gibt vielleicht schlimmere Eigenschaften.

»Ich sehe einfach keinen Zusammenhang!«, fuhr er fast schon verzweifelt fort. »Da ist kein Muster, das übereinstimmt, keine erkennbare Strategie, die zu solchen Taten hinführen könnte. Es gibt auch noch immer keine politische Botschaft. Kein Bekennerschreiben aus irgendeiner Richtung, jedenfalls nichts Brauchbares. Sicher, das ist auch früher nicht immer der Fall gewesen …«

»Du meinst, im Wald ist Schweigen«, unterbrach ich ihn, »weil gar keine Räuber drin sind. Zumindest nicht in diesem Wald.«

Er nickte resigniert und warf zum x-ten Mal seine renitente Tolle zurück aufs Haupthaar. »Verstehst du, Eli, Islamismus, es war *Neuberts* Zug. Auf den sind alle anderen aufgesprungen. Sander und Wilkens voran.«

Es waren *nicht* alle aufgesprungen, aber ich schenkte mir das jetzt.

»Okay«, sagte ich. »Ihr seid also auf dem Holzweg, hast

du erkannt. Und ein Teil der Truppe, Hollmanns LKA zum Beispiel, will sich absetzen. Was habe ich damit zu tun? *Du* bist Neuberts Mann in der Villa. Nicht ich.«

»Eben!«, kreischte er beinahe. Seine Stirn warf Falten wie Ackerfurchen. »Neubert will eine entsprechende Expertise von mir. Jetzt gleich. Er müsste eigentlich schon da sein.«

Aha, deshalb seine Aufregung. Das entscheidende Wort war: entsprechend.

Er blickte wieder panisch zur Tür und verzog die Mundwinkel zu einem bizarren Grinsen.

»Er will, Neubert, er will unter allen Umständen, dass wir als Einheit auftreten: seine Leute, Sander, aber eben ums Verrecken auch das LKA und wir von der Villa. Wegen der Außenwirkung. Als politisches Signal.«

»Was hast du erwartet? Neubert ist Politiker, kein Fahnder«, sagte ich. »Du sollst ihm durch deine … Expertise die verirrten Hollmänner zurück in die Küche treiben, weil er abweichende Meinungen jetzt nicht gebrauchen kann. So kurz vor der Wahl.«

»Ja«, sagte er so kleinlaut, wie ich ihn noch nie erlebt hatte.

»Er hat natürlich klare Vorstellungen, Neubert, wie dein Ergebnis aussehen soll«, musste ich nicht spekulieren.

Er nickte stumm.

»Doppelt praktisch für ihn«, sagte ich. »Wenn es am Ende doch kein Islamist war, sondern bloß der Gärtner, kann er es auf seine leitenden Beamten schieben. Auf dich und Sander vorneweg. Wobei Sander sicher jetzt schon weiß, wie er dann entschädigt wird. – Aber du?« Ich gebe zu, ich hatte Spaß daran, in der offenen Wunde zu rühren.

»Eben. Er macht mich – das ganze Institut hier – zur Lachnummer. So oder so.«

Und das nützte seiner Karriere keinesfalls, so oder so.

Ich hatte nur den einen Rat für ihn: »Sag ihm, wie du die Sache siehst. Ich verstehe dein Problem nicht.«

»Das Problem ist, dass ich keine *Alternative* habe, verflucht!«

Er sah mich schief an.

Was stellte er sich eigentlich vor, von mir zu bekommen? Auf die Schnelle noch eine Art Lightversion meiner Theorie? Die keinem wehtat, weder Neubert noch dem LKA noch der Villa? Was er wollte, war die ideale Lösung für den Karrieristen, der noch nicht sicher sein konnte, welche Partei am Ende den Sieg davontragen würde.

Es war ohnehin zu spät für ihn.

In der Tür erschien auf einmal wie ein Phantom der junge Sicherheitsbeamte mit dem lächelnden Milchbreigesicht, der den Vogelkiller abgelöst hatte. Gleich darauf machte er Platz für Neuberts massige Gestalt. Heute in Preußischblau.

37

Eine helle Brötchenkrume hing ihm noch im Mundwinkel wie ein Speicheltropfen. Er kam wohl gerade vom Frühstücken, zu Hause mit der teuren Senatorengattin, um sich auf dem Weg zum Alten Stadthaus schnell noch Pancks ›Expertise‹ zu fischen. Letzte Ungereimtheiten konnten dann gleich vor Ort erledigt werden, damit er um zehn die zerstrittene Task-Force über den Tisch ziehen und um elf forsch vor die Presse treten konnte. Erhoffte Reaktion: Siehste, der Neubert, der tut was. Der hat eine Linie, die er knallhart verfolgt. Als Hardliner musste er drei Monate vor den Wahlen eben klare Kante zeigen, selbst wenn es nur Schlingerlinien am Abgrund waren.

Nein, Neubert sah jetzt gar nicht erfreut aus. Seine Augen sprangen auf Panck los, als er mich mit übereinandergeschlagenen Beinen vor dem Schreibtisch sitzen sah.

Er zeigte mit dem gestreckten Finger auf mich wie auf einen ungeleerten Nachttopf und bellte: »Was macht *der* hier? Wir hatten ein Vieraugengespräch vereinbart, Herr Panck! Im Übrigen dachte ich, der Mann sei beurlaubt. Steht er nicht selbst unter Mordverdacht, nein?«

Das war dann doch zu viel für mich. Ich erhob mich, wenn auch nicht eben zackig, und machte zwei Schritte in seine Richtung, doch eigentlich nur zur Tür, um wortlos zu gehen.

Plötzlich fuhr Milchbreimann in die Lücke zwischen mir und Neubert. Er baute sich stramm und breitbeinig vor seinem Chef auf wie die Wiedergeburt eines DDR-Grenzsoldaten. Seine vorhin noch ganz weichen Züge waren auf einmal wie in Beton gegossen, seine eben noch glänzenden braunen Kinderaugen wurden klein und hart und schwarz, und mit seinem eher rundlichen Kiefer schien er mich im Geist schon zu zermahlen.

Ein erstaunlicher Wandel. Vielleicht waren Security-Leute so. Vielleicht mussten sie so sein.

Neubert beruhigte seinen Mann über die Schulter hinweg wie einen Wachhund. »Ist gut, Christian. Alles in Ordnung.«

Kriegst später nen Knochen, Christian, schön brav sein.

Sein Christian entspannte denn auch den Kiefer, aber das Kinderlächeln kehrte nicht zurück. Seine Augen fixierten mich stattdessen wie das Chamäleon eine Fliege.

Ich spiegelte seinen Blick und sagte: »Seltsam.«

»Waas?«, knurrte er durch seine zusammengebissenen Zähne.

»Gerade denke ich, wir hätten uns schon mal irgendwo gesehen.« Dachte ich wirklich. »Ich meine früher, bevor Sie Wachmänneken wurden.«

Er reagierte nicht, ein Eiswürfel, den man ihm auf die Zunge gelegt hätte, wäre nicht geschmolzen. Er hatte sich vollkommen unter Kontrolle.

Dafür hatte Neubert es jetzt dicke und schob seinen Wachhund genervt zur Seite. »Lassen Sie gefälligst Ihre Psychospiele, Mattay. Und jetzt raus mit Ihnen!«, befahl er im Stil eines Oberleutnants der Reserve, der er laut eigener Website außerdem noch war.

Ich kehrte dem Trio den Rücken zu und war bereits an der Tür, als ich plötzlich Pancks krächzende Stimme vernahm.

»Eli! Warte.«

Ich fuhr erstaunt auf meiner Schuhsohle herum und starrte Panck an. Sein Gesicht war weiß vor Aufregung. Er war von seinem Sitz aufgesprungen und schlotterte sichtlich in seinem weißen Boss-Hemd und der schwarzen Kammgarn-Hose. Zum ersten Mal, seit ich ihn kannte, machte er keine wirklich gute Figur.

Direkt in Neuberts entgeistertes Gesicht hinein platzierte er seine Entrüstung. Solange *er* Leiter dieses Instituts sei, bestimme er auch, wer den Raum verlasse und wann.

Natürlich, die Statusfrage war's, die ihn endlich aus der Haut fahren ließ. Floskeln wie »Wenn Sie wirklich glauben« und »kein Privatbesitz des Innensenators«, Worte wie »Wahrheit« und »wissenschaftliche Redlichkeit« knallte Panck dem Big Boss mit sich überschlagender Stimme vor den massigen Rumpf.

Alles musste jetzt raus. Auch die Sache mit der »Expertise«: »Und um auf den entscheidenden Punkt … Herr Senator, bezüglich der bisherigen Ermittlungsstrategie kann ich … kann sich mein Institut seriöserweise den Zweifeln des LKA nur …«

»Geschenkt.« Neubert winkte ab und zuckte mit den Mundwinkeln, es sah aus, als könne er sich kaum zurückhalten, laut loszulachen.

Es geschieht eben nicht sehr häufig und wirkt immer etwas komisch, wenn eine Marionette versucht, sich eigenhändig die Fäden durchzuschneiden und sich auf einmal selbst führen will.

»Wissen Sie, Herr Dok Tor (Neubert zersägte den Titel mit der Verachtung des Pragmatikers, für den er sich hielt), Sie sind noch viel naiver, als ich dachte.«

Er schnaufte kräftig durch, schüttelte leicht, ganz leicht nur, den rot gepökelten Kopf und glitt hinaus. Sein Wachhund folgte ihm geschmeidig dichtauf.

Zurück blieb nur Neuberts markanter Stallgeruch, der jetzt sauerscharf und herrenlos im Zimmer hing.

Panck fiel halb ohnmächtig auf seinen Sitz zurück. Aschfahl und schlaff wie Püree hing er in den Seilen und schüttelte den Kopf über das, was er soeben getan hatte.

»Alle Achtung«, sagte ich mit ehrlicher Anerkennung, ging an seinem Schreibtisch vorbei auf den Sonnenbalkon und schaute zwischen zwei Kastanien hindurch auf die Limonenstraße hinunter.

Da Pancks Beetle nichts Böses ahnend die letzte verbliebene Lücke unmittelbar vor dem Haus geschlossen hatte, war Neuberts Fahrer genötigt gewesen, die Benz-Limousine seines Herrn auf der anderen Straßenseite zu parken. Jetzt brauchte der Mann Frischluft zum gesunden Rauchen und lehnte mit seiner Zigarette in der Hand neben einem zweiten, mir unbekannten Sicherheitsmann, der mit verschränkten Armen vor der Brust auf der Beifahrerseite wartete. So hatten sie die Villa jederzeit im Blick.

Einem Corsa, der ihnen fast über die Zehen fuhr, schaute der Fahrer feindselig hinterher, der Sicherheitsmann ignorierte das und fixierte wie ferngesteuert den Eingang zur Villa.

In diesem Moment schossen Neubert und Wachhund Christian ins Blickfeld. Neubert stampfte über die Pflastersteine auf die Limousine zu wie ein wütendes Flusspferd, schnell, massig und gefährlich. Ehe der Fahrer ihm die Tür aufreißen konnte, hatte er es schon selbst getan, warf sich in den Fond der Kutsche und schlug von innen die Tür zu.

Der Fahrer schnippte erschrocken die Zigarette fort und starrte, wie auch der zweite Sicherheitsmann, fragend Christian Milchbrei an.

Für einen kurzen Moment standen die drei Männer nebeneinander vor dem gewienerten schwarzen Wagen in der milden Morgensonne. Wachmann Christian wandte seinen Kopf kurz um und deutete mit dem weichen Kinn zuerst auf Pancks Beetle, dann hoch zu Pancks Büro im zweiten Stock der Villa.

Für ein, zwei Sekunden trafen sich unsere Blicke.

»Ach du Scheiße!«

Ich wich instinktiv zwei Schritte zurück und stürzte um ein Haar rücklings ins Zimmer.

Ich fing mich eben noch, und im nächsten Augenblick, als ich wieder auf den Balkon hinaus trat, hatte sich die Szene bereits aufgelöst. Die drei Männer stiegen ein, der Wagen startete, und die Karosse glitt aus dem Bild wie eine Fata Morgana.

Ich trat zurück ins Zimmer.

Panck schaute mich verwundert an. »Was ist denn los?«

»Weiß ich noch nicht«, stieß ich heiser hervor und lief aus dem Zimmer.

38

»Hallo, Frau Herzke, Eli Mattay hier. Alles in Ordnung bei Ihnen?«

»Hff, in Ordnung? Sie waren doch hier!«

»Entschuldigung, Frau Herzke, ich wollte nicht …«

»Sagen Sie einfach, was Sie wollen«, schnitt sie mir das Wort ab.

»Ist Ihr Mann zu sprechen?«

»Sagen wir mal, er ist zu Hause. Aber sprechen kann man eigentlich nicht so richtig mit ihm.«

»Darf ich's trotzdem versuchen?« Ich legte höchste Dringlichkeit in meine Stimme.

»Moment, ich trag Sie rüber.«

Ich hörte, wie sie die Tür zu seiner Residenz im Wohnzimmer öffnete und ihm meinen Namen nannte.

»Soll sich verpissen«, hörte ich seine liebliche Schnapsstimme trompeten.

»Sie hören's ja, Herr Mattay«, sagte sie.

»Bitte, Frau Herzke, es ist äußerst wichtig. Und dauert auch nicht lange. Sagen Sie ihm das?«

Sie sagte es ihm und knallte ihm das Handteil auf den Glastisch, dem Donner in meinem Ohr nach zu schließen.

Nach einer gefühlten Minute war Herzke in der Leitung.

»Was gibsn?« Seine Stimme klang, als würde er mit einem Gummirüssel vor der Nase sprechen, wie an Fasching.

»Herr Herzke!«, sprach ich ihn lautstark an wie einen alten, schwerhörigen Mann. »Sie haben mir gestern dieses Bild gezeigt, mit Ihren beiden Kameraden, Kern und Beck. Erinnern Sie sich?«

»Ja«, kam es mit einem Rülpser zurück. Das war doch mal ein Anfang.

»Kern, sagten Sie, ist bei dem Bombenanschlag ums Leben gekommen. Aber der andere, Beck …«

»Ja! Beck lebt noch«, brabbelte er. »Wahrsch… scheinlich.«

»Wie heißt er mit Vornamen?«

»Wer?«

»Wie heißt Beck mit Vornamen, Herr Herzke?«

»Herz… Quatsch! Chris… Christoph. Ja, Christoph heißt er, Beck.«

»Christoph Beck? Sind Sie sicher, Herr Herzke?«

»'tüllich bin ich sicher. – Nee: Jan heißt er.«

»Jan Beck?«

»Neee! Nich Jan. Chris-ti-Jan.«

Ich musste schlucken und zwei, drei Sekunden verstreichen lassen, ehe ich wieder sprechen konnte: »Sie meinen, er heißt: Christian Beck?«

»Ja. Christjan.«

»Okay, verstanden. Haben Sie noch Kontakt zu Beck?«

Er lachte, es klang wie überschießende Kohlensäure. »Kon… Kontakt kann man nich … hat man nich zu einem wie … Beck. Weil Beck, also … Und außerdem, sicher is' der schon längst wieder irgendwo … da unten.«

»Danke, Herr Herzke.«

39

Ich lief rüber zu Sandra. Irgendjemand – nur nicht Panck – musste mir sagen, ob ich diese neue Info richtig bewertete. Oder endgültig hysterisch wurde.

Sie war nicht in ihrem Büro. Ich rief Rosemarie unten an.

»Ach, das weißt du ja noch gar nicht!«, rief sie betroffen aus.

»Was weiß ich nicht?«

»Sandra ist … sie liegt im Krankenhaus«, sagte sie mit belegter Stimme.

»Im Krankenhaus?«

»Ja, Helios-Klinik in Pankow.«

»Wieso das? Was hat sie denn?«

»Ihr Mann, vielmehr ihr Ex-Mann. Es gab eine … eine Auseinandersetzung mit ihm. Wegen dem Kleinen.«

»Tobi?«

»Ja, Tobias. Er hat sie geschlagen. Also der Ex die Sandra. Ziemlich schlimm. Das Ohr verletzt, Trommelfell gerissen und irgendwas mit den Nackenwirbeln.«

Es war ein Schock. Ich fand buchstäblich keine Worte.

»Eli? Noch dran?«

»Wie schlimm ist es, Rose?«

»Alles behandelbar, sagt der Arzt. Wird aber eine Zeit lang dauern, ehe sie wieder arbeiten kann.«

»Und der Kleine? Tobi?«

»Bei seiner Oma. In Potsdam.«

»Danke, Rose.«

Ich verharrte eine Minute lang wie betäubt mit der Hand auf dem Hörer. Dann kochte die Wut hoch.

Hannes. Dieses verdammte Arschloch!

40

Ich rief Anja Kersten an. Etwa eine Viertelstunde später. Ich erreichte sie in ihrem Büro in der Keithstraße.

»Hör mal, Anja, ich muss mich bei dir entschuldigen. Für neulich, als ich so verzagt und …«

»Hör auf zu heulen, Eli. Was willst du?«

»Du musst was für mich rausbekommen. Bisschen kitzelig, die Sache.«

»Und ich dachte schon, es wäre mal was Neues.«

»Ich muss wissen, wer den Neubert schützt.«

»Wer ihn *schützt*?«, papageite sie.

»Ja. Als Security.«

»Sag mal, wie lange bist du jetzt dabei? Das machen *unsere* Leute natürlich. Das LKA.«

»Das ist mir klar, Anja. Aber wer genau macht den Job?«

»Na, die Fünfer am Platz der Luftbrücke.«

»Aha, und wie wird man Personenschützer bei denen?«

»Wie immer. Bewerben für den mittleren Dienst und dann die Hühnerleiter rauf. Bis du ran darfst an den Bauchspeck. Sprich Herrn Senator. Warum fragst du?«

Ich holte einmal tief Luft. »Es ist so, gestern hat Herzke, weißt schon, der Veteran, den ich besucht habe, mir ein Foto gezeigt. Darauf war ein Typ, ein Kamerad von ihm, der im Auslandseinsatz einen Bombenanschlag überlebt hat. Vor zweieinhalb Jahren. Ein Soldat ist damals getötet worden, Herzke ist seitdem traumatisiert, hat sich aber noch ein Jahr durchgeschleppt als Soldat. Der dritte Mann, Beck heißt er, Christian Beck, hat den Job quittiert und ist vermutlich unauffällig seither. Sonst könnte er heute nicht Personenschützer sein.«

»Woher willst du wissen, dass er jetzt Personenschutz macht?«

»Ich bin mir sicher, dass ich ihn wiedererkannt habe. Als Wachhund vom Neubert.«

»Aha«, sagte sie trocken. »Ich verstehe zwar nicht, warum das so wichtig für dich ist, aber jetzt sollte dir klar geworden sein, dass diese Info irrelevant ist, mein Lieber. Als Personenschützer, als Kollege von uns quasi, kann dein Beck nicht zeitgleich in Berlin und im Auslandseinsatz, in Afghanistan oder wo, gewesen sein!«

Nein, zeitgleich nicht. Aber davon war ich auch nicht ausgegangen.

»Sag, Eli, was wolltest du denn nun von mir? Doch nicht etwa Infos über diesen Beck vom LKA 5!«

»Schon gut, Anja. Danke.«

Ich legte auf.

Sie hatte meinetwegen ja auch schon genug Ärger gehabt.

41

»Eli!«, rief Kury überrascht und wurde ernst. »Wie geht's dir, Mensch? Schlimme Sache, die da in deiner Wohnung passiert ist.«

»Curry, du musst mir helfen.«

»Du, Kabus und Brandl sehen dich nicht belastet, was man so läuten hört. Und die Staatsanwaltschaft –«

»Curry. Es geht nicht um mich. Sondern um einen Kollegen. Ich brauche …«

»Vergiss es, Eli. Betriebsspionage läuft nicht.« Die gleiche Spontanreaktion wie bei Anja Kersten.

»Hör zu, leg nicht gleich auf, Curry!«, bat ich. »Das ist nicht privat. Und kein Kavaliersdelikt. Es geht hier nicht um Petzen wie in der Grundschule.«

»Interne Ermittlung? Macht ihr so was neuerdings auch in der Villa?«

»Ja, intern, brisant«, blieb ich diffus. »Er heißt Christian Beck, der Kollege. Ist als Personenschützer eingesetzt für Neubert.«

»Als Personenschützer wird er natürlich vom LKA 5 geführt. Warum versuchst du's nicht dort direkt?«

»Eben weil's intern ist, Curry. Ich hab keine vertraulichen Kontakte dort, nichts. Deshalb ruf ich dich an. Ich dachte, dass du vielleicht …?«

»Hm, kommt drauf an. Sag mir erst mal, was du haben willst, Eli.«

»Mich interessiert, was Beck in den letzten, sagen wir, zehn Jahren gemacht hat.«

»Zehn Jahre?« Er lachte spitz auf. »Wenn's mehr nicht ist.«

»Curry, ich bitte dich. Wenn einer das unauffällig rauskriegt, dann bist du das.«

»Schleimer.« Ich hörte ihn einmal kräftig durchatmen. »Gut, Eli. Was ich dir anbieten kann, ist absolut subkutan. Ich will hinterher nirgendwo meinen Namen lesen. Ist das klar?«

»Versprochen.«

»Ist das *klar*?«

»Absolut, Curry. Du hast mein Wort.«

»Okay. Also, ich treffe mich gelegentlich mit jemand von den Fünfern. Sie kommt viel rum und kennt die Truppe in ihrem Haus wie ihre Tastatur.« Er lachte verhalten. »Ob's was bringt, keine Ahnung. Ich melde mich.«

Was er schon nach einer Stunde tat. Kury eben.

»Christian Beck«, gab er Rapport, »31 Jahre alt. Mittlerer Dienst seit zweieinhalb Jahren, das heißt zwei Jahre Mindestzeit für die Ausbildung ab 27, PM seit einem halben Jahr.«

»Wie wird ein jungscher Polizeimeister so schnell zum Personenschützer beim Innensenator?«

»Also, laut Jutta … ich meine, ich habe *erfahren*«, korrigierte er sich gedehnt, »dass Beck ein ziemlich fixer Junge sein soll. In der Laufbahnprüfung soll er glatt volle Punktezahl gemacht haben. Mit dem Ergebnis stehen die HerrnDamen Minister vermutlich Schlange, um sich von so einem bewachen zu lassen.«

»Klingt wie: begatten lassen«, sagte ich.

Er lachte. »Es kommt in Becks Fall noch eine Sache hinzu, die seiner Karriere bei den Fünfern nicht gerade schaden dürfte. Er soll nämlich erstklassige Nahkampfqualitäten haben. Der Mann hat, bevor er zu denen kam, also zum Personenschutz, ein paar kampfintensive Jahre als Soldat im Auslandseinsatz abgemacht. Vor allem Afghanistan, aber auch andere. Und das Schönste: Du merkst es ihm nicht mal an.«

»Sagt wer? Deine Jutta?«

»Den Namen vergisst du gleich wieder, Kleiner!«, dröhnte er in den Hörer.

»Demenz ist eh mein Ziel.«

Er räusperte sich, es klang wie Naseputzen, vielleicht war's das auch. »Mit anderen Worten, Eli, Beck ist vollkommen unauffällig. Alle lieben ihn. – Oder, na ja.« Er senkte die Stimme: »So eine jungsche Kollegin von Du-weißt-schonnicht-mehr-wer, Yvonne heißt sie, sagen wir mal, arbeitet als Sekretärin einen Flur drüber oder drunter, die ist bei dem Burschen mal schwach geworden. Heute lästert sie über Beck, wo sie nur kann. Hat wohl noch ne ziemliche Rechnung mit ihm offen.«

Er atmete wieder kurz durch. »Kleine Zugabe hätte ich noch.«

»Immer her damit!«

»Beck wohnt irgendwo bei dir in der Ecke. Tiergarten, Nähe Lützowplatz. Mehr weiß ich nicht für dich, Kollege, selbst wenn ich's wüsste.«

»Okay, dank dir, Curry.«

»Eli, falls ich auch ne Frage freihabe: Wie geht's eigentlich deinem Kleinen?«

»Dylan geht's prima, danke.«

Hoffte ich doch. Manu hatte sich noch nicht gemeldet.

»Fein. Mach et, Eli!«

42

Ich rief Manuela an. Sie ging sekundenschnell ans Handy, als hätte sie jeden Augenblick drauf gewartet.

»Seid ihr schon in Münster?«

»Sag mal, Eli, in welcher Welt lebst du eigentlich?«, polterte sie zurück.

»Das frage ich mich auch«, sagte ich. »Jeden Tag.« Die Antwort steht noch immer aus.

»Es ist jetzt gerade mal elf Uhr oder so«, schimpfte sie.

»Wie kann ich da schon in Münster sein? Oder auch nur unterwegs?«

»Fahrkarte schon gebucht?«

Sie schwieg, nur das Knistern in der Leitung verband uns.

»Manu?« Ich klopfte gegen den Hörer. »Bitte melde dich.«

»Du klingst wie ne Fernsehshow, Eli, weißt du das?«

43

Ich starrte schon eine unentschlossene Viertelstunde lang aus dem halb geöffneten Fensterchen meines Turmzimmers und konnte mir langsam einen Reim darauf machen: die Zwangsfahrt zum Kriminalgericht. Sie musste den Ausschlag gegeben haben. Wachhund Christian war Zeuge geworden, dass ich einen Kriegsveteranen hinter den Morden vermutete. Wie viel wusste ich bereits? Wie viel ahnte ich nur? Konnte ich ihm auf die Spur kommen? Ich hatte Neubert gegenüber den hartnäckigen, unnachgiebigen Schweißhund gegeben, das musste Beck herausgefordert haben. Er wollte sichergehen und mir das Maul stopfen, ein für alle Mal. In guter alter Landsknechtstradition. Solange ich isoliert war im Apparat, war das Risiko für ihn gering. Doch dann war er auf Boris Glindow gestoßen … So musste es gewesen sein.

Unter der hellblauen Himmelskuppel turnten weiße Wolken, die sich in Fetzen rissen, damit es auch wirklich nach Sommer aussah. Tat es. Im Hof der Villa sprang ein Eichhörnchen von Wipfel zu Wipfel, als würde es vor einem Räuber fliehen, doch kein Marder, kein böser Bube mit Steinschleuder waren zu sehen.

Der Junge!, fiel mir plötzlich ein. Mein Zeuge, wenn er denn aufwachte! Ich hatte ihn ganz vergessen.

Theophanis, erinnerte ich mich, hatte mir die Durchwahl zu der Station im Virchow gegeben, auf der Deniz Bauer behandelt wurde.

»Unfall- und Wiederherstellungschirurgie der Charité, Klinikum Virchow, Schwester Judith, guten Tag!« Die junge hohe Frauenstimme zwitscherte ihren Spruch, als handelte es sich um ein einziges zusammenhängendes Wort.

»Mein Name ist Eli Mattay, Kripo Berlin, guten Tag. Ich möchte einen Ihrer Patienten sprechen, er heißt Deniz Bauer. Wäre das möglich?« War nur ein Versuchsballon, gleich aufs Ganze zu gehen.

»Entweder Sie rufen den Patienten direkt an«, erwiderte sie sachlich. »Falls Sie seine Nummer haben, heißt das. Ansonsten, die Besuchszeit auf der Station ist zwischen zehn und zwanzig Uhr. Das gilt aber nur für Patienten, die belastbar genug sind, um Besuch zu ertragen.«

»Aha, und wie steht's mittlerweile so mit Deniz?«, tat ich mächtig familiär.

»Zu Patienten geben wir telefonisch keine Auskünfte, auch nicht der Polizei. Tut mir leid.«

Tat ihr keineswegs leid. Doch das ging schon in Ordnung, aus Patientensicht.

»Ihm geht's aber gut, Deniz, ja? Ich meine, den Umständen entsprechend?«

Sie lachte. »Sie sind ganz schön hartnäckig, was? Sie wissen, wo er vorher gelegen hat?«, konterte sie mit einer Gegenfrage.

»Sie meinen, die Klinik? Das Elisabeth-Krankenhaus?«

»Fragen Sie dort wieder nach.«

»Soll das heißen, Sie haben ihn gar nicht mehr?«

Schwester Judith legte einfach auf.

44

Ich erreichte Theophanis zwischen zwei oder drei Parallel-OPs. So hektisch jedenfalls hörte er sich an.

»Schon wieder Sie, Herr Mattay!«, keuchte er.

»Ich habe erfahren, dass der Junge, Deniz Bauer, wieder bei Ihnen ist. Sie haben mir nichts davon gesagt!«, beschwerte ich mich.

»Mal halb lang. Ich habe wirklich Besseres zu tun, als die Polizei darüber zu informieren, welche Patienten sich gerade auf meiner Station befinden.«

Fehler. Ich hatte ihn bloß verärgert.

»Entschuldigung, Doktor. Deniz ist also wieder bei Ihnen. Das heißt, es geht ihm besser, er ist wieder bei Bewusstsein, ja? Kann er sprechen?«

»Das waren jetzt mindestens drei Fragen auf einmal. Auf keine darf ich Ihnen antworten«, gab er streng zurück. »Aber da Sie ja schon erfahren haben, dass er wieder bei uns ist, können Sie sich auch denken, dass er Fortschritte gemacht hat. Mal so allgemein gesprochen. Wenn Sie aber herkämen, um ihn zu vernehmen, würde ich Ihnen das mit Sicherheit noch für mindestens zwei Wochen verbieten. Danach könnte er Ihnen vielleicht schon manches sagen. Aber ob er *will*, ist eine ganz andere Frage.«

»Danke, Doktor.« Das war es, was ich wissen wollte. »Noch etwas. Sehr Wichtiges.«

»Was denn noch?«

»Geben Sie keinem anderen Beamten außer mir Auskunft über den Jungen«, sagte ich eindringlich. Ich zögerte und fügte hinzu: »Schon gar keinem, der Beck heißt.«

»Beck«, wiederholte er mit hörbarer Verwunderung in der Stimme. »In Ordnung, merke ich mir.«

45

Panck sah nicht wesentlich besser aus als vorhin, verschanzte sich hinter seinem Schreibtisch und hielt sich an einer bauchigen blauen Tasse Gewürztee fest, eine penetrante süßliche Duftnote von Drogeriekette klebte in der Luft.

»Was gibt's, Eli?« Seine Stimme klang wie ausgepresst.

»Du hast mich vorhin gefragt, was los ist«, sagte ich.

Er gab mir mit schlaffer Hand den Wink, mich auszubreiten.

Na dann. Ich knallte ihm das, was ich soeben über Beck erfahren hatte, um die Ohren.

»Okay, Christian Beck war Soldat und arbeitet jetzt als Wachhund für Neubert«, zog er einen Strich, ohne groß in Fahrt zu kommen. »Darf er nicht?«

»Doch, schon. Er sollte nur nicht zwischendurch weiter Krieg spielen. Und Leute umbringen, wie's ihm gerade passt.«

»*Wie bitte?*«, quiekte er auf. Endlich kam Leben in ihn. »Hast du sie noch alle, Eli?!«

»Es hat zwei Beine, zwei Flügel, einen Schnabel, es hat ein Federkleid, ruft Kuckuck und hockt im falschen Nest. Was ist das?«

Ich verbrauchte die nächste Viertelstunde damit, es ihm zu erklären. »Beck«, sagte ich, »hat als Einziger die persönliche Voraussetzung als Kampfmaschine *und* wusste um mein Täterprofiling.«

Panck schlürfte an seinem Sud und fand seinem Gesichtsausdruck nach wenig Gefallen an dem, was ich ihm aufgetischt hatte. »Beck ist ein Kollege, Eli. Und als Personenschützer sicher tausendmal gecheckt.«

»Beck wird von den Fünfern in Tempelhof geführt. Lass uns einfach damit anfangen zu überprüfen, wann er in den letzten Wochen Dienst hatte. Besser gesagt, ob er jeweils dienstfrei hatte, als die Morde geschahen. Das wäre dann ein weiterer Hinweis.«

»Das ist verdammt noch mal nicht unsere Aufgabe, Eli!«

Allmählich ging er mir auf den Zwirn. »Es gab Zeiten, Andreas, da hat jeder, der ins Handy simste: Bin im Laden!, eine Stunde später Besuch vom BKA bekommen. Und du willst mir weismachen, dass es unfair wäre, den Dienstplan eines zweifelhaften Kollegen zu überprüfen, der Backe an Backe mit dem Senator zusammen in dessen Dienstlimo hockt?«

»Zweifelhaft ist er bisher nur dir, Eli.«

»Hör zu: Wenn Beck zu den Tatzeitpunkten nachweislich Neuberts Hand getätschelt hat, okay, dann beantrage ich persönlich seine Seligsprechung beim Papst!« Ich ließ ein wenig Luft raus und fuhr fort: »Aber wenn er zu jedem der fraglichen Zeitpunkte freihatte, dann, schwöre ich dir, ist er unser Mann. Dann ist er der Mörder von Britta Iversen, Pjotr Kossygin, Lena Jancker, Boris Glindow und Jakob Avinoam!«

»Dein Profiling, Eli, und ein Dienstplan«, sagte Panck gedehnt nach einer Weile, »beweisen gar nichts. Der Jako lacht sich doch tot, wenn ich ihm davon erzähle. Und das zu Recht.«

»Wer zum Teufel ist Jako?«

»Na, Jakobeit, der Chef vom LKA 5. Wir kennen uns ein bisschen, der Jako und ich.«

Der Jako und er. Chefs eben. Ein exklusiver Club.

Ich machte ihm einen Vorschlag: »Sollte Beck auch nur in einem Fall ein Alibi haben, okay, dann vergessen wir das, und ich entschuldige mich bei deinem Jako. Hat er aber kein Alibi für *alle* Tatzeitpunkte, will ich, dass er sich der Identifizierung durch Deniz Bauer stellt. Sobald der Junge dazu in der Lage ist.«

»Wer ist jetzt wieder Deniz Bauer, Herrgott?«

»Deniz Bauer hat mit großer Wahrscheinlichkeit den Mord an Pjotr Kossygin beobachtet. Ich hab dir vorhin von ihm erzählt. Der Täter hat deshalb versucht, den Jungen auf dem Asphalt zu zerquetschen.«

Panck nickte lahm, er leckte noch an den Wunden, die ihm sein unverhoffter Mut (oder Übermut) gegenüber Neubert eingebracht hatte.

»Ich denk drüber nach«, sagte er nach einer Weile stummen Starrens und verkroch sich endgültig hinter seinem Kräutertee.

46

Ich befand mich wieder oben in meinem Büro und schaute in die Baumwipfel. Auf derselben Strecke, die vorhin das Eichhörnchen entlanggehüpft war, sprang jetzt in umgekehrter Richtung ein Marder durchs Geäst, kraftvoll, elegant, braun glänzend und vermutlich satt.

Dann stand plötzlich Panck in der Tür, ich fühlte seinen Schatten im Genick und wandte mich um. Seine Donauwellen schimmerten, er hatte geduscht und sich umgezogen, trug jetzt eine elegante hellbraune Leinenhose und ein Hemd, rosa wie ein Neugeborenes. Sein Gesicht war ein Mix aus Sonne und Wolken, als hätte er sich mit den Klamotten wenigstens zur Hälfte auch seines Ärgers von heute früh entledigt.

Ich sah ihn gespannt an.

»Hab nun doch mal mit Jakobeit über Beck gesprochen«, verkündete er dröge.

»Ich dachte, das wäre unter deiner Würde oder so ähnlich?«, konnte ich mir nicht verkneifen.

»Ganz unter uns selbstverständlich. Informell, versteht sich.« Er lehnte sich an den Türrahmen und schob betont lässig, wie ein Model für reifere Herren, seine Hände in die Hosentaschen, sodass die kleinen Finger herausschauten wie fleischige Büroklammern. »Wie ich mir schon dachte«, sagte er, »Jako hat laut losgelacht, als ich ihm von deinem Verdacht gegen Beck erzählt habe. Er sagte, ein Gefoulter sollte eben nie selbst einen Elfmeter schießen.«

»Was?«

»Er meint, du wärst nach dem Mordfall in deiner eigenen Wohnung, von dem er natürlich erfahren hat, am wenigsten geeignet, Verdächtigungen gegen andere Kollegen auszusprechen. Kabus ermittle schließlich nicht umsonst gegen dich.«

»Tut er gar nicht, verdammt!« Nahm ich jedenfalls bis dahin an. »Hat er mit Kabus gesprochen, Jakobeit?«

Panck zuckte die rosa Achseln. »Er will damit nur sagen, der Jako, du seist offensichtlich selbst traumatisiert durch den Vorfall in deinem unmittelbaren Umfeld. Dadurch natürlich voreingenommen. Und was den minderjährigen Kiffer betrifft, den du zur Not gegen seinen Mann, den Beck, aufbieten willst …« Panck hielt effektvoll die Luft an und blies die Backen auf.

»Deniz Bauer, ja, was ist mit ihm?«, drängelte ich.

»Pff, ja.« Er ließ mit einem Zischen die Luft raus. »Mit dem solltest du lieber gemeinsam eine Irrenoffensive gründen.«

»Meint Jakobeit?« Hinter dem er sich jetzt mutig versteckte.

»Ja, meint er.«

»Und du bist extra raufgekommen, um mir das mitzuteilen?«

»Nicht nur das. Vorhin rief Jako zurück«, machte er im selben Ton weiter, wechselte aber die Schulter, mit der er sich anlehnte. »Die Sache hat ihn doch gewurmt, sagt er.«

»Du willst sagen, er hat Schiss gehabt, dass was dran sein könnte!«

Panck zuckte wieder die Achseln, die kleinen Fingerklammern zuckten mit. »Immerhin hat er Becks Dienstzeiten überprüfen lassen. Ist ja ne Sekundensache fürs Büro.«

»Sag ich doch. – Und?«

»Du hattest recht. Dieser Christian Beck hatte zu allen fraglichen Terminen dienstfrei.«

»Na, also!«, rief ich.

Vorschnell.

Panck zog eine Hand aus der Tasche und deutete an, ich solle mich beruhigen. »Jakos Sekretariat wusste noch mehr. Außer Beck war noch mindestens ein ganzes Dutzend Kollegen zu diesen Zeiten außer Dienst. Urlaub, Krankheit, Erziehungsurlaub. So was. Ob du die nun auch alle anklagen willst, fragt Jako. Mit einem Messer können die alle umgehen. Und er meint damit, nicht nur mit einem Käsemesser.«

»Und hat das saubere Dutzend eine militärische Vergangenheit? Passen sie irgendwie zu dem Profil, das ich dir vorgestellt habe?« Ich wusste natürlich, was jetzt kam. »Er wird nichts unternehmen, Jakobeit, oder?«

»Hoffentlich nicht!« Panck zog die Brauen hoch. »Er sagte, du könntest froh sein, wenn er einen solchen Mist gleich wieder vergessen würde. Statt dienstrechtlich gegen dich vorzugehen. Worauf er meinetwegen verzichtet, weil du mein Mitarbeiter bist.«

Er löste sich vom Türrahmen und stand jetzt breitbeinig da. Es war klar, er wartete auf den Dank von mir.

Darauf konnte er von mir aus warten, bis er zu seinem eigenen Standbild geworden war.

TEIL DREI

PARAGUAY

1

In diesem ganz normalen Monat waren in der Hauptstadt, abgesehen von den vier Morden, an denen Sie ja nun teilhatten, bislang zwei Obdachlose ermordet aufgefunden und ein Baby aus dem 13. Stock geschleudert worden, ein Hell's Angel wurde von einem Bandido in die Engelshölle geschickt, eine Ehefrau von ihrem Ehemann vergewaltigt und dabei erwürgt, eine Prostituierte erstochen, eine Rentnerin überfallen und tödlich verletzt, ein Sechsjähriger auf einen Zaun gespießt – nein, das reicht.

In solchen Fällen sind in der Regel Stino-Polizisten im Einsatz. Fünfhundertmal im Jahr rücken aber auch SEK-Leute aus, Spezialeinsatzkräfte vom LKA 6 am Tempelhofer Damm (falls es Sie interessiert). An diesem Mittwoch, der vielleicht doch nicht ganz normal war, taten sie es im Falle der zwei erschossenen Polizeibeamten Bengt Dieckmann und Jürgen Weber und wegen der anschließenden Geiselnahme in der Dianastraße 3.

2

Ich bekam den Anruf um kurz vor sieben.

Stella, die gerade aus der Dusche kam, beugte sich über mich, und ich dachte zuerst, sie wolle mir als Morgengabe ihre saftigen Spitzen wie Trauben in den Mund hängen. Doch sie hielt mir nur mein maulendes Handy hin und brachte sich in Sicherheit vor meiner Lüsternheit, indem sie zum Kleiderschrank flüchtete, um sich anzuziehen.

Keine zehn Minuten später holte mich ein Einsatzfahrzeug vor meiner Haustür ab. Der Fahrer passte sich stumm dem mies gelaunten Himmel über Berlin an, der mit einer wolligen grauen Wolkendecke die Stadt nach oben hin abriegelte.

Die Dianastraße befindet sich nur ein paar Steinwürfe südlich des Schlachtensees, der wie ein Blinddarm an der Südostseite des Grunewalds versteckt liegt. Das rautenförmige Villengebiet, das manchen Mächtigen und einige mächtig Reiche vor dem Mob verbirgt, war innerhalb der Schenkel Matterhornstraße, Reifträgerweg, Altvater- und Krottnaurerstraße abgesperrt worden. Wie die Maginotlinie zog sich ein Ring aus Einsatzwagen um das Areal. Die Züge einer ganzen Hundertschaft rund ums Karree hinderten Schaulustige mit leuchtenden Gesichtern am Durchbrechen des Walls. Mehr Arbeit hatten die Kollegen allerdings mit den ewigen Aasgeiern von der Presse, die, dem Leichengeruch folgend, bewehrt mit Kameras, Mikrofonen und Breaking News-Blicken, bereits zahlreich den Tatort umkreisten.

Mein Fahrer schien sich nicht im Geringsten um die geifernden Massen rings um den Sicherheitswall zu kümmern, er stob wie ein wütendes Panzernashorn mit hohem Tempo durch die Menschenmassen, die entsetzt zur Seite sprangen. Möglich auch, dass es manche nicht schafften, meine Sicht war nicht die beste. Wir wurden durchgewinkt und vom Reifträgerweg her bis zur Kreuzung am nördlichen Ende der Dianastraße gelotst.

Dort standen die Chiefs in einer kleinen Gruppe zusammen, inmitten einer Ansammlung von kreuz und quer, bis in die Rabatten der Vorgärten hinein parkenden Transportern und Einsatzwagen. Ich erkannte Hollmann und Panck, Wilkens und einen großen, silberhaarigen Schlacks um die sechzig, beschlipst und in dunklem Anzug. Sie umringten einen bulligen Mittfünfziger, den Einsatzleiter der SEK in seinem Ausgehdress, dem schwarzen Kampfanzug, das Headset auf dem Kopf und den Sturmhelm unterm Arm.

Nicht weit entfernt von ihnen schielte ein halbes Dutzend Befehlsempfänger immer wieder zu den Zwölfendern hinüber. Unter den Subalternen erkannte ich neben Sander auch Anja Kersten, Kabus und seine Kollegin Brandl.

Die Tatsache, dass man mich hinzugezogen hatte, war also keineswegs als Auszeichnung zu verstehen. Sie hatten einfach alle, die in irgendeiner Weise mit dem Täter zu tun gehabt hatten, blitzartig am Tatort zusammengezogen. Grundsätzlich keine schlechte Idee, weil die nötigen Informationen auf die Weise schnell zusammengetragen werden konnten und sich maximale Handlungsoptionen eröffneten. Vorausgesetzt, das Ganze wurde nicht koordiniert wie, sagen wir, München 72. Oder die Ermittlung gegen Christian Beck. Die gar nicht erst stattgefunden hatte.

Ich stieg aus und suchte als Erstes Kontakt zu Anja Kersten. Sie fing meinen Blick auf und setzte sich mit ernstem Gesicht ab von der Gruppe. Doch mit ihr löste sich auch Kabus, der mich ebenfalls entdeckt hatte, und kugelte seine Fettmasse nassforsch an ihr vorbei.

»Ich weiß gar nicht, was wir hier zu suchen haben, Brandl und ich«, beschwerte er sich.

»Eichhörnchen jagen bestimmt nicht«, sagte Anja Kersten, die jetzt neben ihn trat. Sie sah noch schmaler aus als sonst, die dunklen Halbmonde unter ihren Augen erinnerten mich in einer wilden Assoziation daran, wie und wo das alles begonnen hatte.

Auch Panck entdeckte mich jetzt und gab mir ein Zeichen. Ich signalisierte Anja Kersten mit den Augen meine Begeisterung über den Wink und schleppte mich hinüber zu ihm. Panck stellte mich ebenfalls ohne erkennbare Begeisterung dem langen Schlacks mit dem Silberschweif vor. Es war sein Spezi, der Jako.

Jakobeit sprach schnell, feucht und unartikuliert wie ein Teenie mit Zahnspange. Inhaltlich lief es darauf hinaus, dass ich dem Leitenden Psychologen des LKA 5, einem Doktor Behringer, meine »zusätzlichen Informationen« zur Verfügung zu stellen hätte.

Kein Wort der Entschuldigung, des Bedauerns seinerseits. Stattdessen die üblichen Chefallüren: »Behringer wird die Verhandlungen führen, damit wir zu einer Lösung kommen.«

»Damit wir zu einer Lösung kommen, sollte Doktor Behringer sich eine Strategie überlegen, die nicht so löchrig ist wie Ihre Personaldiagnostik«, erlaubte ich mir vorzuschlagen.

»Wie? Was war das?«, schnappte Jakobeit. »Das hat Konsequenzen, Mattay! Verlassen Sie sich drauf.«

Drauf geschissen, *Jacko*.

Panck zog mich fort zu einem der Transporter. In dem klemmte Doktor Behringer an einem Katzentisch, um sich Notizen zu machen.

Behringer wäre kinderleicht zu malen gewesen: ein Medizinball in einem olivfarbenen Polohemd, oben drauf der fahle, kahle Kugelkopf mit dreieinhalb roten Strähnen, fertig. Er hatte wässrige hellblaue Augen und Sommersprossen, die aussahen, als hätte sein Schöpfer dafür Scheiße durch ein grobporiges Sieb geblasen. Wie in diesem Kinderlied …

»Ach, Sie sind das«, sagte er mäßig interessiert und bat mich, ohne aufzublicken, draußen zu warten.

Ich könnte so weiter machen. Aber das gesamte Making-of des Horrorstreifens, der folgte, wollen Sie gar nicht wissen. Und mich ödet es an, more than I can tell.

Ich schildere Ihnen jetzt, was *im Groben* an diesem Tag geschah. Denn grob wurde es, das ist mal sicher.

3

Das Haus des Senators war ein Schmuckstück aus den zwanziger Jahren des letzten Jahrhunderts. Von Neubert glücklich erworben, bewies es, dass er mehr Geschmack als Verstand besaß. Es war ein zweistöckiger, raffiniert verschachtelter, weiß verputzter Flachdachbau, der aussah, als hätte man mehrere große Baukörper ineinandergeschoben. Neue Sachlichkeit, Bauhauseinfluss, kühl, intelligent und wunderschön.

Um das Haus beneidete ich Neubert. Nicht darum, dass er sich im Augenblick darin befand, mit Frau und Geiselnehmer.

Trotz seiner Schnörkellosigkeit, des Verzichts auf jeden äußeren Schnickschnack, wirkte das Haus von der Straße aus kein bisschen verschlossen. Das lag an einer hübschen Fensterreihe mit blau abgesetzten Metallrahmen und einem seitlichen Treppenaufgang mit darüber schwebendem Vordach, das dem Bau eine asymmetrische Komposition verlieh, über die sich das Betrachterauge freute.

Besonders aber das Auge des Gesetzes, das heißt der Präzisionsschützen des SEK auf der anderen Straßenseite. Hinter den Fenstern einer klassischen Walmdachvilla, evakuiert wie alle umliegenden Häuser. Zwischen den beiden Häusern lag nur die schmale Straße mit dem historisch wertvollen, denkmalgeschützten Kopfsteinpflaster, flankiert von komfortabel gepflasterten Gehwegen und gesäumt von schlanken Laubbäumen auf den etwas vernachlässigt wirkenden Grünstreifen.

Die Neubert-Villa lag ziemlich genau in der Mitte der Dianastraße, und bis auf das Blätterdach einer kleinwüchsigen Eiche versperrte nichts die Sicht zwischen den beiden ungleichen Villen.

Das Präzisionsschützenkommando des LKA 6 ebenso wie die für Geiselnahmen ›speziell geschulten Vollzugsbeamten der Verhandlungsgruppe‹ (Website-Geschwafel) warteten auf ihren Einsatz.

Dieser hing von den Entscheidungen der Chefs ab.

Verantwortungsdiffusion: viele Köche, ein Brei. Keine gute Voraussetzung.

4

Als ich am Tatort eintraf, war noch nicht klar, was Beck eigentlich vorhatte. Noch was diesmal die Bombe in ihm gezündet hatte. Nachbarn des Senators hatten Schüsse gehört und sogleich die Polizei alarmiert. Die ja eigentlich schon hätte anwesend sein müssen.

Beck verschanzte sich im Haus, mit Neubert und Frau als Geiseln. Er habe zwei Kollegen getötet, Dieckmann und

Weber, ließ er bald per Diensthandy wissen, er werde sich beizeiten wieder melden.

Das konnte nur heißen, dass er Zeit brauchte, um seine Lage zu überdenken, weil sich sein roter Knopf diesmal ganz automatisch betätigt hatte.

Doch soviel versprach er: Sollte sich vorher irgendjemand dem Gebäude nähern, werde er zunächst die Frau des Senators töten, bei einem weiteren Versuch auch Neubert selbst.

Um 8.13 Uhr tat er es, ich meine: sich melden. Er sprach mit Jakobeit. Das Gespräch mit der Verhandlungsgruppe lehnte er ab. »Für wie blöd haltet ihr mich!«

Er wolle einen Fahrer und Neuberts gepanzertes Fahrzeug, um mit den Geiseln zum Flughafen zu gelangen. Er wolle in ein Land, mit dem kein Auslieferungsabkommen bestehe und das ihm Asyl gewähre. Kuba, Nordkorea, Kolumbien, scheißegal. Dort würden die Geiseln dann freigelassen, den Heimweg würden sie schon alleine finden.

Jakobeit fand seinen Mann auf einmal »vollkommen irre, nicht wiederzuerkennen«. Das brachte Behrens, seinen Haus- und Hauptpsychologen, in einer Art Stand-by-Diagnose auf den Gedanken, Beck sei schizophren.

Kuhn, ein inzwischen hinzugezogener, auf mich reichlich angezählt wirkender Forensischer Psychiater, der aussah wie Ötzis jüngerer Bruder, widersprach Behrens. Er seinerseits sah die Spätfolgen einer MCD am Werk.

Minimale Cerebrale Dysfunktion, muss man dazu wissen, war die Lieblingsdiagnose von Psychiatern für alles, was sie nicht erklären konnten. In der Zeit, bevor Kuhn Professor wurde. Vor vier Jahrzehnten also. Seitdem hatte die Vergreisung bei ihm sichtbare Erfolge feiern können.

Ich sagte: »Beck ist weder schizophren noch minimal oder maximal hirnamputiert. Er mordet, weil sein Egoaffe danach verlangt.«

MCD-Kuhn wurde ungehalten. Meine Ausdrucksweise sei obszön und eines Wissenschaftlers unwürdig, meckerte diese stubenluftgetrocknete alte Professorenhaut.

Die jedoch nicht klein beigeben wollte. Es sei keine Zeit zu verlieren, der Täter solle in ein möglichst intensives Gespräch verwickelt werden, um gleichzeitig von der Rückseite oder vom Flachdach des Gebäudes her den Sturmangriff vorzubereiten.

Mit dem Gespräch war Behrens einverstanden, nur nicht mit dem Sturmangriff. Er verlangte eine Destabilisierung des Täters. Nach dem Motto: »Rede mit ihm und verunsichere ihn so lange, bis er nicht mehr an sich und seine Mission glaubt. Mach ihn klein, damit er vor der selbst gesetzten Größe seiner Aufgabe kapituliert.«

»Wenn Sie ihn destabilisieren«, widersprach ich ihm, »zwingen Sie ihn, eine Größe zu demonstrieren, die er dafür hält. Und Ihre verbale Ablenkungsstrategie wird er bald durchschauen. Es würde ein Blutbad geben.« Ich plädierte dafür, Becks Ego zu streicheln, seine »Leistung«, so pervers sie auch war, »anzuerkennen«. Und erst zuzuschlagen, wenn er davon ausgehen konnte, dass scheinbar alles in seinem Sinne lief. »Das heißt, nicht bevor sein Fluchtfahrzeug vorfährt, Neuberts Limousine.« Dann erst schlug die Stunde der Scharfschützen, weil sie ihn ins Visier nehmen konnten und er mit Sicherheit Fehler machen würde.

Die Chefs, die inzwischen sämtlich ihr Hauptquartier in die Walmdachvilla verlegt hatten, schlossen sich mit den Spezialisten der Verhandlungsgruppe kurz. Diese verwarfen Kuhns Plan als Erstes. Zu gefährlich.

Meiner Strategie, Becks Affen zunächst mal Zucker zu geben, konnten sie ebenfalls nichts abgewinnen. Nicht zielführend.

Sie entschieden sich letztlich für Behrens' Ansatz und versuchten, in diesem Sinne Kontakt mit Beck aufzunehmen.

Nach einer Stunde nahm er ab. Und weigerte sich, »mit irgendwelchen Psychopissern« zu reden. Er verlangte erneut den Boss.

Mich wunderte das nicht, alles andere war ihm jetzt unter seiner Würde.

Jakobeit sprach vom Standort Walmdachvilla aus etwa fünf Minuten mit Beck. Er gab sein Bestes, ihn »fertigzumachen« (Jakobeit über Jakobeit), damit er »den Schwachsinn« (ders.) aufgab.

»Glaubt ihr, ich mach Witze?«, soll Beck in den Hörer gebrüllt haben. »Wenn ihr das glaubt, dann …« Ende der Durchsage.

Kurz darauf wurde die Haustür einen Spaltbreit geöffnet, und Neuberts storchenbeinige, zwanzig Jahre jüngere Frau erschien darin. Beck zwang sie, vermutlich die Pistole an der Stirn ihres Mannes, die toten Polizisten, zuerst Bengt Dieckmanns leblosen Körper, dann Jürgen Webers blutüberströmte Leiche, hinauszuzerren und auf der Treppe abzulegen. Ohne Sichtkontakt mit irgendwem aufzunehmen, stakste sie, nun selbst blutverschmiert, panisch zurück ins Haus, zu ihrem Mann und zu ihrem Peiniger.

Fortan lagen die Leichen im Freien, Beck erlaubte auf Jakobeits Nachfrage hin nicht, sie von der Treppe zu entfernen. Nach einer Weile entschloss sich der immer griesgrämigere graue Himmel, die Toten mit einem leichten warmen Regen abzuwaschen. Das geronnene Blut des toten Objektschützers Weber floss mit dem Regenwasser hell und dünn wie Roséwein die grauen Stufen aus Granit hinunter. Eine Szene, die einem den Magen umdrehte, wenn man nur davon hörte, und erst recht, wenn man später die Videoaufzeichnungen davon ansah.

Was nun?

Kuhns Vorschlag, Beck einzulullen und dabei die Erstürmung der Villa vorzubereiten, wurde von der Verhandlungsgruppe und den Chefs nach Rücksprache mit dem SEK-Einsatzleiter ein weiteres Mal verworfen.

Noch nicht. Es war das allerletzte Mittel.

So wurde nun ich zu den Chefs unters Walmdach beordert.

5

Die Villa sah innen so verzopft aus, wie man es von außen erwarten konnte. Jahrhunderte lang polierte Möbel auf dünnen Beinen bevölkerten die orientalisch gemusterten Teppiche, deren Grünbraunbeigerot in den gleichfarbigen Landschaftsporträts und Stillleben an den Wänden ihre gediegenen Pendants fand.

Das logistische Zentrum des Einsatzes befand sich im Obergeschoss, die Präzisionsschützen lauerten hinter jedem Fenster bis hinauf zum Walmdach. Ich erinnere mich an den mobilen Gerätepark im linken Erkerzimmer, das ansonsten aussah, als hätte es noch bis heute früh den Chippendales persönlich als Büro gedient.

Nach Jakobeits Rohrkrepierer versuchte die Verhandlungsgruppe hektisch, den Kontakt zu Beck wiederherzustellen.

Er ignorierte das. Und seine Verweigerung wurde als alarmierend gewertet. Ratlosigkeit in allen Gesichtern.

Zwei Beamte der Verhandlungsgruppe – Schrader, eine große Halbglatze mit Hängebacken, und Lüdecke, eine weitere Halbglatze mit Schnauzbart und leichten Triefaugen – schlugen vor, dass ich versuchen sollte, die Verhandlung zu führen. Das sei nur konsequent.

Jakobeit lehnte ab. Schon mein Name sei für Beck ein Reizwort. Hollmann war unschlüssig, Panck und Wilkens befanden sich irgendwo im Nirgendwo, wahrscheinlich im Untergeschoss, sie wurden nicht mal gefragt. Selchow, der Einsatzleiter des SEK, fand die Idee der Kollegen jedoch geeignet, die Aggressionen des Täters von den Geiseln weg auf meine Person umzulenken. Er schlug vor, Beck zunächst per SMS das Angebot zu machen, mit mir über die Einzelheiten seines gewünschten Flugs ins Ausland zu verhandeln.

Die SMS wurde verschickt.

Mir war klar, dass nicht seine Wut, sondern allein Becks Narzissmus, seine Eitelkeit, darüber entscheiden würde, ob er sich darauf einließ, mit mir zu reden.

Eine halbe Stunde lang geschah nichts, und die tödliche Stille, die über der Szene lag, wurde zum Anlass genommen, nun doch auf Kuhns Plan zurückzugreifen und die Erstürmung des Gebäudes vorzubereiten. Die Scharfschützen wurden in erhöhte Alarmbereitschaft versetzt, und über den Dächern zogen die Aufklärungs- und Einsatzhubschrauber ihre Kreise immer näher und tiefer, so hörte es sich an (hinterher erfuhr ich, dass dies reine Selbsttäuschung gewesen war).

Um 11.57 Uhr meldete sich Beck, Lüdecke reichte mir den Hörer. Ich saß auf einem dieser krummbeinigen alten Büromöbel vor einem aufgeklappten Sekretär mit kostbaren Intarsien; ich befand mich natürlich wie die anderen in dem von außen nicht einsehbaren Bereich des Raums. Die starren Augen aller Anwesenden brannten sich in mein Gesicht und wohl für immer in mein Gedächtnis ein. Nur der behelmte Präzisionsschütze neben dem Fenster starrte hinaus und beobachtete unablässig die Fassadenfront von Neuberts Villa.

Und plötzlich war seine Stimme in meinem Kopf. Beck.

»Was wollen Sie, Mattay?« Er hörte sich dünn und hoch an.

»Ich will Ihnen und den Geiseln helfen, dort rauszukommen, Herr Beck.«

»Ich brauche keine Hilfe. Ich habe gesagt, was ich will!«

Teufel, ich hatte natürlich gleich falsch angefangen! Hilfsangebote lehnte er als Auslegung von Schwäche selbstverständlich ab.

»Ich weiß, dass Sie selbst keine Hilfe brauchen, Herr Beck«, steuerte ich um. »Das haben Sie zur Genüge bewiesen.«

»Kann man nicht anders sagen, oder?«, lachte er ganz unbefangen.

Ich begriff, dass er über seine Leistungen als geborener Krieger oder so etwas reden wollte. Mit mir sogar besonders gern. Kein anderer »kannte« ihn so gut wie ich, niemand konnte ihn also besser würdigen. Was für ein Arschloch.

»Sagen Sie mir, wie das anfing bei Ihnen«, schlug ich vor.

»Na, was denken Sie, Mattay? Tun Sie doch nicht so naiv.«

»Im Kino natürlich. Potsdamer Platz.«

»*Jaa, schoon*«, gab er genervt zurück. Er war unzufrieden mit mir. »Ich rede davon, durch was es *ausgelöst* wurde, Mann!«

»Die junge Frau war der Auslöser«, sagte ich.

»Ach was, nicht die Göre, nein, die war mir egal!«, widersprach er mir heftig. »Es war ihr beschissenes Läusemittel. Mann, wie ich den Gestank hasse. Was glauben Sie, wie oft ich das Zeug selbst schon anwenden musste.«

»Im Einsatz?«

»Im Feld, ja.« Er liebte es, mich immer leicht zu korrigieren. »Und plötzlich hast du diesen Mistgestank wieder in der Nase. Mitten im Kino. Vermischt mit dem ätzenden Haarspray, das die Kleine ausdünstete. Nennen Sie so was rücksichtsvoll, wenn Sie doch wissen, dass Sie ins Kino gehen?«

Ich schwieg. Er hörte sich sowieso am liebsten selbst reden. Außerdem gab der Präzisionsschütze dem Einsatzleiter soeben Zeichen, dass sich drüben offenbar etwas tat. Selchow drehte die Hand wie beim Seilschlagen und deutete mir damit an, ich solle Beck unter allen Umständen weiter im Gespräch (oder wie immer Sie es nennen wollen) halten.

»Also haben Sie das Feuerzeug rausgeholt und das Mädchen angezündet«, sagte ich und versuchte, nicht den Ansatz einer Wertung hineinzulegen.

»Erst, als das Geballere in dem Streifen losging. Hat mich plötzlich angemacht, das Ganze. Der Gestank vor mir, der Alte, der es ihr mit der Kugel besorgt, und dann ihrem Macker. Hätte ich ihm gar nicht zugetraut. Dachte schon, ich müsste mir mitten im Kino einen runterholen, um mich nicht zu langweilen.«

»Hat Sie der Film auch dazu animiert, auf Paul Junfermann einzutreten, als er am Boden lag?

»Wen? Ach, den Hänfling der Kleinen! Hatte ich glatt schon wieder vergessen.«

Er lachte.

»Hatten Sie eigentlich gar keine Angst?«, sagte ich. »Sie hätten immerhin überwältigt werden können.«

»*Hohoho*, überwältigt!«, machte er sich über mich lustig. »Daran sieht man, dass Sie null Kampferfahrung haben, Mattay. In einer Paniksituation schießt Zivilisten das Adrenalin in den Körper, und sie wollen nur noch ihren Arsch retten. Rausrausraus, verstehen Sie?«

»Und beim Mord an Kossygin war es genauso?«

»Naa, nicht genauso«, korrigierte er mich wieder verärgert. »Es war taghell, das Risiko war viel größer, Mann!«

»Aber warum Kossygin?«, beharrte ich.

»Was heißt: warum Kossygin!«, regte Beck sich spürbar auf.

Selchow gab mir ein Okayzeichen und riss die Brauen bis zum Haaransatz hoch, damit ich weitermachte. Es entstand Bewegung und beträchtliche Unruhe im Raum, ein Monitor, dessen hochauflösendes Display ich zum Teil sehen konnte, zeigte die kameraüberwachte Hausfassade der Neubert-Villa. Ein Mann deutete auf ein winziges, schmales Erkerfenster, mehr wie ein Schlitz, in dem eine Vase mit hohen gelben Blüten stand.

»Ich meine, Sie kannten Kossygin doch. Hatten ihn zumindest schon mal gesehen. Im Magdeburger Park«, hielt ich ihm vor.

»Der Alte an sich spielte keine Geige, Mattay! Gar keine. So wenig wie Sie.«

Nein, nur du arroganter Wichser spielst die Geige in deinem blutigen Konzert.

»Der blöde Russe war einfach da, stand an der Bushaltestelle. Okay, er war mir früher schon aufgefallen, im Tiergarten. Oder von mir aus auch im Magdeburger. Ich jogge dort.«

Hohoho, Monsieur joggte dort, niemand störe seine Kreise! Sie hatten ihm sicher eh nicht ins Bild gepasst, Kossygin und der kleine Punk, das ungleiche Paar, Schach spielend in *seinem* Park.

Auf einmal wurde mir klar, dass auch ich Beck im Magdeburger schon gesehen hatte! Der Jogger. An dem Tag, als

Deniz Bauer dort mit seinem Hund im Gras campiert hatte, in der Nähe der Sintigruppe. Aber das spielte jetzt alles keine Rolle mehr. »Was hat bei Kossygin letztlich den Ausschlag gegeben?«, fragte ich. »Das Risiko?«

Er überlegte nicht lange. »Sie verstehen das nicht«, sagte er, drei Stockwerke von oben herab. »Als Soldat liest du so eine Situation organisch, mit jeder Hautpore.«

»Es hat Ihnen einfach gefallen, das zu tun?«

»Na klar!«

»Der Kick? Wie im Krieg da unten? Sie wollten es wieder haben.«

»Wir verstehn uns, Mattay!«, lachte er.

Er spielte mit mir wie mit einer Maus. Oder dachte es wenigstens. Es gefiel ihm. Zugleich bekam ich Signale von den Umstehenden im Raum, dass ich so weitermachen solle.

»Sie wollten danach nicht warten, bis es sich zufällig wieder so ergab, stimmt's?«, sagte ich. »Also haben Sie gezielt nach neuen … neuen Situationen gesucht, richtig?« Beinahe hätte ich ›Herausforderungen‹ gesagt, wie irgendein Politiker. »Und Sie haben sich dann entsprechend vorbereitet.«

»Ja klar! Geil war das. Mitten in der Masse …«

»Mit dem Messer in der Hand.«

»Ja! Jajaja«, kläffte er. »Dieser Demoscheiß gegen Waffenexporte! Sollen wir dort unten verrecken, wenn wir am Arsch der Welt, in Afghanistan, Afrika, weiß der Henker, wo, die Zivilisation verteidigen? Die oder wir, das ist die Alternative im Krieg, das weiß jeder Soldat. Aber so eine grenzenlos edle Samariterin will ja nur *helfen*. Will den Dreckskindern die Beine richten, damit sie uns bei nächster Gelegenheit die selbst gebastelte Bombe hinterherwerfen.«

»Sie haben gewusst, dass Lena Jancker Ärztin war?«

»*Nei-en*, verflucht noch mal, Mattay! Die Ärztin war

reiner Zufall. Aber es war besser als Ficken, das schwöre ich Ihnen.«

Der Dreckskerl widerte mich an.

Ich schwieg eine Weile, vielleicht fünf, sechs Sekunden.

Das war ein Fehler. Er kam zu sich, realisierte die Situation.

»Scheiße!«, brüllte er plötzlich, »ich will eigentlich gar nicht mit Ihnen quatschen! Ich will das hier zu Ende bringen, verdammt. Sie kennen meine Bedingungen. Fahrer, Dienstlimo, Flughafen. Und weg. Was ist damit? Wie weit seid ihr? Wollt ihr mich verarschen, oder was?«

Ich bekam fortgesetzt Zeichen von Selchow, Beck unter allen Umständen weiter zu beschäftigen. Der Einsatzleiter stand mit den anderen dicht vor dem Monitor, wodurch mir die Sicht darauf genommen war. Heute weiß ich, dass das Absicht war. Irgendjemand hielt mir einen Zettel hin, auf dem stand: »Parag.«.

»Es wird mit Paraguay verhandelt«, teilte ich Beck die frohe Botschaft mit.

»Paraguay?«

»Ja. Aber das dauert nun mal seine Zeit.«

»Wie lange?« Es klang misstrauisch.

»Zwei, drei Stunden vielleicht noch.«

Er schwieg eine Weile. »Wenn Sie mich reinlegen, Mattay, Sie und die anderen …«, sagte er langsam, extrem feindselig.

»Wollen wir natürlich«, sagte ich. »Aber wir trauen uns nicht bei Ihnen.«

Ich erntete ein paar entsetzte Blicke der Kollegen, die ihre verschwitzten weißen Gesichter plötzlich zu mir umdrehten.

Aber Beck amüsierte sich königlich, er lachte. Er hielt es für die Wahrheit, als Witz verpackt.

Weitermachen, weitermachen!, signalisierte man mir immer aufgeregter von allen Seiten.

»Eins verraten Sie mir noch, Herr Beck, bevor Sie nach Paraguay verschwinden. Was hat Boris Glindow Ihnen eigentlich getan?«

Selchow bekam offenbar eine Nachricht über sein Headset, die ihn erstarren ließ, er klebte mit den Fingern am Kopfhörer und verließ dann hastig den Raum.

»Herrje, Mattay, haben Sie das immer noch nicht kapiert?« Beck schnaufte ärgerlich. Diese Killermaschine wollte wirklich von mir *verstanden* werden. »Für den Fixer in Ihrer Wohnung kann ich nun wirklich nix. Er war schon drinnen, als ich Sie besuchen kam. Dachte natürlich zuerst, Sie wären es, der an Ihrem Schreibtisch hockt – oder *hackt*, was weiß ich, was der machte. Da gab es schon kein Zurück mehr. Für ihn, meine ich.« Er lachte wieder.

»Für Sie anscheinend genauso wenig, Beck. Sie mussten ja weitermachen.«

»Weitermachen?«

»Der Mord an Jakob Avinoam. Beim Karneval der Kul…«

»Stopp! Damit hab ich nichts zu tun, Mattay.« Seine Stimme klang hart und metallisch. »Wer auch immer den geknipst hat, der hatte ne eigene Rechnung mit dem Kleinen offen. Nee, nee, dafür suchen Sie sich mal nen anderen. Überhaupt, was hätte ich in dem beschissenen Kreuzberg zu suchen, auf diesem Idiotenkarne …« Er war plötzlich weg.

Ich hob verwirrt den Kopf, erst jetzt bemerkte ich Schraders teigige Gesichtslandschaft direkt vor meinen Augen.

»Und? Was ist?«, brüllte er mich an.

»Keine Ahnung«, sagte ich benommen. »Er spricht nicht mehr. Irgendwas ist …«

»Und Neubert? Hören Sie ihn? Spricht er?«

Ich zuckte die Achseln.

Wer noch im Zimmer war, rannte hinaus.

Ich blieb allein zurück.

6

Es war *ihre* Aktion gewesen.

In Wahrheit hatten sie eben doch den Plan des alten Stockfischs Kuhn ausgeführt. *Dazu* hatten sie mich gebraucht.

Folgendes war geschehen: Je länger ich mit Beck gesprochen hatte, desto häufiger hatte er sich im Raum hin und her bewegt. Ein Präzisionsschütze im Walmdachhaus gegenüber bekam ihn durch den Erkerschlitz ins Visier. Die Sache war hochriskant, aber es schien immerhin möglich. Der Schütze informierte Selchow über die Option.

Selchow gab nach einigem Zögern die Order für den finalen Schuss, und als Beck das nächste Mal hinter den gelben Blumen im schmalen Fensterschlitz auftauchte, feuerte der Schütze. Sein Name tut nichts zur Sache, er ist gestraft genug.

Eine Kugel traf Beck in den Kopf, etwa in Höhe der Mundhöhle, eine zweite durchschlug seinen Hals, trat wieder aus und traf Barbara Neubert in die Brust. Die Frau des Senators hatte sich in schräger Linie hinter Beck befunden, in dem Bereich zwischen kleinem und großem Fenster, der nicht einsehbar gewesen war.

Das Geschoss zerfetzte einen ihrer Lungenflügel und durchtrennte die Aorta. Sie starb in weniger als einer Minute.

Der Irrtum seitens der Einsatzleitung hatte darin bestanden, anzunehmen, sie befände sich in unmittelbarer Nähe ihres Mannes, weit genug vom Täter entfernt, um ihn mit überschaubarem Risiko unschädlich zu machen. Für Neubert stimmte diese Annahme, für seine Frau, die es nicht an einer Stelle gehalten hatte, nicht.

Beck war tot. Neuberts Frau starb mit ihm. Sie war 37 Jahre alt.

Mehr gibt es dazu nicht zu sagen. Nicht von mir.

7

Nur der Vollständigkeit halber. Sie wollen natürlich wissen, wie es überhaupt dazu kommen konnte.

Hinterher will es wie immer keiner gewesen sein. Aber der fatale *Vorlauf* der Ereignisse in der Villa Dianastraße 3 lässt sich im Grunde recht gut rekonstruieren.

Klatsch und Tratsch sind zwar fröhliche kleine Biester, aber manchmal richten sie größeren Schaden an als eine Bankerversammlung. Oder sie enden sogar tödlich. Wie in diesem Fall.

Jakobeit hatte Pancks kleine Anfrage bezüglich seines jungen Personenschützers Beck so urkomisch gefunden, dass er sie mittags im kleinen Kantinenkreis unbedingt zum Besten geben musste. Ich sehe ihn vor mir, wie er sich im Kreise seiner Hörigen genüsslich auf die Leiterschenkel klopft, haha, zum Totlachen, und sich danach um sein Geschwätz nicht weiter kümmerte.

Seine abhängig Beschäftigten aber schon. Darunter ›Yvonne‹. Becks Ex-Geliebte.

Sie traf auf dem Flur Bengt Dieckmann, Personenschützer des Innensenators wie Christian Beck, Mitte dreißig, blond, hochgewachsen.

Beck und Dieckmann, erfuhr man später, als alles vorbei war, hatten die Plätze in Yvonnes Himmelbett getauscht gehabt. Advantage: Dieckmann. Der seinen Triumph gegenüber dem Vorgänger mit saftigen Anspielungen jenseits der Schamhaargrenze offenbar schon weidlich ausgekostet hatte.

Als Yvonne nun Dieckmann traf, versorgte sie ihren neuen Bettschatz brühwarm mit dem zwar absurden, aber doch delikaten Verdacht von Seiten eines Profilers (me), dass, stell dir mal vor, Christian Beck als Täter für die jüngsten schrecklichen Serienmorde in der Stadt infrage komme.

Ausgerechnet Beck, der geborene Überflieger.

Nur nicht im Bett. Wo er Yvonne behandelt hatte wie ein Stück Dreck, wie eine Nutte, an der ihn lediglich die Körperöffnungen interessierten, in die er gnadenlos und ungefragt immer und immer wieder mit seinem Sturmgewehr hineingestoßen hatte. Es tat noch immer weh, innerlich, aber das sagte Yvonne keinem, außer Currys Jutta.

Stell dir vor, soll Yvonne (laut Jutta) dem Dieckmann ungefähr gesteckt haben, dieser Profiler, Matthäi oder so heißt er, der behauptet, er hätte sogar einen Zeugen, der den Beck belasten kann. – Der Chef lacht darüber, aber ganz ehrlich, Bengt, ich würde dem Beck jede Sauerei zutrauen. So in der Art.

Bengt Dieckmann, der an diesem Dienstag zur Nachtschicht beim Innensenator eingesetzt war, nahm die Sache nicht ernst. Natürlich nicht. Aber zu Yvonnes Zufriedenheit deutete er an, dass sich daraus durchaus ein paar piesackende Funken gegen Beck schlagen ließen.

Mittwoch früh um sechs Uhr stand Dieckmanns Wachablösung in Neuberts Villa in der Dianastraße 3 durch Christian Beck an.

Niemand kennt natürlich den genauen Wortwechsel zwischen den beiden, aber ganz egal, wie ironisch oder höhnisch Dieckmann seine Provokation gegenüber seinem Konkurrenten auch verpackt haben mag, Beck muss den Ernst der Lage – den wahren Kern der Botschaft – sofort begriffen haben: Du bist erkannt. Es gibt sogar einen Zeugen gegen dich.

Und seinen Fehler, den Punk vom Magdeburger Park nicht professionell kalt gemacht, sondern nur schwer verletzt zu haben. Damals musste ihm das völlig ausreichend erschienen sein, um den Jungen zum Schweigen zu bringen, wichtig war nur, keinen direkten Zusammenhang zum Kosyginmord zuzulassen. Jetzt konnte es ihn den Kopf kosten. Denn dass ein Kriminalgericht Deniz Bauer als Zeugen nicht ernst nehmen würde, konnte wohl nur ein Jakobeit glauben, der das Ganze sowieso für eine Lachnummer hielt. Doch davon wusste Beck nichts. Vielleicht hatte er sogar DNA-Spuren in meiner Wohnung hinterlassen, die ihm jetzt zugeordnet werden konnten. Und dann war's das für ihn.

Dieckmann glaubte, nur einen Scherz zu machen, als er Beck mit meinem Verdacht gegen ihn aufzog. Beck aber verstand keinen Spaß, schon gar nicht den, dass sein Nachfolger in Yvonnes Bett Witze über ihn als Serienmörder riss.

Im Wohnzimmer von Neuberts Zehlendorfer Villa kam es zu einem kurzen, aber brutal eskalierenden Handgemenge. Christian Beck, die Kampfmaschine, brach seinem Gegner Bengt Dieckmann das Genick.

Durch den entstandenen Lärm und die Schreie aufgeschreckt, stürmte der zweite Sicherheitsbeamte, ein Objektschützer namens Jürgen Weber, 43, der draußen das Grundstück der Villa in der Dianastraße 3 zu sichern hatte, mit gezogener Dienstwaffe ins Haus. Und wurde von seinem Kollegen Beck mit zwei gezielten Schüssen in Kopf und Brust niedergestreckt. Weber war sofort tot.

Auch dazu gibt es nichts mehr zu sagen.

8

Nachträge.

Erstens. Manuela und Dylan waren nicht zu Magda nach Münster gefahren. Sondern zu Jens gezogen, Manus Neuem, und seinem Sohn Maik in Friedrichshain. »Glaubst du im Ernst, Eli, ich flüchte einfach mal so aus meinem Leben? Und tue Dylan das Gleiche an? Nur weil du Panik schiebst? Hff«, schnaubte sie am Telefon.

Ich weiß nicht, was ich geglaubt hatte. Vielleicht, dass sie mich nicht anlügen würde.

»Und du, mein Großer?«, fragte ich Dylan. »Wie geht's dir? Morgen wieder zur Schule, was? Soll ich dich abholen kommen?«

»Mir ist schlecht.«

War seine Antwort.

Zweitens. Ich zog wieder in meine Wohnung ein. Kein Mensch in Berlin kann es sich mehr leisten umzuziehen, bloß weil mal jemand an seinem Schreibtisch verblutet ist.

Der Schreibtisch steht jetzt im Erkerzimmer vorne. Und der Laptop ist auch ein anderer. Als ich den konfiszierten Rechner zurückbekam, hatte er einen Virus, der in Null Komma nix sämtliche Daten auffraß, die sich darauf befunden hatten. Kabus und Brandl erklärten, das müsse noch Glindows Werk gewesen sein, sie hätten das Gerät in der ganzen Zeit nicht ein einziges Mal hochgefahren. Aber konfisziert *hatten* sie es.

Drittens. Der Todesschütze, der Mann, der Beck erwischt hat und mit ihm auch Barbara Neubert, ist in psychiatrischer Behandlung. Geht ihm sehr schlecht.

Viertens. Deniz Bauer würde sein Leben lang ein Krüppel bleiben. Rollstuhlfahrer.

Fünftens. Neubert. Na, Sie wissen's ja selbst. Als frischer Witwer kommt er einfach gut an, jetzt auch bei den Frauen. Der Human Touch-Effekt, dagegen machst du gar nichts.

Sechstens. Stella. Mich quält der Gedanke, dass doch *sie* es war – gewesen sein muss –, die das gefakte Interview mit mir an ihren Redakteur geschickt hat. Ich meine, haben Sie ihr die Geschichte wirklich glauben können? Aber ändert das was?

Last but noch least. Der Mörder von Jakob Avinoam läuft noch immer frei herum. Beck hatte keinen Grund, die Tat abzustreiten. Im Gegenteil, er prahlte mit seinen Morden mir gegenüber.

Er war's nicht. Ich lag falsch mit der Annahme, auch dieser Mord ginge auf sein Konto. Profiler ist eben auch nur ein anderes Wort für Aufschneider. Was dachten Sie denn?

Aber wer dann hat Jakob Avinoam umgebracht? Die Spirale dreht sich. Kein Ende der Gewalt. In Berlin nichts Neues.

PS.

Etwa einen Monat nach dem blutigen Showdown in Neuberts Villa unterhielt ich mich mit Stella über eine Geschichte, die sie für die ›Anno‹ recherchiert hatte, Thema: Londons sensationelle Museen. Unter anderem hatte sie ein Interview mit Henry Waterstein geführt, Historiker für Zeitgeschichte an der National Library, Chef über ein paar Kilometer Akten aus dem Zweiten Weltkrieg.

Sie hatten dort vor einigen Jahren jede Menge Wachsplatten mit belauschten Gesprächen von deutschen Kriegsgefangenen gefunden, erzählte Stella. Waterstein, der die Protokolle ausgewertet hat, meint nun, dass die Abhörprotokolle der Briten einen Soldatentypus zeigen, der bislang großzügig übersehen worden sei. Einen, der für das Töten – auf möglichst gemeine und qualvolle Weise – nicht erst eingenommen oder ideologisch zugerichtet und gedrillt werden muss. Dem es von Anfang an Spaß macht oder wenigstens Befriedigung verschafft, zu töten. Gib ihm ein Sturmgewehr, eine Maschinenpistole, einen Panzer, ein Messer und dazu eine Stresssituation, die sein Adrenalin bis in die Haarspitzen pumpt, und er ist bereit zu töten. Es ist keiner, der erst einen Prozess der Verrohung braucht, wie andere Soldaten. Er *will* töten, vom ersten Tag an, er hat einen Mordsspaß am Krieg. Buchstäblich. Weil er einfach auf Gewalt steht, ganz unabhängig von seinen politischen, religiösen oder sonstigen weltanschaulichen Einstellungen. Er ist der geborene Mörder im Soldatenrock.

Waterstein ist Zeitgeschichtler. Er hat weiter geforscht. Kriminalakten durchforstet, Studien gesichtet, Strafprozesse analysiert. Interdisziplinär, immer auf der Suche nach Veteranen, die ihre Aggressionen nicht im Griff haben. Sein Ergebnis ist eindeutig, er sagt, der Typus ›Mordlustiger Soldat‹ kam und kommt zu allen Zeiten, in allen Armeen der Welt vor. Oft genießt so einer große Anerkennung beim Militär. Gilt als cooler Hund, kriegt Auszeichnungen, macht Karriere. Waterstein schätzt, dass auch in den modernen Armeen mindestens zehn Prozent zu dieser geborenen Killerkategorie unter den Soldaten gehören.

Dieses ›mordscoole‹ Frontschwein kommt psychisch so unbeschadet aus dem Krieg heraus, wie es hineingegangen war. Weil das Töten einfach seine Sache ist. Die gleichen Situationen im zivilen Alltag, die den Traumatypen in Panik stürzen, knipsen bei Typ Nummer zwei sämtliche Spaßlichter an. Wie bei einem Junkie, der eine Weile auf Entzug leben musste, aber plötzlich und unerwartet seinen Stoff vor die Nase gesetzt bekommt.

Er ist süchtig nach Gewalt, nach Töten, es macht ihn besoffen. Und das sich steigernde Risiko gibt ihm den letzten Kick.

Beck hatte zu diesem Typus Soldat gehört.

Kein Psychiater, sondern ein Historiker, Waterstein, lieferte genau das fehlende Puzzlestück für mein Täterprofil, nachdem ich die ganze Zeit gesucht hatte. Nur immer am falschen Ort.

Unser Lesermagazin

2 x jährlich das Neueste aus der Gmeiner-Bibliothek

24 x 35 cm, 40 S., farbig; inkl. Büchermagazin »nicht nur« für Frauen und HistoJournal

Das KrimiJournal erhalten Sie in Ihrer Buchhandlung oder unter www.gmeiner-verlag.de

GmeinerNewsletter

Neues aus der Welt der Gmeiner-Romane

Haben Sie schon unsere GmeinerNewsletter abonniert?

Monatlich erhalten Sie per E-Mail aktuelle Informationen aus der Welt der Krimis, der historischen Romane und der Frauenromane: Buchtipps, Berichte über Autoren und ihre Arbeit, Veranstaltungshinweise, neue Literaturseiten im Internet und interessante Neuigkeiten.

Die Anmeldung zu den GmeinerNewslettern ist ganz einfach. Direkt auf der Homepage des Gmeiner-Verlags (www.gmeiner-verlag.de) finden Sie das entsprechende Anmeldeformular.

Ihre Meinung ist gefragt!

Mitmachen und gewinnen

Wir möchten Ihnen mit unseren Romanen immer beste Unterhaltung bieten. Sie können uns dabei unterstützen, indem Sie uns Ihre Meinung zu den Gmeiner-Romanen sagen! Senden Sie eine E-Mail an gewinnspiel@gmeiner-verlag.de und teilen Sie uns mit, welches Buch Sie gelesen haben und wie es Ihnen gefallen hat. Alle Einsendungen nehmen automatisch am großen Jahresgewinnspiel mit attraktiven Buchpreisen teil.

GMEINER

Wir machen's spannend